LA FILLE DU NINJA

LA FILLE DU NINJA
TORI ELDRIDGE

TRADUIT DE L'ANGLAIS (ÉTATS-UNIS) PAR ANTOINE CHAINAS

EQUINOX

les arènes

Pour mes parents, avec mon amour
et ma reconnaissance éternels.

On m'appelle Gourmandise. C'est du moins le premier surnom dont je me souvienne parmi tous ceux que j'ai choisis ou qu'on a choisis pour moi. Aucun d'eux n'est aussi cher à mon cœur.

C'est Baba qui me l'a donné. Il me faisait sauter sur ses genoux, gonflait ses joues pour imiter les miennes et tapotait mon corps replet d'enfant. Il prétendait alors que je renfermais autant de jolis secrets que les gourmandises de ma mère. Aurait-il encore apprécié ce surnom s'il avait vraiment connu les secrets de sa fille ?

1

« Je m'en tape », gronda l'Ukrainien en me regardant par-dessus ses lunettes aux reflets bleutés.

Je reniflai pour empêcher le sang de couler de mon nez et le fixai droit dans les yeux. En temps normal, c'eût été chose impossible, puisque je ne mesurais qu'un mètre soixante-cinq. Mais il m'avait suspendue à une barre d'échafaudage, dans ce vieil immeuble en travaux. La pointe de mes chaussures de sport touchait à peine terre, si bien que j'étais presque aussi grande que lui.

« Je n'ai jamais raconté cette histoire à personne, lui assurai-je. Tu devrais te sentir flatté. »

Je pensais réellement ce que je disais. Cela faisait un quart d'heure que je lui narrais un épisode de ma vie que j'avais gardé enfermé dans une prison mentale pendant des années, aussi loin que possible de mes amis, de ma famille, et même de la police. Je lui confiais ce secret parce qu'il ne vivrait pas assez longtemps pour le répéter.

Oui, il aurait dû se sentir flatté.

Il me gifla d'un revers de main.

« Flatté ? Quelle blague ! »

Ma bouche s'emplit de sang. Si je perdais une dent à cause de lui, ça allait barder.

Il me dévisagea encore une fois par-dessus ses lunettes, dont la forme ronde accentuait l'aspect rétro.

« Où sont-ils ? »

Je lui crachai un jet écarlate au visage, ou plutôt j'essayai. La salive mélangée à l'hémoglobine coula en grosse partie le long de mon menton.

« Tu me fatigues », articulai-je.

Il prit une grande inspiration et abattit de toutes ses forces l'épais nœud de corde entre mes côtes flottantes, dans la zone tendre de mon anatomie. Mes poumons oublièrent instantanément comment respirer : voilà l'effet d'un coup au plexus.

Le choc avait été soudain, rusé et foudroyant. La dernière fois que j'avais éprouvé pareille douleur, ç'avait été lorsque mon sensei, mon maître, m'avait frappée du plat de la main. La sanction qu'il m'avait alors infligée était dénuée de colère ; mon maître ne cédait jamais à l'impulsion et poursuivait un but pédagogique. Mais, pédagogique ou non, la douleur que je ressentais aujourd'hui possédait la même intensité : toutes les parties de mon corps voulurent se crisper autour d'elle. Par chance, ma posture jugulait ce réflexe. L'Ukrainien m'avait involontairement attachée dans la meilleure position pour absorber les coups au plexus : bras relevés, poitrine ouverte. Qui aurait pu croire qu'être suspendue à un échafaudage, avec un croisillon de métal dans le dos, pût se révéler si utile ?

Certes, j'avais du mal à apprécier cet avantage tandis que je cherchais à reprendre ma respiration.

L'Ukrainien jura.

« *Kurva blyat !* »

Il avait beaucoup répété cette expression au cours de l'heure précédente. Même si je ne parlais pas ukrainien, j'avais une idée assez claire de ce qu'il voulait dire. Cela ne m'affectait pas ; je ne l'appréciais pas non plus.

« Tu veux continuer ce petit jeu, salope ? Très bien. »

Il frappa ma cuisse nue avec le nœud.

Nullement disposée à encourager ses pulsions sadiques, surtout après le temps passé à faire comme si je ne ressentais rien, je me forçai à sourire. Quand il retourna à la table où reposaient ses outils, je regrettai malgré tout de ne pas lui avoir donné satisfaction. Mon sensei, lui, n'aurait pas hésité.

Il m'enseignait les techniques ninjas depuis l'âge de douze ans. Quand j'avais fait sa connaissance, il s'exerçait à lancer des couteaux dans le parc de mon quartier. J'avais déjà sept ans de compétition de wushu à mon actif, mais la beauté, l'efficacité toute nipponne de l'art martial des ninjas m'émerveilla.

Aux yeux de tous, je continuais à pratiquer le wushu, alors qu'en secret je m'entraînais pour devenir une kunoichi : une femme ninja. Le wushu hérité de mes ancêtres chinois me donnait la grâce et les compétences athlétiques. L'art ninja, lui, m'offrait un but. Malheureusement, la faculté à ravaler sa fierté ne figurait pas au rang des nombreuses techniques que je maîtrisais.

J'avais sous-estimé le pouvoir des armes peu destructrices en apparence et la capacité de cet homme ridicule à les manier, par conséquent j'avais abordé cette confrontation en étant mal préparée. Je l'avais jugé incapable de persévérance. Avec ses avant-bras de la taille de mes mollets, pourquoi aurait-il eu besoin de constance et de ténacité ?

Les mots jaillirent de ma bouche entre deux hoquets de douleur.

« Je suis désolée, d'accord ? »

Il renifla, les yeux baissés sur sa table.

« Trop tard.

– Attendez. »

Parler me faisait mal, mais au moins avait-il oublié son nœud de corde. Peut-être que si je parvenais à initier un dialogue, il oublierait également de choisir un nouvel instrument de torture. La corde, je pouvais l'endurer, du moins le croyais-je jusqu'à présent.

« Je vais tout vous dire. Vraiment. Tout ce que vous voulez savoir. »

Les phrases se forment très facilement lorsque vous jouez votre peau.

Il prit une inspiration, sa chemise moulante se tendit. Un styliste avait massacré la notion d'art moderne pour concevoir ce vêtement.

Il se tourna vers moi. J'ignorais quelle enfance il avait eue, mais j'imaginais sans peine qu'il s'était pris pas mal de trempes. Sa manière d'écarter légèrement ses jambes courtes, sa garde basse, ses poings expressifs ; sa façon de rouler des mécaniques, de gonfler sa poitrine velue, que révélait son col de chemise ouvert ; tout en lui appelait à la raclée.

Même en occultant ma fâcheuse posture, j'aurais voulu l'exterminer.

Ce n'était sans doute pas le moment d'être sarcastique, mais je ne pouvais pas m'en empêcher :

« Je parie que tu regardes beaucoup de vieilles séries policières, non ? Ou des films d'action bien saignants ? Parce que dans le genre macho de pacotille, tu te poses là.

– Qu'est-ce que tu racontes ?

– Tu es un cliché ambulant, j'espère que tu le sais. »

Je le provoquais, mais il me fallait un peu de temps pour mobiliser mes muscles ankylosés.

La plupart des gens ignorent la sensation engendrée par une traction prolongée. D'abord le corps résiste, il se tend, il se crispe. L'esprit lutte. Puis viennent l'acceptation et la détente. La colonne vertébrale s'étire, les épaules et les hanches cèdent à l'attraction, les genoux sont soulagés de la station verticale. D'une certaine manière c'est agréable, mais ça ne dure pas. L'être humain est conçu pour se tenir debout, pas pour rester suspendu par les poignets. Unique consolation : je pouvais alléger la tension en me haussant sur la pointe des pieds. Je me trouvais une brusque passion pour le travail de ballerine.

L'Ukrainien pivota de nouveau vers sa table, sur laquelle j'apercevais, outre ses outils, un bol de cacahuètes. Apparemment, se vêtir façon friperie des années 1970, capturer des femmes et recréer des scènes de torture cinématographiques creusaient l'estomac. Je profitai de son inattention pour tenter de lever les jambes, sans succès. Mes muscles étaient trop engourdis.

Une fois de plus, je songeai à mon sensei. *Laisse la douleur couler comme l'eau d'une rivière sur la roche*, disait-il. *Elle effleure, elle contourne les obstacles et finit toujours par passer.*

Je sentis décroître les sensations désagréables à mesure qu'augmentait ma détermination. L'Ukrainien avait perdu la partie. Il pensait m'humilier en me suspendant comme un quartier de viande : il se trompait. Il pensait me réduire à l'impuissance : il se trompait encore.

Il me croyait prête à tout pour interrompre la séance de torture.

Sur ce dernier point, il avait raison.

2

Je ne pouvais pas reprocher sa conduite à mon adversaire. Enfin, pas vraiment. J'avais été pour lui une véritable calamité. Il avait d'abord cru à une tentative de cambriolage dans la maison de son patron, en conséquence de quoi il m'avait assommée. Mais quand il avait appris la disparition de Kateryna et d'Ilya, une demi-heure auparavant, la vulgaire tentative de cambriolage s'était transformée en kidnapping. Je le savais parce que j'avais entendu Dmitry Romanko hurler dans le portable de l'Ukrainien. Ilya n'était pas à l'école. Romanko fulminait.

Mon tortionnaire avait alors commencé à me fouetter avec la corde. Rien de sexuel. Plutôt une colère d'enfant. Il venait de se faire passer un savon et s'en prenait à la seule personne qu'il avait sous la main.

J'ai toujours eu de la chance.

À l'exemple de toutes les colères d'enfant, celle de l'Ukrainien avait été trop violente et trop brève pour que je puisse en tirer parti. Mais lorsque je l'ai vu serrer les bords de la table comme s'il voulait la réduire en miettes, j'ai su qu'une seconde opportunité se présentait. Il me fallait une brute en rage, pas un sadique qui s'amusait. Quand sa chemise s'est tendue sur son torse bombé, j'ai compris que j'avais visé juste. Il refusait de me voir capituler. Je lui avais résisté trop longtemps pour cela. Touché dans sa virilité, froissé dans son honneur de Slave, il voulait désormais obtenir réparation.

Enfin.

J'avais besoin qu'il commette un acte irréfléchi, par exemple qu'il saisisse le karambit Fox 599 sur la table. De tous les instruments à sa disposition – tuyaux, poing américain, couteau de combat, hachette –, ce couteau indonésien était le plus précis. Comment je le savais ? Le karambit m'appartenait. Et je savais également que ce type d'arme ne lui convenait pas du tout.

Il agita la lame recourbée comme un batteur qui s'échauffe sur sa base. Je simulai l'effroi.

« Qu'est-ce que c'est ? »

Je détournai la tête et chuchotai quelques mots que j'espérais inintelligibles.

« Quoi ? Parle plus fort. »

Il avait choisi cette arme en forme de griffe, mon arme, pour bien se faire comprendre. Une plaisanterie d'un goût douteux ? Assurément. Mais être pendue à un croc de boucher et affronter un pervers qui me menaçait avec ma propre arme m'ouvrait de nouvelles perspectives.

L'Ukrainien sourit.

« Et si je te découpais en rondelles, hein ? Qu'est-ce que tu en dis ? »

Qu'est-ce que j'en disais ? Il était à point. Je le vis déplacer son centre de gravité sur la gauche, avancer le pied droit pour prendre de l'élan et m'enfoncer le karambit dans la poitrine. Inutile de regarder l'arme. L'angle de son bassin me fournissait les informations nécessaires.

Je levai le visage de manière à ce qu'il puisse jouir de ma fausse peur. Il allait marquer une pause, respirer un grand coup comme lors des frappes précédentes. Ce qu'il fit. Mais cette fois-ci j'anticipai.

Contractant les abdominaux, je ramenai un genou sur ma poitrine et lançai le pied en avant. Je le touchai au nerf médian, à l'intérieur du poignet droit. Il lâcha prise et bascula en avant, emporté par son mouvement. Je passai l'autre jambe par-dessus sa tête, pris le cou en étau et le fis brusquement pivoter. Son larynx s'écrasa sous la pression. Il ne me traiterait plus de *kurva blyat* pendant très longtemps.

Il s'écroula au sol. J'attrapai la corde au-dessus de moi et commençai à me balancer. Le croisillon métallique me labourait le dos, mais je n'y prêtai pas garde. J'eus bientôt assez d'élan pour atteindre la plate-forme de l'échafaudage avec les jambes. Cette acrobatie aurait dû me libérer, mais je demeurai fixée au crochet. Je me retrouvai donc en équilibre précaire, le dos cambré entre la plate-forme, dont le bois me meurtrissait les hanches, et le crochet qui m'obligeait à tendre les bras au maximum. Mes doigts cherchaient à dénouer la corde. Il suffisait que mon torse s'affaisse de quelques centimètres pour rompre la fragile assiette, alors ce serait retour à la case départ.

Des objets tintèrent au sol où l'Ukrainien se tortillait, confronté à ses propres difficultés. Peut-être mourrait-il d'asphyxie avant que je tombe. Peut-être pas. Autant éviter de prendre le risque.

Je parvins finalement à me décrocher. Mes muscles tremblaient, comme victimes d'un séisme. Et je me laissai choir plutôt que d'effectuer une pirouette de gymnaste… ou de ninja. Je me réceptionnai dans une posture bizarre, les deux pieds et les mains liés formant une sorte de trépied bancal.

Soudain l'Ukrainien m'empoigna par les cheveux, me redressa de force, avant de bloquer ma tête sous son bras et de serrer. Je rentrai le menton pour protéger la trachée et la carotide, manœuvre qui me permettrait aussi de gagner de précieuses secondes. La solution élégante aurait consisté à passer un bras autour de ses épaules et à me débarrasser de lui en appuyant un simple doigt sous son nez, mais j'avais les poignets entravés. Plus le temps de finasser. J'abattis mes poings sur ses testicules.

Technique grossière mais efficace.

Ce mouvement fut suivi d'un uppercut au menton. Comble de malchance, le choc l'envoya valdinguer contre la table, où il put se saisir de la hachette.

Je plongeai immédiatement dans sa direction et le contournai de manière à éviter toute frappe descendante, horizontale ou diagonale. Une fois derrière lui, je passai mes bras liés au-dessus de sa tête et collai mon front à sa nuque, exerçant ainsi sur sa gorge une nouvelle pression contradictoire, potentiellement mortelle.

Je tirai sur mes bras jusqu'à pratiquement m'arracher la peau. La hachette émit un bruit métallique en rebondissant par terre, mais je m'acharnai. J'appuyai si fort ma tête dans son dos qu'elle aurait pu s'y mouler ; je l'appuierai encore et encore jusqu'à ce que son cœur cesse de battre et que son âme immonde descende en enfer. Une ultime traction, puis il s'écroula. Dans la foulée, je m'effondrai sur son dos, plaquée à ses omoplates en sueur comme une amante exténuée. Vision répugnante : ma longue chevelure brune semblait s'accrocher à sa peau, dont la pâleur évoquait déjà celle d'un cadavre. Je voulais rouler sur moi-même, m'éloigner, mais impossible de faire un geste. Mon échine palpitait de douleur, mes blessures me piquaient, et au cours de la lutte j'avais perdu mon débardeur. Je commençais à frissonner, proche du malaise.

Je parvins finalement à ramper jusqu'à la hachette. Mes tremblements étaient devenus si importants que je faillis me couper un orteil en fixant la lame entre mes pieds.

Si j'avais grandi dans le Dakota du Nord, comme mon père, j'aurais mieux supporté l'hypothermie. Mais j'étais une Californienne pure souche. Moi et le froid, ça faisait deux.

Je visualisais un trottoir ondulant de chaleur sous mes jambes, sous mes fesses et sous mon dos. L'image était moins apaisante que celle de l'eau de rivière sur la roche, mais elle suffisait. Les tremblements s'apaisèrent et je pus enfin trancher mes liens sans risquer de me blesser.

Je retournai au corps de mon assaillant. Le soutien-gorge de sport que je portais ne ferait pas l'affaire. Il me fallait quelque chose de plus chaud, même si c'était un affreux vêtement puant. Ce ne serait pas le pire affront de la journée – voilà ce que je me disais en déboutonnant la chemise de l'Ukrainien et en libérant une forêt de poils noirs sur son torse. L'habit empestait la sueur, le déodorant et l'eau de Cologne.

Courage, Lily.

Je bloquai ma respiration et enfilai l'immonde accoutrement, dont les manches me pendaient sur les bras, et les pans sur mes genoux. Il avait fait trente-deux à l'ombre tout l'après-midi. Où était passée cette chaleur ?

J'avais les jambes raides, glacées. J'envisageai un moment

de prendre le pantalon de l'Ukrainien, mais renonçai, effrayée à la perspective de ce qu'il y aurait dessous. Un caleçon rose ? Un slip léopard ? Rien ? L'éventail des possibilités me donnait la nausée. Cette pensée en entraînant une autre, je songeai que l'Ukrainien avait prévu des provisions d'eau, de cacahuètes et de donuts dont les reliefs parsemaient encore la table. Je m'emparai d'une bouteille, reniflai le contenu. De l'eau vaguement aromatisée au donut. Je m'en contentai. L'effet fut instantané. J'eus un regain d'énergie, mes idées s'éclaircirent, les frissons disparurent.

J'avais de l'eau, de la nourriture, des vêtements et un Ukrainien mort sur les bras.

Ma situation s'améliorait considérablement.

3

L'Ukrainien m'avait séquestrée dans un logement social en rénovation de Mid-Wilshire, un quartier du centre de Los Angeles, à cinq ou six kilomètres de l'endroit où j'avais laissé la femme et le fils de Dmitry Romanko. Si j'avais eu l'esprit clair, j'aurais utilisé le téléphone du mort pour appeler un taxi, mais il semblait à cet instant précis que la seule chose en état de fonctionner chez moi fût mes jambes. Une fois rassasiée, hydratée et réchauffée, je récupérai mon karambit, essuyai dans la mesure du possible toutes les surfaces avec lesquelles j'étais entrée en contact, et décampai sans autre forme de procès.

Ma fuite fut laborieuse, erratique. À quoi pouvait ressembler une fugitive en train de courir sur un trottoir, les cheveux plaqués sur le visage, vêtue d'une chemise disco trop grande pour elle ? Quand je parvins au refuge d'Aleisha, j'eus à peine la force de gravir les marches et de m'effondrer contre la porte, trop épuisée pour frapper.

Une voix ferme mais courtoise m'ordonna de m'éloigner du battant. Aleisha Reiner était quelqu'un d'affable et de compatissant ; seulement, tenir un refuge pour femmes battues incitait à la prudence. Je fis ce qu'elle me demandait, priant pour ne pas m'évanouir dans l'escalier.

J'entendis un grincement, suivi du cliquetis d'une chaîne de sécurité.

« Oh, Seigneur, qu'est-ce qui t'est arrivé, ma puce ? Tu es blessée ? » Un visage chargé d'inquiétude apparut dans mon champ de vision. Aleisha, sa douce peau brune, sa bouche généreuse, toujours prompte à sourire, mais à cet instant précis incurvée en une moue soucieuse. Je sentis ses mains palper mes bras et ma tête, à la recherche de blessures, puis m'étreindre chaleureusement. « Tu vas finir par m'achever, tu sais. » Je me blottis contre son opulente poitrine. « Tu n'aideras personne si tu te fais tuer », ajouta-t-elle.

Je marmonnai une réponse inaudible, perdue dans les amples replis charnels, puis me dégageai.

« Ça ira, ne t'en fais pas. Il faut que je parle à Kateryna.

– Elle n'est plus là.

– Comment ça ? Quelqu'un est venu la chercher ? » J'imaginais un gang d'Ukrainiens la traîner dehors avec son fils. Une pensée encore plus effrayante me traversa soudain l'esprit. « Et les autres femmes ? » Je m'écartai d'Aleisha pour vérifier qu'elle n'était pas blessée. « Tu vas bien ? »

La vieille femme me caressa le bras comme si elle accueillait une nouvelle pensionnaire.

« Chut, du calme. Je vais bien, les autres femmes aussi. »

Sa voix ronronnante, ses gestes d'affection apaisèrent un peu mon désarroi, mais il me fallait des réponses.

Aleisha haussa les épaules.

« Elle a embarqué ses affaires, son fils, et elle est partie. »

Je n'arrivais pas à y croire. La convaincre de quitter son mari m'avait réclamé trois semaines de négociation ; j'en avais mis une de plus à me procurer les différents documents, à obtenir les clefs des endroits où elle pourrait se cacher et à réunir la somme suffisante pour qu'elle puisse débuter une nouvelle vie. Nous avions pris nos dispositions, avec sa cousine en Argentine. Tout ce que Kateryna avait à faire, c'était rester au refuge jusqu'à ce que je les mette, elle et son fils, dans un avion.

« Elle est retournée au bercail, hein ?

– Mmh. À Hancock Park avec son mari. »

Je me laissai glisser le long du mur de l'entrée, aussi vide qu'un ballon que l'on termine de dégonfler. L'époux de Kateryna était un avocat véreux au service de la mafia ukrainienne.

Moi, je travaillais pour le refuge d'Aleisha en échange d'une modeste rétribution. Juste de quoi poursuivre mon entraînement et renouveler mon matériel.

Aleisha m'avait confié le dossier de Kateryna parce que cette dernière se trouvait dans une situation dangereuse et complexe. En général, j'effectuais des prestations nettes et sans bavures. Mes talents de kunoichi me permettaient d'enquêter, d'intervenir avec un maximum de discrétion. Parfois, je devais avoir recours à la violence, mais la plupart du temps les affaires se réglaient par la ruse, la coercition ou la diversion. Que s'était-il passé, cette fois-là ? Je laissai cette question en suspens tandis que Stan, le mari d'Aleisha, déboulait dans le vestibule.

« C'est Lily ? » L'inquiétude exacerbait son accent new-yorkais.

Mes yeux s'emplirent de larmes. Stan avait toujours eu cet effet sur moi. Il était taillé comme une poire géante surmontée d'une petite tête chauve constellée d'éphélides. Sa longue moustache blanche, ses épaules rondes, sa panse moelleuse et son giron confortable semblaient idéaux pour un enfant en mal de sommeil.

« Pourquoi est-elle assise par terre ? » demanda-t-il à sa femme.

Aleisha dut lui lancer un regard entendu car, sans poser d'autres questions, il me souleva pour me porter sur le canapé. Dès que je fus installée, il gagna la salle de bains. Je l'entendis fouiller dans l'armoire, en quête de la trousse de premiers secours, puis il revint panser mes blessures. Aleisha s'en fut chercher à manger dans la cuisine. Elle se doutait sûrement que je ne resterais pas longtemps au refuge car elle ne rapporta qu'un tamal partiellement emballé.

Je tins la spathe de maïs sous mon nez, humant la préparation fumante.

« Fromage Oaxaca, maïs grillé et... travers de porc ? » J'engloutis une bouchée avec un ronronnement de satisfaction. « Tu pourrais ouvrir un restaurant. »

Aleisha cuisinait avec son âme, avec son cœur.

Elle leva les yeux au ciel et se gratta l'arrière de la tête, là où elle avait réuni ses dreadlocks en chignon.

« Pas besoin d'un restaurant, j'ai déjà assez d'invitées comme ça. »

J'aurais pu argumenter si ma bouche, remplie de saveurs délicieuses, m'en avait laissé le loisir.

Aleisha fit un nouvel aller-retour pour prendre du thé et des vêtements propres. Elle me tapota le genou :

« Bois cette tasse. Je te donnerai une bouteille pour plus tard. » Une pause. « J'ai pensé que tu aimerais te couvrir. »

Elle me présenta un survêtement gris : bas à revers, haut à capuche. L'ensemble était bien trop grand pour moi, mais constituait une amélioration indéniable si l'on s'en référait à la chemise de l'Ukrainien, que je jetai à la poubelle dès que je sortis de la salle de bains. Une fois débarbouillée et rafraîchie, je m'étais regardée dans le miroir et m'étais trouvée presque normale.

Je remis mes baskets et attachai mes cheveux. La queue-de-cheval m'arrivait à la taille, j'en fis donc un chignon, que je dissimulai sous la capuche du sweat-shirt. Ainsi attifée, j'aurais pu être n'importe qui.

À moins d'être très près de moi, personne ne remarquerait mes pommettes relevées, héritage de ma Hongkongaise de mère, ou le nez robuste, typique des habitants des pays scandinaves, que je tenais de mon père. On ne noterait pas davantage le reste de leurs gènes qui, mélangés au petit bonheur la chance, me donnaient une apparence particulière. J'ignore comment une telle chose était possible, mais les ascendants norvégiens de mon père avaient exacerbé les traits asiatiques de ma mère. Mes sourcils dessinaient des arcs trop prononcés, mes narines s'ouvraient à l'excès et mes lèvres exagérément pulpeuses semblaient boudeuses. Alors que ma mère avait fort classiquement les yeux en amande, les miens s'apparentaient à ceux d'un chat effrayé.

Nul ne s'étonnerait de ces singularités si j'avais le visage plongé dans l'ombre de la capuche. Tout ce qu'on verrait, ce serait une petite femme entre quarante-cinq et soixante kilos, d'âge et d'origine indéterminés, dans un ample survêtement. Je pouvais arpenter les rues sans qu'on fasse le rapprochement avec moi.

Ragaillardie, j'allai remercier Stan. Il me serra dans ses bras à m'étouffer.

« Sois prudente. Ta blessure pourrait se rouvrir. » Il parlait de l'entaille sur ma joue gauche, qu'il avait soignée avec un pansement hémostatique. « Va consulter, ajouta-t-il. Tu as peut-être besoin de points de suture. »

Bien que son étreinte me coupât le souffle, j'aurais voulu qu'elle dure toujours.

« Ça va aller, Stan, promis. »

Visiblement tranquillisé, il se tourna vers Aleisha. Ce Juif new-yorkais charpenté comme une poire adipeuse et cette baptiste noire et trapue de Compton formaient un couple curieusement assorti. Leur nature altruiste, leur tempérament amène et leur gourmandise commune contribuaient à souder leur relation. Rien d'étonnant à ce que nous nous entendions aussi bien.

« Tu veux un sandwich pour la route ? proposa Aleisha.

– Non merci, m'amusai-je. Avec un peu de chance, je serai de retour dans la soirée avec Kateryna et Ilya.

– Tu veux que Stan te dépose quelque part ?

– C'est gentil, mais je prendrai un taxi. Je te rembourserai demain. »

Je ne facturais jamais les déplacements. Je n'en voyais pas l'intérêt. Privilégiant la marche, le vélo ou les transports en commun, je ne dépensais pratiquement rien. Si j'avais besoin d'un mode plus rapide, d'un service plus individualisé, j'empruntais le véhicule de livraison du restaurant ou je passais par un site de covoiturage. Seul problème : l'Ukrainien avait brisé mon téléphone d'un coup de talon et je n'avais plus l'application correspondante.

Je préférais éviter de repenser au sort fatal de mon assaillant. Maintenant, en tout cas. Peut-être toujours.

Stan me tapota le front.

« Ne t'inquiète pas. »

Il parlait du remboursement, pas de l'Ukrainien. Ces mots me faisaient du bien. Plus tard, j'aurais le temps de réfléchir à la portée de mes actes, de rejouer la scène dans mon esprit, jusqu'à me convaincre d'avoir apporté une réponse proportionnée, équitable et juste à l'agression.

Et si je n'y parvenais pas ?

Stan posa les mains sur mes épaules, légèrement incliné pour me regarder dans les yeux.

« Tu as fait ce que tu devais faire. Il faut avancer. »

Je ravalai mes larmes. Comme les fois précédentes, il ignorait à quelles extrémités j'avais été contrainte, mais ses paroles me réconfortaient malgré tout. J'espérais simplement ne pas trahir sa confiance. Tuer quelqu'un était toujours un déchirement, peu importaient les justifications. Les remords avaient sans doute leur utilité. Grâce à eux, je restais probablement humaine.

« Je te rembourserai, répétai-je.

– Certainement. »

On ferait comme d'habitude. Il me payerait le taxi et je déposerais l'argent sur son compte le lendemain. Lui, il comblerait son besoin de me dorloter ; moi, je conserverais mon indépendance. Ce compromis garantissait un équilibre.

Peut-être que j'apprendrais un jour à tourner le dos à ma fierté.

4

Dmitry Romanko avait allumé toutes les lumières du séjour, alors que l'obscurité enveloppait le jardin. Des conditions idéales pour l'espionner. Il se prélassait sur son canapé, devant la télévision. J'entendais en sourdine le commentaire d'un match de football. Ilya se tenait assis sur le tapis du salon.

Si je n'avais pas connu leur situation familiale, j'aurais cru assister à un feuilleton de Disney Channel : papa occupé à regarder un match tandis que le fiston coloriait un livre sur la table basse. J'aurais apprécié la quiétude de cette scène, j'aurais même admiré la décontraction avec laquelle le père et son garçon agissaient l'un en présence de l'autre. Or, la scène n'était pas crédible à mes yeux car je savais ce que cachait cette apparente banalité.

Dmitry tentait de dissimuler sa nature brutale sous un accoutrement de cadre sup soucieux de son apparence : cols en V pour montrer ses pectoraux, pantalons moulants destinés à faire ressortir les muscles des cuisses. Il portait des mocassins griffés, sans chaussettes, avait une grosse gourmette en or et au poignet une montre du même métal, encore plus grosse. J'avais vu les marques que cette montre avait laissées sur le visage contusionné de Kateryna. Aucun des accessoires luxueux de Dmitry, aucun de ses vêtements de prix ne suffisait à occulter les origines populaires du personnage.

Ilya, quant à lui, par son comportement craintif et doux, me rappelait un lapin.

Dmitry abattit son poing sur la table basse.

« La passe, imbécile ! Tu as vu ça ? Shevchenko avait un boulevard. Ces crétins ne savent pas taper dans un ballon. »

Ilya s'était immobilisé, prêt à s'enfuir.

« La passe, trou du cul ! » Quand Dmitry lança un des coussins d'angle du canapé sur l'écran, Ilya se baissa brusquement. Son père ne prêta aucune attention à cette esquive, que le réflexe de son fils lui eût échappé ou qu'il choisît de l'ignorer. L'homme bondit sur ses pieds, lâchant une bordée d'injures en ukrainien. Il ressemblait à un entraîneur furieux après l'un de ses poulains. Sauf qu'il n'était pas sur le terrain. Il était chez lui, devant son poste de télévision, et il terrorisait son enfant.

Ilya se baissa davantage lorsque son père se pencha pour prendre une poignée de bonbons dans une coupe. Avait-il cru qu'on allait lui jeter les friandises à la figure ? Je l'ignorais et je m'en moquais. D'une façon ou d'une autre, le gosse s'attendait à du vilain : comportement typique d'une victime de violence domestique. Indifférent aux inquiétudes de sa progéniture, Dmitry se rassit et entreprit de croquer les sucreries une à une.

Cette scène aurait suffi à elle seule pour que je déteste Dmitry, mais lorsque je vis le regard triste de son fils s'adoucir, mon cœur se serra. Cette expression ne trompait pas : l'enfant aimait son père. Il avançait le menton comme s'il voulait recevoir une caresse accompagnée d'un baiser sur le bout du nez. J'en avais les larmes aux yeux.

Je reculai sous les platanes. Maintenant, trouver Kateryna.

Une mince bande de gazon flanquée d'une rangée d'arbres et d'une clôture contournait la villa, de style Tudor. Les fenêtres des chambres et les balcons donnaient soit sur le jardin, soit sur l'une des extrémités de la rue. La dernière façade ne comportait rien d'autre qu'un mur austère en pierre de taille et une petite lucarne de salle de bains. Parfait pour l'intimité. Catastrophique pour l'escalade.

J'aurais volontiers utilisé les arbres pour sauter sur le toit, mais le jardin était trop étroit pour prendre de l'élan, et les branches supérieures des platanes trop frêles pour supporter mon poids. Je glissai donc mes doigts dans un interstice entre les pierres et, prenant appui sur l'angle de la maison, débutai la difficile ascension. Grimper à la force des doigts réclamait un effort que je ne serais pas en mesure de soutenir longtemps. Arrivée à la gouttière, je tremblais comme une démente. Je parvins cependant à poser le talon sur la saillie métallique et à me hisser sur les tuiles en ardoise.

Dès que j'eus récupéré, je courus sur le toit incliné, dépassai une des cheminées en briquettes, puis trois des mansardes culminant telles des anfractuosités au sommet d'une falaise. Je me laissai glisser au niveau de la quatrième fenêtre, cramponnée au toit brisé. Comme à son habitude, Kateryna avait entrebâillé les battants pour aérer la pièce. Je m'introduisis dans la chambre, me réceptionnant sur le tapis persan. Un lit king-size recouvert d'une somptueuse courtepointe bordeaux et de gros coussins couleur crème apportait une touche stylée et agréable au décor. J'entendais les sons étouffés du match retransmis à l'étage inférieur. Avec un peu de chance, Dmitry ne bougerait pas du salon avant que j'aie pu faire entendre raison à son épouse.

J'ôtai ma capuche et m'assis sur une banquette près du lit. Pendant qu'elle s'affairait dans la salle de bains, je me composai une attitude inoffensive. Même si les femmes de ma stature n'inspiraient pas la crainte, Kateryna était devenue aussi peureuse que son fils.

« Lily », souffla-t-elle quand elle me vit.

Elle eut la courtoisie de paraître surprise. Après les épreuves que j'avais traversées, j'aurais préféré des excuses larmoyantes. Je l'interrogeai aussitôt :

« Pourquoi es-tu partie du refuge ? »

Elle jeta un coup d'œil dans le couloir avant de fermer la porte.

« Tu ne peux pas rester.

– Oh si.

– S'il te plaît, tu dois t'en aller. J'ai changé d'avis, je n'ai plus besoin de toi. »

Kateryna était une créature adorable, avec un long cou gracile et des os délicats. Sa taille excédait la mienne, ce qui ne l'empêchait pas d'afficher plusieurs kilos de moins et d'arborer des formes plus féminines. Sa nuisette ondulante en attestait. Elle avait ce que j'appelle une silhouette en deux dimensions : on la voyait de face et de dos, mais presque pas de profil, tant elle était mince.

À côté d'elle, j'étais Madame Muscle. Ni ma taille ni mes cuisses ne disparaissaient de profil. Kateryna tenait sa consistance de sa poitrine galbée et de ses fesses hautes, je tenais la mienne de ma robustesse : de larges épaules de Viking, des hanches étroites et des membres à l'image de ceux de ma mère asiatique. Autant dire que jamais je n'aurais les honneurs des magazines de mode. En revanche, Kateryna n'était pas capable d'escalader la façade d'une villa.

Les boucles de ses cheveux blonds oscillèrent quand elle voulut m'obliger à me lever de la banquette.

« Va-t'en. »

Elle haussait ses sourcils épilés et soulignés au crayon, plissait ses lèvres maquillées, en proie à une tension croissante. De toute évidence, elle avait d'autres projets pour ce soir qu'une bonne nuit de sommeil.

Quand je songeais à Ilya dans le living-room, sursautant au moindre geste de son géniteur, j'avais envie de la gifler pour lui remettre les idées en place. Était-elle naïve ou inconsciente ? Je considérai sa nuisette bordée de dentelles.

« Qu'est-ce qu'il y a, Kateryna ? Dmitry et toi, vous vous rabibochez ? »

Elle balaya ma question d'un mouvement de main – son mari adoptait souvent la même attitude dédaigneuse –, puis elle affecta de faire un peu de rangement.

« Merci de ton aide, mais tout va bien. »

Elle prit le journal de son mari, le plia soigneusement avant de le poser sur une table près de la fenêtre.

Je rêvais de l'étrangler.

« Peut-être que tout va bien pour toi, mais pas pour ton fils. »

Elle se pétrifia.

« Dmitry ne lui ferait jamais de mal.

– Tu en es sûre ? Parce que d'après mon expérience, un homme qui frappe sa femme aujourd'hui frappera son gosse demain. »

Je vis son beau masque s'altérer et crus l'espace d'un instant qu'elle allait revenir sur sa décision. Mais elle s'ébroua. Ses cheveux voltigèrent, agités de mouvements presque convulsifs.

« Tu ne comprends pas. Il remontera notre piste où qu'on aille.

– Il ne t'a pas trouvée, chez Aleisha.

– Question de temps.

– Tu étais en sécurité. »

Elle fit claquer ses ongles manucurés. Un tic nerveux.

Je réitérai ma question :

« Pourquoi tu as quitté le refuge ? »

Elle cessa de triturer ses ongles, des larmes lui montèrent aux yeux.

« Tu m'as dit que tu partais juste une heure pour aller chercher nos passeports. »

Je n'en croyais pas mes oreilles. Elle comptait vraiment me faire endosser la responsabilité de cette histoire ?

« Ça fait partie des documents importants en cas de fuite.

– J'ai eu peur. »

J'étouffai un soupir. La journée avait été longue, et ce n'était pas terminé. Il fallait que je garde mon sang-froid si je voulais l'apaiser.

« Bien sûr. Tu avais peur pour Ilya. » J'espérais jouer sur la fibre maternelle en mentionnant son fils. « Mais cela n'explique pas pourquoi tu as plié bagage. »

Elle s'essuya les yeux, renifla.

« Tu n'es pas revenue. »

Je dus me raisonner pour ne pas l'attraper par les épaules et la secouer comme un prunier. Respirer, maîtriser ses émotions, rester posée.

« J'ai été bloquée dans les embouteillages. »

Ce mensonge me paraissait crédible. Je ne pouvais quand même pas lui raconter qu'un des sbires de son mari m'avait surprise en train d'entrer par effraction dans la villa et m'avait assommée. Hors de question de révéler cette mésaventure à quiconque. J'étais déjà assez gênée d'en garder souvenir. En fait, j'étais carrément prête à ranger cette vilaine péripétie dans un endroit reculé de mon cerveau, où je reléguais toutes les expériences désagréables de ma vie.

« Je l'ai appelé, fit-elle.

– Quoi ?

– Dmitry est quelqu'un d'inquiet. Alors j'ai voulu le rassurer. Je lui ai dit que je rentrais avec Ilya. »

Je sentis mon ventre se contracter.

« Tu n'as quand même pas utilisé le téléphone d'Aleisha ?

– Non, j'ai pris mon portable.

– Dieu merci.

– Pourquoi ?

– Aleisha tient un foyer pour femmes battues. Tu ne dois en parler à personne, tu entends ? Jamais. »

J'interceptai une lueur dans son regard ; une lueur que je connaissais bien et qui était celle de la désinvolture. Je lui empoignai le bras :

« Je suis sérieuse. Ne donne aucun renseignement à Dmitry, tu mettrais d'autres vies que la tienne en danger. Compris ? »

Elle se dégagea d'une secousse.

« Compris. »

Quand elle se frotta le bras, une partie du fond de teint qu'elle y avait appliqué disparut et je vis une marque de doigt sur sa peau claire. J'en imaginais quatre autres sous une crème probablement baptisée Nu d'albâtre ou Nuance porcelaine.

Ma propre conduite me laissait perplexe. J'étais censée protéger les femmes, pas les molester.

« Excuse-moi, Kateryna, c'était déplacé. » Elle hocha la tête et je poursuivis sur un ton plus mesuré : « Quand tu l'as contacté… qu'est-ce qu'il a répondu ?

– Que si je ne lui ramenais pas Ilya, il le retrouverait et l'enverrait en Ukraine sans moi.

– Dans sa famille ? »

Elle opina.

« Il m'a dit que je ne le verrais plus jamais. » Les larmes coulèrent. Elle les essuya du dos de la main. « Je n'ai même plus de papiers ukrainiens. Dmitry a prétendu que je ne pouvais pas avoir la double nationalité. Pourtant, lui, il l'a. »

Elle renifla, tapotant ses joues humides du bout des doigts.

J'étais contrariée qu'elle se soucie de son maquillage, jusqu'à ce que j'aperçoive les hématomes sous le fond de teint. Des hématomes récents. Son mari l'avait frappée aujourd'hui même.

Je reculai pour m'asseoir sur le lit, désarçonnée. Travailler pour Aleisha m'avait appris une chose : la décision de quitter un compagnon violent devait émaner de la victime elle-même. Les gens bien intentionnés comme moi pouvaient, par leur précipitation ou leur intransigeance, aggraver la situation et mettre en péril l'existence des femmes qu'ils entendaient protéger. Il fallait agir au bon moment.

Mais quel était ce bon moment ? Kateryna voulait manifestement reporter sa décision. Qui étais-je pour l'en dissuader ?

Tandis que je retournais ces questions dans ma tête, Dmitry appela son épouse depuis le salon.

Telle une biche apeurée, elle se figea, les yeux écarquillés, la peau frémissante. Puis elle s'empara d'une robe en soie sur la chaise de la coiffeuse.

« Je dois y aller. » Elle se couvrit et noua une ceinture à nœud bouffant autour de sa taille de guêpe. « Repars comme tu es venue, je t'en prie. » Et elle s'éclipsa.

Je m'attardai près de la fenêtre, à l'écoute des bruits de la télévision qui me parvenaient d'un étage à l'autre. Ilya aurait sans doute repris son coloriage quand Kateryna rejoindrait son bourreau de mari. Je n'aimais pas la tournure des événements, mais ce n'était plus de mon ressort désormais.

Je posai les mains sur la table, les yeux clos. Quand enfin je soulevai les paupières, j'avisai une autre blonde au regard bleu, qui me fixait sur une page du journal plié : Mia Mikkelsen.

Je la reconnus sans peine car j'avais vu plusieurs reportages aux actualités. La serveuse avait été agressée à son domicile par l'un de ses clients. La presse en avait fait des gorges chaudes et avait pris le parti de l'agresseur présumé, J. Tran. Les journalistes avaient bien entendu choisi des clichés peu flatteurs pour la jeune femme. Sur celui que j'avais devant les yeux, elle ressemblait à une allumeuse aux traits bouffis de poisson-globe. La photo de Tran, en revanche, paraissait issue des pages glamour de *Gala*, consacrées aux hommes les plus sexy du moment.

Je soupirai.

« Je parie que tu ne serais pas contre un petit coup de pouce, pas vrai, sœurette ? »

Le refuge d'Aleisha fonctionnait grâce à l'argent de Stan, qui avait été agent de change à New York, et à celui de quelques investisseurs fortunés. En plus de travailler pour eux, j'aimais exercer mes talents de ninja en faveur d'autres causes. Il m'arrivait ainsi de prendre sous mon aile des femmes harcelées, humiliées ou agressées. Des femmes que personne d'autre n'accepterait d'aider.

Si je m'occupais de Mia demain, est-ce que cela compenserait l'échec d'aujourd'hui ?

J'eus une dernière pensée pour les hématomes que Kateryna dissimulait sous son maquillage et regrettai l'espace d'un instant de ne pas me trouver de nouveau face à l'Ukrainien. Il m'aurait servi de punching-ball.

5

« On prend par Washington Boulevard, ça vous va ? demanda le chauffeur de taxi.

– Pas de problème. Jusqu'à Overland Avenue. »

Pratiquement en ligne droite vers le sud-ouest. Je pouvais m'adosser sans souci à mon siège, profiter de la brise nocturne et laisser mes muscles se détendre les uns après les autres.

À présent que l'adrénaline refluait, je sentais chaque blessure, chaque contusion. Au moins l'Ukrainien ne m'avait-il rien cassé. Il avait simplement tenté de me tuer et je l'en avais empêché, point à la ligne.

Voilà en tout cas ce que j'essayais de me dire.

Mais était-ce la vérité ?

Avait-il réellement eu l'intention de m'éliminer, ou m'avait-il seulement neutralisée, le temps de m'accrocher à l'échafaudage ? Je penchais pour la seconde hypothèse, mais il m'aurait sûrement torturée afin d'obtenir des informations. Kateryna aurait été traquée, le refuge d'Aleisha menacé, alors non, la vérité importait peu.

Certaine qu'il ne vivrait pas assez longtemps pour répéter quoi que ce soit, je lui avais révélé l'un de mes secrets. Quelque chose que je n'avais jamais dit à personne.

J'avais commencé en douceur. Après tout, je me fichais qu'une brute ukrainienne apprenne d'où je tenais mon surnom préféré et comment Baba me faisait sauter sur ses genoux. Méritait-on de mourir parce que l'on savait que mon père me tapotait le ventre, persuadé qu'il renfermait autant de secrets que les gourmandises de ma mère ?

Sans compter que cette anecdote était fausse. Ma mère ne cuisinait pas. Baba, si. Et il avait aiguisé ses talents culinaires afin d'apaiser le mal du pays.

Pour en revenir à l'Ukrainien, je ne lui avais pas parlé de mes parents mais de moi ; j'avais ouvert une fenêtre sur un monde obscur, peuplé d'ombres ; je lui avais donné une raison de me craindre.

Les gens s'illusionnent facilement quand vous leur montrez ce qu'ils ont envie de voir.

J'avais tout raconté mot pour mot, et je ne lui avais pas caché que je me servirais de son arrogance contre lui. Était-ce ma faute, s'il avait été trop bête pour comprendre ? Ne lui avais-je pas donné sa chance ? Quoi qu'il en soit, une fois commencé, mon récit ne s'arrêta plus.

Les événements s'étaient déroulés deux ans auparavant, durant l'été de mes vingt-trois ans. Je buvais un verre au bar sans prêter la moindre attention aux gens autour de moi. Je n'aimais pas la façon dont ils croyaient me cerner. Cette manière de se comporter en révélait plus sur eux que sur moi. Voilà qu'ils reluquaient mes traits asiatiques, me classaient dans la catégorie des étudiantes intelligentes et bosseuses. Peut-être estimaient-ils que je cherchais ma place entre l'héritage ancestral et les opportunités modernes de la jeunesse. Classique.

On ne pouvait pas leur donner tort, mais ils ne touchaient pas à l'os du problème, pour reprendre une expression de mon père. Mon surnom, Gourmandise, reflétait ma personnalité : celle-ci se composait d'ingrédients plus mystérieux qu'on ne le présumait.

Un homme se tenait accoudé près de moi au comptoir. Je me souvenais qu'il avait eu l'air étonné de me voir commander un jus de canneberge. Il s'attendait probablement à ce que je nourrisse un penchant téméraire pour le scotch ou le chardonnay. Certaines de mes amies auraient correspondu à ce stéréotype. Pas moi. Je savais être prudente.

J'aimais avoir les idées claires, la repartie fine et les jambes prêtes à courir. Et en admettant que je fusse encline à la violence, ce qui n'était pas le cas à l'époque, je n'aurais pas eu besoin de l'alcool pour me lancer.

L'homme accoudé au comptoir engagea la conversation. Il pouvait s'enorgueillir d'une surprenante beauté. Je rêvais de passer mes mains sur son visage. Il allait de soi que j'étais trop disciplinée pour céder à ce désir. J'approchai cependant mon visage au cours de l'échange, laissai mes cheveux caresser sa peau. Thèmes de la soirée : la défense nationale, la protection des données personnelles et le droit de porter des armes.

Manifestement, je n'étais plus tout à fait moi-même.

Je me rappelais avoir ri intérieurement tandis qu'il tentait d'ignorer la caresse de mes cheveux sur son bras. Il opposait des arguments plutôt convaincants aux vues contradictoires que je développais, effort dont je lui étais reconnaissante. Il fallait bien admettre que je l'appréciais un peu trop.

Tout en lui incitait à la détente et suscitait l'espérance.

Alors, quand il avait commandé deux martinis, un pour lui

et un pour moi, j'avais accepté. La boisson avait bon goût, le vermouth était amer et tonique, comme de juste. Je me souvenais d'avoir tant raffolé de cette saveur que j'avais envisagé d'adopter un nouveau nom pour la soirée : Olive. Après des heures de conversation, les présentations semblaient toutefois superflues. En temps normal, ces détails auraient éveillé ma méfiance, mais sur le moment tout me paraissait normal, naturel. Nous avions des sujets de discussion beaucoup plus intéressants que des histoires de patronymes.

Quand il s'était emparé du cure-dents pour remuer la dernière olive de mon breuvage, j'avais éprouvé une sensation que je n'avais ressentie qu'une fois dans ma vie. Se félicitait-il de la bonne pêche qu'il venait d'effectuer ? Dans ce cas-là, il pouvait s'estimer récompensé à la mesure de son talent, car il avait fait tomber mes défenses une à une, avant de s'installer comme en terrain conquis.

Lorsqu'il avait vidé son verre, je l'avais imité. Puis il s'était levé.

« On peut y aller. »

Je l'avais accompagné jusqu'à la sortie. Il avait des manières protectrices : un véritable gentleman. Cela faisait une éternité que je n'avais pas autorisé un homme à se comporter de la sorte avec moi.

Il s'était garé à la distance parfaite : assez près pour que la marche soit agréable si l'on portait des talons, et suffisamment loin pour qu'il ait le temps de me prendre la main. Son geste relevait de la sympathie, de la tendresse. Habituellement, je n'aurais jamais accepté ce type de contact.

Au moins avais-je chaussé de solides bottes : je n'avais pas perdu tout bon sens.

La brise tiède, la chaleur de sa main sur la mienne, tout se combinait pour m'étourdir l'esprit.

Il m'ouvrit la portière lorsque nous arrivâmes à sa voiture : un véhicule propre, assez sportif et pas très cher. Je pliai les jambes pour m'asseoir. Son regard admiratif ne m'échappa pas. Je le comprenais. Mes jambes avaient toujours constitué l'atout principal de mon anatomie. Elles n'étaient peut-être pas dignes d'un top model, mais elles possédaient une grâce athlétique qui suggérait aux hommes de torrides images ; du moins si je devais en croire les propos d'un ancien prétendant avec qui je n'étais jamais montée en voiture.

Nous nous mîmes en route. Pendant que mon chevalier servant conduisait, je songeai combien l'attitude de ce soir me correspondait peu. Le bar, l'alcool, la voiture. Je n'étais pas du genre à sortir, et encore moins avec de quasi-inconnus. Quelque chose d'indéfinissable chez cet homme m'incitait à abandonner mes désirs de vengeance solitaire et à accepter l'éventualité de l'amour. Voilà en tout cas où me menaient mes réflexions.

Plus je tentais de cerner les circonstances dans lesquelles je m'étais laissée fléchir, plus celles-ci se dérobaient à mon entendement.

Le cuir du siège épousait mon dos, je rougissais de mes propres pensées, ma bouche s'étirait en un sourire stupide. J'étais assaillie par des sentiments que je ne comprenais pas. Attachée à la contemplation du paysage, je m'escrimais à dissimuler ces émotions que je redoutais voyantes. Je n'avais pas envie qu'il se fasse une fausse idée de moi, non qu'une idée juste fût souhaitable.

La pénombre envahissait les rues. Pas d'enseignes lumineuses, pas de devantures de restaurant, aucun lieu rassurant et éclairé. On aurait dit que tout était fermé pour la soirée. Nous nous étions aventurés dans un royaume d'allées vides et d'immeubles sinistres. L'unique trace de présences humaines consistait en de vagues silhouettes fantomatiques recroquevillées près des bennes à ordures.

« Où sommes-nous ? » J'avais l'impression d'avoir du plâtre dans la bouche. Je tournai le regard vers l'homme de mes rêves et ne vis alors qu'une promesse de mort. Il avait radicalement changé. Une mauvaise sueur gâtait à présent son parfum, sa respiration charriait des invectives. Je cherchai à renouer avec ce qui m'avait séduite en lui : le calme, la galanterie sincère, et me trouvai confrontée à un psychopathe.

Il recula mon siège sans que je puisse esquisser le moindre geste.

Moi, la kunoichi qui ne baissait jamais la garde, je restais à présent inerte tandis qu'il arrachait ma jupe et remontait mon chemisier. Je ne lui assenais pas un coup, n'expulsais pas un cri, n'opposais aucune résistance. Il me possédait, il le savait.

Je perçus un goût métallique que je n'avais pas détecté auparavant. Rien à voir avec le vermouth ou la canneberge. C'était une saveur médicamenteuse, proche de la vodka pure. J'essayai de bouger, mais mon corps refusait d'obéir. Mes pensées se fixèrent sur l'olive qui tournait dans mon martini. L'homme avait passé la main au-dessus de mon verre quand il avait joué avec le cure-dents. Il en avait profité pour faire tomber quelque chose dans la boisson. Et moi, j'étais hypnotisée par son regard.

Comment avais-je pu être aussi bête ?

Mes bras, inutiles, étaient privés de force. Le premier reposait sur ma poitrine, le second contre la portière. Il me caressa les cheveux, chuchotant qu'il n'avait pas eu d'Asiatique comme moi depuis longtemps.

À ce moment-là, j'avais su qui il était vraiment : pas un grand type blond en chemise Hugo Boss, mais un prédateur. Le même prédateur qui, après avoir piégé ma sœur Rose, l'avait tuée.

Ma main ankylosée s'abandonnait près de mon collier : une longue chaîne en or avec un pendentif en forme de dague rituelle. Personne n'avait jamais fait le moindre commentaire sur cet objet. Pourquoi d'ailleurs s'y attarder ? Il ne s'agissait en apparence que d'un vieux talisman, représentation d'un poignard cérémoniel de moins d'une dizaine de centimètres, avec un visage gravé sur le manche. Un colifichet bouddhiste inoffensif. La lame ne coupait même pas. Je sentais le sautoir presque à portée de mes doigts gourds.

Ma main progressait lentement le long de la clavicule tandis que l'homme ouvrait son pantalon, se déhanchait. La pulpe de mes doigts effleura le visage gravé. Mon agresseur baissa son pantalon sur ses chevilles, passa la main sur mon entrejambe pour écarter la frêle barrière de ma culotte. J'empoignai la base du poignard avec une prière intérieure : *Donne-moi la force.*

Et je frappai.

Il porta les mains à sa gorge, me giflant au passage. Peut-être espérait-il ôter la lame de son cou, mais elle n'y était plus. Je préparais déjà une nouvelle attaque. Mes sensations revenaient. Je remuai frénétiquement les bras devant lui pour le désorienter et l'empêcher d'anticiper l'enchaînement. Il aurait pu m'immobiliser avec son poids s'il était resté calme, mais il s'affolait. Un coup involontaire m'atteignit au sternum, provoquant une intense douleur. Geste absurde mais instinctif : je m'agrippai la poitrine comme pour contenir la souffrance. À peine le temps de vérifier qu'il n'y avait pas de fracture et je le poignardai au visage.

La lame, à laquelle j'imprimais des mouvements rotatifs, arrachait des portions de chair à chaque coup. Je n'avais pas besoin de voir les dégâts, je me contentais de frapper et frapper encore, jusqu'à ce que mes forces s'épuisent et que mon agresseur cesse de bouger. Alors seulement j'ouvris la portière et m'écroulai sur le trottoir.

Il me fallut plusieurs minutes pour arrêter de trembler, sécher mes larmes et cracher le sang que j'avais dans la bouche. Je parvins finalement à me dresser sur mes pieds. Toujours étourdie par la drogue, je vacillai un moment avant de trouver mon équilibre. Cette ordure avait déchiré mes vêtements. Mon visage et ma poitrine étaient maculés de liquide pourpre. Mais j'étais vivante.

J'avais eu de la chance.

L'homme qui m'avait enlevé Rose, qui l'avait violée et assassinée, je l'avais pourchassé pendant des années. Je possédais seulement les descriptions sommaires de quelques témoins pour m'aiguiller. Ma petite sœur avait utilisé de faux papiers pour entrer dans une boîte de nuit interdite aux mineurs. Elle n'avait que quinze ans. Était-ce la première fois ? Je l'ignorais.

Elle m'avait envoyé un texto dans la soirée. Avait-elle eu peur ? Ses amies étaient-elles parties sans elle ? Voulait-elle que je passe la chercher ? Je ne le saurais jamais, car je n'avais pas répondu à son message.

Je lui avais tourné le dos quand elle avait eu le plus besoin de moi. La moindre des choses que je pouvais faire après sa mort, c'était traquer son meurtrier. J'avais joué les appâts dans toutes les boîtes du même style, j'avais ciblé tous les blonds âgés de la vingtaine un peu trop bien habillés, des types aux maxillaires puissants, avec des yeux de chasseur, similaires à la gravure de mode que m'avaient décrite les personnes interrogées. J'étais certaine que je le reconnaîtrais, que je saurais détecter sa malveillance quand il s'approcherait de moi.

Quelle erreur !

J'étais tombée sous son charme, exactement comme ma sœur. Et j'avais failli subir le même sort.

Je m'éloignai de la voiture en titubant, m'engageai dans une contre-allée. À partir de ce jour-là, je ne relâcherai plus jamais ma vigilance, je ne prendrai plus rien pour argent comptant, je procéderai toujours avec circonspection. Le plus petit événement serait scruté, soupesé, évalué. Cet état d'esprit me maintiendrait en vie. Mieux, il maintiendrait en vie les autres.

On ne mentionna pas la mort de l'automobiliste dans les journaux et je ne trouvai aucun homme correspondant à sa description dans les hôpitaux de la ville. Alors de deux choses l'une : ou il était parvenu à disparaître, ou j'avais souffert d'une hallucination tellement réaliste qu'elle m'avait aspergée de sang. Au final, cet épisode me laissait un sentiment d'inachevé.

Je ne saurais jamais si l'assassin de Rose avait survécu ou non.

Je laissai le vent sécher mes larmes par la vitre ouverte du taxi.

J'avais livré une version sobre et factuelle à l'Ukrainien. Les souvenirs les plus profonds, les plus personnels étaient restés confinés en moi. Je lui en avais révélé assez pour soulager ma conscience, mais trop peu pour le faire fuir de manière prématurée. Ce secret devait susciter le respect, pas l'épouvante.

Il avait eu sa chance.

Sa mort me travaillait un peu, mais après avoir entendu ma confession, ses seuls mots avaient été : « Je m'en tape. »

Eh bien, s'il s'en tapait, moi aussi.

6

Je vivais au croisement de Culver et Washington, près des studios de Sony Pictures, là où les boulevards se rencontraient puis se séparaient à l'oblique. Le quartier, très commerçant, regorgeait de magasins ouverts sept jours sur sept, spécialisés dans tout ce qui concernait la survie en milieu urbain : pièces détachées automobiles, meubles, dentistes, salons de coiffure... D'autres professionnels moins indispensables se greffaient aux premiers : tatoueurs, vendeurs de chichas et de boissons à emporter. Les restaurants exotiques ne manquaient pas, et parmi eux, le Hongkong Inn de Wong, établissement baptisé selon ma mère et dirigé par mon père. J'habitais au premier étage.

Je me débarrassai du sweat-shirt à capuche et remontai l'allée du restaurant. Si on me remarquait, on penserait sans doute que je cherchais un endroit où passer la nuit, sur un carton derrière une benne. Une hypothèse qui se vérifierait si mes jambes me lâchaient. Je me dirigeai vers les dragons jumeaux ornant le flanc du véhicule de livraison. J'aimais à considérer que ces créatures mythiques – et leurs jumelles grand format sur la devanture du Hongkong Inn – protégeaient notre famille du mauvais sort.

Les dragons m'auraient été d'un précieux secours, aujourd'hui.

J'écartai ces pensées de mon esprit et boitillai en direction de l'entrée de service. L'œil aux aguets, je vérifiai qu'il n'y avait pas d'Ukrainiens en embuscade. Quelques caisses d'emballage, des cartons aplatis et les poubelles du bureau de tabac voisin, c'était tout. Je tapai le code d'entrée, la porte s'ouvrit et je respirai une bouffée d'ail, de gingembre et d'huile. Mon ventre gargouilla. Je n'avais pratiquement rien mangé de la journée. Pourvu que Baba m'ait gardé un petit extra.

Il avait en effet laissé quelques gourmandises sur la table de la cuisine. Un panier de cuisson à la vapeur en bambou reposait sur un wok à l'extrémité de la longue cuisinière. On avait éteint les brûleurs, mais pas depuis longtemps : le panier dégageait encore une certaine chaleur. J'en ôtai le couvercle. Deux *char siu bao* et un *zòngzi* avaient cuit à l'étuvée. Le *char siu bao* est un pain cantonnais rempli de porc, le *zòngzi* une sorte de papillote enveloppée dans des feuilles de bambou, dissimulant ses trésors gastronomiques sous une couche de riz gluant. Parfois, Baba y mettait du poulet haché ou de la purée de haricot rouge, mais j'espérais que ce soir il avait opté pour des *lap cheong*, des saucisses chinoises très grasses. Mon corps avait besoin de lipides, et après la journée que j'avais passée, une poignée de fruits secs ne ferait pas l'affaire.

Je posai mes inestimables *char siu bao* et le *zòngzi* dans une assiette, pris une ou deux pochettes de glace destinées à apaiser mes muscles endoloris, et abordai ensuite l'escalier qui longeait l'arrière de notre étroit bâtiment.

Baba avait grandi dans une ferme du Dakota du Nord avant d'attraper le virus de la cuisine. Comme il aimait les espaces ouverts et lumineux, il avait décidé de consacrer un tiers de l'habitation aux arts de la table. Le service de plats à emporter et de livraisons à domicile finançait la petite salle à manger et les travaux. Si tous les employés accédaient à la cuisine spacieuse, seuls Baba et moi étions autorisés à monter à l'étage.

La simple vision du Merida, un vélo de route de 7,71 kilos suspendu de biais dans la cage d'escalier, suffit à provoquer des élancements dans mes cuisses et mes mollets. L'ascension des marches en provoqua encore davantage.

Je me souvins d'une autre montée éprouvante, cinq ou six ans auparavant, quand Baba et moi avions porté mon lit à l'étage, pour ma première nuit dans mon nouvel appartement. Mon père semblait triste. Moi, j'étais soulagée. Nous avions laissé ma mère excédée à la maison. Elle qualifiait ce second départ d'« idiotie ».

Le premier avait eu lieu juste avant mes dix-huit ans, quand j'avais emménagé en résidence universitaire. Bien que situé à une heure à peine d'Arcadia, le campus d'UCLA aurait pu se trouver sur une autre planète. Libérée du regard inquisiteur de ma mère, je prenais enfin mon essor. J'allais où je voulais, comme je voulais. D'une façon ironique, je me retrouvais à faire à peu près les mêmes choses qu'avant, mais par plaisir et non plus par volonté de répondre aux attentes maternelles. Je m'absorbais dans les études, rencontrais de nouveaux amis et intégrais l'équipe universitaire de wushu. Sans cesse occupée, je rendais rarement visite à mes parents, et passais encore plus rarement un week-end chez eux. Durant les vacances de Noël, j'avais même pris un job étudiant dans un magasin pour avoir une excuse et demeurer sur le campus. J'avais rencontré Pete. C'était la première fois que je sortais avec un garçon. J'étais tombée amoureuse et j'avais aussitôt oublié ma jeune sœur.

Après sa mort, j'étais revenue au bercail. J'avais abandonné les cours, coupé les ponts avec mes copains de fac, rompu avec Pete. L'expérience de l'amour physique serait toujours associée au viol et au meurtre de Rose. Je ne pouvais pas rester avec lui. Je n'arrivais même plus à lui parler. J'effaçais tous les messages qu'il me laissait. Dès lors, je passais mon temps à m'entraîner au parc avec mon maître. Regagner le domicile familial après un an en résidence universitaire fut une véritable torture. L'esprit de Rose planait partout, occupait le moindre centimètre carré de la maison, me submergeait. Ici nous avions mangé, là nous nous étions battues, dans ce coin-ci nous nous étions cachées. Rien n'échappait aux souvenirs.

M'avait-elle pardonné ? Et Pete ? Cinq ans et demi exactement. Pourtant je luttais encore contre mes fantômes.

7

Une faible lueur en provenance du bureau de Baba me permit d'y voir assez clair pour gravir les derniers degrés. Je le soupçonnais de laisser sa porte entrebâillée, la lumière allumée, pour que je puisse aller à ma guise dans la buanderie située à l'arrière du bâtiment. Il n'aimait pas que je me déplace dans le noir. Cette idée me fit sourire. Même quand il n'était pas là, Baba savait prendre soin de moi et me réconforter.

Je jetai un coup d'œil à son bureau vide, dont le battant ouvert s'apparentait à une invitation, puis à la porte verrouillée de mon appartement, ce qui résumait assez bien nos rapports.

Je n'avais pas toujours été ainsi. Il fut un temps où j'étais quelqu'un d'agréable. Je m'étais inscrite au comité des fêtes de la résidence dès ma première semaine en fac, j'avais un milliard d'amis. Ma mère se plaignait d'ailleurs assez de mes activités sociales, qui selon elle m'empêchaient d'étudier correctement. Peu importait que ces activités se fussent réduites aux cours de chinois du samedi, aux entraînements de wushu et aux horaires scolaires, seuls moments où je fréquentais mes amis. Pour ma mère, tout ce qui ne relevait pas d'un temps consacré à travailler dans ma chambre constituait une grave négligence. La discipline et le sérieux primaient sur l'amusement. Et de loin.

Je posai mon assiette et glissai les pochettes de glace sous mon bras pour taper le code d'entrée de l'appartement. J'avais persuadé Baba d'installer des digicodes car je détestais me balader avec des clefs pointues dans les poches. J'aurais pu me blesser en tombant d'un échafaudage, par exemple. La brigade de cuisine trouvait ces boîtiers pratiques, Baba aimait la possibilité de changer les numéros. Tout le monde y gagnait.

L'appartement était plongé dans une obscurité presque aussi profonde que celle des escaliers. Une fragile clarté, diffractée par les portes vitrées au bout de la pièce, atténuait légèrement la noirceur. J'actionnai l'interrupteur principal. L'intérieur, tout en longueur, s'illumina comme un diorama. J'avais eu mon content d'ombres pour la nuit.

Un petit placard à chaussures meublait le vestibule, qui distribuait un dressing et une salle de bains. Venait ensuite la chambre, divisée par une longue commode chinoise et un paravent en bois, que je positionnais à côté du lit afin d'établir une séparation avec le salon attenant. Un artisan doué avait sculpté la base et le sommet des six panneaux qui le composaient : il avait gravé dans le bois des motifs typiquement asiatiques. Sur les plans verticaux se dressaient des hérons dans les jardins de roseaux et de glycines en fleur. Chaque nuit, je trouvais de nouveaux détails dans les motifs sculptés, chaque matin de nouveaux secrets dans les jardins. Lorsque je me tenais dans l'entrée, comme maintenant, la douce lumière du salon projetait les fines découpes du paravent sur le lit.

Je me déchaussai et arpentai à pas feutrés le parquet, apercevant plusieurs objets auxquels je tenais beaucoup : un bracelet mâlâ, un bol tibétain, mon collier avec le pendentif rituel, une statuette de Guanyin en porcelaine. J'avais disposé de l'encens, du riz et du sel autour des photos de Rose et de mes ascendants chinois. En dépit de ces accessoires votifs, je ne me considérais pas comme une femme religieuse. Je pratiquais le bouddhisme, mais cela n'allait pas jusqu'à la vénération. Une subtilité dont je me gardais bien de discuter avec ma mère. Pour elle, le bouddhisme ne pouvait faire abstraction de la religion, alors que pour moi, il représentait plutôt une philosophie. Il arrivait parfois que les deux notions se recoupent, mais pas toujours. On pouvait en dire autant de ma mère et de moi. Cette image me rappelait le bois dur du parquet, que recouvraient partiellement les tatamis élastiques de mon dojo.

Car oui, figurez-vous que j'avais mon propre dojo à domicile. Cool, n'est-ce pas ?

La salle d'entraînement occupait un espace de douze mètres carrés au centre du logis, ce qui signifiait que je devais traverser la légère surélévation des tatamis pour me rendre à l'autre bout de l'appartement. Ces carrés de mousse avaient été peints pour ressembler aux tatamis japonais : unique exception dans un appartement dont tous les autres éléments reflétaient la culture sino-américaine.

Un jour, Baba m'avait demandé pourquoi j'avais conféré cette touche nipponne au dojo. La réponse m'avait paru trop complexe, trop intime pour être formulée. J'avais simplement répliqué qu'il s'agissait d'une lubie de sportive. En vérité, je me rattachais à la véritable signification de dojo : l'endroit où s'exprime la voie. J'avais modifié la salle parce que ma voie avait changé lorsque j'avais découvert l'art martial ninja.

Le paravent que j'utilisais pour m'isoler du salon et du dojo servait également de séparation entre l'âme japonaise de ma discipline et le legs chinois autant que norvégien de mes parents. D'un côté, j'honorais la pratique ninja et les notions shintoïstes qui y étaient liées. De l'autre, je me conformais au bouddhisme de mes ancêtres, et n'hésitais pas à me draper sans l'épaisse couverture ornée de motifs en rosemaling norvégien, que ma grand-mère avait confectionnée pour moi. Le paravent m'aidait à compartimenter mon existence, mais il m'arrivait parfois de me sentir écartelée entre les trois cultures. Dans ces moments-là, je ne savais plus qui j'étais réellement. Je préférais alors me concentrer sur l'unique statut auquel j'aspirais : celui de protectrice des femmes.

Je marquai une pause devant l'un des murs vermillon du dojo. Tous les autres murs de l'appartement étaient peints en vert pâle, une teinte synonyme de nature apaisante et harmonieuse. Le vermillon du dojo poursuivait un autre but. Comme beaucoup d'éléments de la culture asiatique, les couleurs s'appuyaient sur une forte connotation symbolique. Le vermillon obéissait à une double fonction : il exprimait à la fois la prospérité et le danger. Lorsque je contemplais le mur, je voyais des explosions de pétards dans les rues de Chinatown.

Hóng, hóng, huo, huo ! Rouge, rouge, feu, feu !

On formulait là un vœu de réussite, mais on avertissait également d'un risque. Même si ce conseil de prudence n'avait pas sauvé Rose, il m'aiderait à protéger les femmes qui, comme elle, avaient besoin d'une grande sœur pour se sortir d'un mauvais pas.

Là où le vert imposait le calme nécessaire à la survie, le vermillon donnait la rage suffisante pour se battre. C'était en vertu de ces impératifs complémentaires que j'avais fait de mon appartement un champ verdoyant, altéré en son centre d'une dangereuse étincelle.

Pourquoi tant de vert et si peu de rouge ?

Parce que combattre était facile. Trouver la paix, voilà le défi !

8

Je m'éveillai la tête enfouie dans un oreiller, le ventre collé à du plastique mou. Le canapé ? J'entrouvris un œil, mon regard se posa sur un monde couleur rouille. Le canapé, en effet. Je roulai sur le dos, décollai les pochettes de glace de mon épiderme et enlevai en douceur le pantalon que j'avais emprunté. Certes des vêtements secs m'attendaient à l'autre bout de l'appartement, mais aucun d'eux ne méritait que j'effectue une quarantaine de pas.

Je basculai mes jambes nues sur le parquet et admirai le panorama. Comme l'enseigne du restaurant occupait toute la façade du premier étage, ce panorama aurait pu se résumer au dos d'un panneau. Cependant Baba avait mobilisé tous ses talents de bricoleur du Midwest pour aménager un amour de balcon. Je n'apercevais qu'un morceau de ciel, mais il y avait beaucoup de plantes. Je possédais même une chaise longue pour profiter des courtes minutes où le soleil tombait à la verticale. De toute façon, je m'adonnais rarement au bronzage car à chaque fois que je m'asseyais à l'extérieur, je croyais entendre Ma me conseiller d'éviter l'exposition.

Je secouai la tête, refusant de songer à ma mère à cette heure de la matinée. Plutôt prendre une tasse de thé. Étant donné que la théière se situait à sept ou huit pas du canapé, j'estimai cet objectif à ma portée. Ma jambe gauche trembla lorsque je me levai. L'Ukrainien avait frappé de la main droite, meurtrissant le côté gauche du corps. Je n'avais pas inspecté les dégâts, mais j'imaginais sans peine les bleus en forme de nœuds de corde. Pas de quoi en faire un plat. J'avais passé un marché avec mon organisme : je le nourrissais, je le fortifiais, et en échange il tolérait certains mauvais traitements.

Je longeai cahin-caha le dojo. La théière électrique trônait au sommet d'un petit réfrigérateur. Une étagère en hauteur abritait toutes mes feuilles de théier. Je détestais les fragments torréfiés ou fermentés, et encore plus en sachet. Les feuilles avaient besoin d'espace sinon l'infusion prenait mal. On pouvait dire la même chose à propos des gens, et particulièrement de moi. Il me fallait de l'espace.

J'avais installé mon cabinet de travail côté balcon. D'abord une fontaine à eau et une grande carte du réseau des transports à Los Angeles déployée sur le mur. Les lignes de couleur s'entrecroisaient : métro, lignes de bus, chemins de fer… Je les connaissais par cœur. Ensuite un bureau d'ordinateur en forme de L, des tiroirs, des armoires de classement. Mon thé à la main, j'allumai le PC.

Je ne m'étais pas connectée depuis une vingtaine d'heures, ce qui s'apparentait à une éternité pour n'importe quel millennial. Je n'étais pas accro aux réseaux sociaux – je l'avais été, mais plus maintenant –, cependant je préférais rester discrète sur mes activités, et les posts de mes anciens camarades m'agaçaient. Tous ces sourires, ces embrassades, ces profils sympas me rappelaient ma vie d'avant. Mieux valait couper nettement les ponts. Je n'avais plus de compte personnel, mais n'hésitais pas à intervenir sur ceux des autres pour aider les plus vulnérables. Pas seulement les femmes sur qui je veillais, mais aussi les amis de mon père n'ayant pas la moindre notion des pièges d'Internet.

Chaque matin, je passais en revue tous les sites pertinents, vérifiais que personne ne ruinait sa réputation ou ne divulguait d'informations préjudiciables. Une phrase malheureuse, une photo déplacée pouvaient faire d'énormes dégâts. Sans parler de la localisation géographique et de l'horodatage des messages. Les gens partageaient beaucoup trop d'éléments sur eux.

J'avais eu de la chance : Ma avait établi très tôt des règles strictes sur l'usage d'Internet. Les précautions prises dans la prime jeunesse rendaient ma présence adulte beaucoup plus facile à maîtriser sur la Toile. Ma mère m'avait tout d'abord obligée à choisir un pseudonyme. J'avais opté pour Coq, mon signe zodiacal chinois. L'avatar se présentait sous la forme d'un volatile stylisé au pinceau. Je le trouvais chouette donc ça ne me dérangeait pas. En revanche, elle fut beaucoup plus sévère concernant les photos. J'étais la seule gosse de ma connaissance à ne pas avoir le droit de mettre des clichés d'elle-même en ligne. Si l'un de mes amis postait une photo de groupe – lors d'une compétition de wushu ou d'un événement scolaire –, il avait pour consigne de me présenter sous le nom de L. Wong, l'équivalent chinois de P. Dupont.

Tapez L. Wong sur Google et vous obtenez quarante-trois millions de résultats : aussi bien des hommes que des femmes. Pour m'identifier grâce à une photo de groupe et une simple initiale en guise de prénom, il faudrait éplucher la totalité des clichés. Soixante-dix pour cent des élèves du lycée d'Arcadia et des membres de l'équipe californienne de wushu étaient en outre asiatiques. Me retrouver parmi ces gamins tiendrait du casse-tête.

En théorie.

Si ma mère, Violet Wong, avait envisagé ne serait-ce qu'une seconde l'existence d'un prédateur tenace, elle m'aurait privée d'Internet. En établissant ces règles, elle s'attendait à ce qu'elles soient respectées. Tous les établissements scolaires ou organismes qui se permettaient de publier mon prénom subissaient ses foudres. L'intransigeance de Ma était légendaire à Arcadia. Lily n'apparaissait nulle part, Coq et L. Wong ne se rencontraient jamais.

Rose s'en était tirée à bon compte. Le temps qu'elle parvienne à l'adolescence, le caractère de Ma s'était adouci, ou alors c'était le syndrome du cadet. Quoi qu'il en soit, ma mère avait commis une erreur d'appréciation. Rose était une enfant turbulente, pas moi. Non que je sois d'un tempérament effacé, puisque j'étais née sous le signe du coq. J'aimais simplement être entourée, je possédais une aura qui facilitait les contacts, les gens me remarquaient. Baba prétendait que dès la naissance je débordais d'énergie. Ma, elle, voyait les choses autrement: « Tu as toujours été orgueilleuse, Lily. Ton premier geste quand tu es venue au monde a été de t'essuyer la figure pour séduire l'obstétricien. »

Le décès de Rose changea tout.

Les premiers mois, mes partenaires de wushu, les copains de la résidence et les membres du comité des fêtes de l'université, m'encouragèrent à reprendre le cours de mon existence, celle qui était liée à mon avatar le coq. Mon enthousiasme leur manquait. N'en déplaise à ma mère, cette popularité était sans doute méritée. Mais la lassitude gagna mon entourage lorsque j'abandonnai la fac. Ma elle-même afficha un certain désintérêt. Alors je disparus.

Après avoir clôturé tous mes comptes, je cessai de me tenir au courant de l'actualité et laissai deux milliards huit cent mille internautes écraser les derniers vestiges de ma présence sur le Net.

Mes aptitudes pour l'informatique et les réseaux sociaux furent désormais placées au service de Baba. Il devint une star locale, une communauté hétéroclite et admirative se forma autour du site web de l'entreprise. Les clients affluèrent pour goûter à la cuisine authentique de ce fermier viking originaire du Dakota du Nord. Le Hongkong Inn décolla, et Baba m'en attribua le mérite.

Cet essor correspondait à l'esprit ninja. D'une manière peu orthodoxe, certes, mais c'était précisément le but.

Je ne m'étais pas entraînée pour devenir un assassin de l'ombre, mais pour protéger, aider et donner du pouvoir à ceux qui en avaient peu. Même à l'âge de douze ans, quand j'avais débuté, je pressentais qu'une tragédie frapperait ma famille.

Il me fallait riposter. Il me fallait triompher.

9

Ma messagerie contenait de nombreuses newsletters et notifications dont j'avais reporté l'examen. Elle contenait également cinq mails de ma mère que je lirais peut-être plus tard dans la journée. Ou peut-être pas. Un dernier courrier portait un point d'exclamation surligné en jaune – signe de son caractère urgent –, ainsi que la signature de Debbie, la coiffeuse de notre quartier, qui avait désespérément besoin de relayer le tweet d'une célébrité sur son blog.

Une urgence, vraiment ?

Je pris une gorgée de thé pour me requinquer, envoyai à Debbie une courte explication accompagnée d'un tutoriel sur YouTube, puis passai aux choses sérieuses : les notifications du lundi sur le Special Mailing Group, ou SMG.

Plusieurs groupes de discussion spécialisés me tenaient au courant d'affaires juridiques auxquelles je prêtais une attention particulière. PACER, un service électronique d'accès public aux documents judiciaires géré au niveau fédéral, permettait d'obtenir des informations sur les dossiers des tribunaux de district, des cours d'appel et des tribunaux de faillite. Grâce à PACER, je pouvais suivre l'évolution de certaines instructions. Parmi elles, des actions intentées par les femmes qu'Aleisha me chargeait d'aider, ou des affaires qui piquaient simplement ma curiosité, comme celle de la serveuse clouée au pilori par les médias.

La première notification que j'ouvris concernait justement Mia Mikkelsen. Un signe.

Tout Chinois était sensible aux conjonctions astrales. Cela faisait-il de moi quelqu'un de superstitieux ? Possible, mais ces intuitions, ou quel que soit le nom que l'on donnait à ces prémonitions, m'avaient trop de fois sauvé la mise pour que je les ignore. Aujourd'hui, les signes me disaient de me rendre à l'audience préliminaire. Je vérifiai l'heure. En me dépêchant, je pouvais assister à l'inculpation d'un enfoiré de première.

En tout cas, je l'espérais.

Le temps que je passe ma tenue de secrétaire et que j'obtienne un covoiturage pour le tribunal, l'audience était terminée. Manifestants et journalistes envahissaient le parvis. Une équipe de tournage plutôt bien positionnée attira mon attention. Le corps de bâtiment central du palais de justice consistait en un édifice d'une dizaine d'étages. Un grand escalier en colimaçon protégé par des parois de verre desservait chaque palier et descendait jusqu'à la place centrale.

Trois journalistes sortirent au pas de course tandis que j'approchais. La première était une jeune blonde assez mignonne, vêtue d'une robe fuchsia. Elle se fraya un chemin parmi les manifestants et les pancartes dénonçant le traitement culpabilisant des victimes d'agression. Elle s'arrêta devant un assistant et un cameraman :

« L'audience est pliée. Vous êtes prêts ? »

Le cameraman acquiesça.

« On n'attend plus que toi. »

L'assistant se coiffa d'un casque, les yeux fixés sur un écran de contrôle.

La journaliste vérifia brièvement son maquillage dans un miroir de poche, ajusta son oreillette et se coiffa d'un geste rapide. Ses cheveux tombaient très artistiquement sur ses épaules. Elle se mit devant la caméra, puis attendit le signal de l'assistant avec un sourire figé.

« Merci, Randy. Je me tiens en ce moment devant le Los Angeles Airport Courthouse, où l'audience préliminaire du ministère public contre Tran vient de se conclure par un non-lieu assez déconcertant. Vous voyez derrière moi combien cette affaire exacerbe les passions. Certains manifestants n'hésitent pas à parler de "lynchage des victimes". Depuis maintenant deux semaines, l'avocat de la défense, Curtis Pike, s'applique à peindre auprès des médias une Mia Mikkelsen aux mœurs dissolues, une femme délaissée avide de vengeance. Aujourd'hui, il a également jeté le doute sur l'amie de la victime présumée, qui aurait vu un homme de la stature de Tran en combinaison de motard fuir les lieux au guidon de son engin. Curtis Pike affirme que son client ne possède pas de moto. Par ailleurs, l'empreinte de pied retrouvée dans le jardin de Mia Mikkelsen ne correspond pas à sa pointure. La juge Michelle Bulman a fini par statuer que l'existence du crime n'était pas remise en cause, mais qu'il n'y avait pas assez d'éléments pour inculper Tran. »

Je me faufilai dans le tribunal sans attendre la suite. Pas de procès ? C'était une plaisanterie !

Je n'étais pas soumise aux obligations de la magistrature. Je n'avais pas besoin de preuves pour surveiller Tran.

De plus, l'argument de la mauvaise pointure ne tenait pas car il n'y avait rien de plus facile à falsifier qu'une empreinte.

Pour moi, la question se résumait ainsi : est-ce que je croyais Mia ou pas ?

Je la croyais.

Son histoire était crédible, sa souffrance paraissait authentique et son témoignage n'avait jamais varié, même au plus fort de l'humiliation publique. Elle aurait pu retirer sa plainte et être tranquille au bout d'un mois. Pourtant elle avait persévéré.

Mia avait plus que jamais besoin de l'aide d'une grande sœur.

Je passai sans encombre les détecteurs et les agents de sécurité. Qui prêterait attention à une épingle à cheveux adroitement glissée dans le chignon d'une employée ? Je récupérai la sacoche qui me donnait l'air d'une intello, chaussai mes fausses lunettes et me mis en quête de la salle 311 où s'était déroulée l'audience. Un bref coup d'œil aux ascenseurs pris d'assaut me convainquit de leur préférer les escaliers. Je voulais intercepter Mia à la sortie de la salle. Mon apparence était assez passe-partout dans le tribunal pour que je ne redoute pas d'apparaître sur un plan général au milieu d'un reportage.

Je réfrénai ma hâte et marquai une pause en haut des marches. Je me ferais remarquer si je me précipitais, c'est pourquoi je pris une grande inspiration et marchai calmement mais avec détermination dans le couloir. Une subalterne parmi d'autres. Une personne normale, dont la présence ne suscitait pas d'étonnement.

Mia s'absorbait dans la contemplation de la baie vitrée tandis que son avocate – une femme stricte, d'environ quarante ans – tentait d'engager la conversation. Je m'avançai pour entendre ce qu'elle disait.

« Je comprendrais que vous ne vouliez pas vous adresser à la presse, mais je dois faire une déclaration. » Mia ne répondit pas, alors elle haussa les épaules. « Appelez mon cabinet si vous avez des questions. Je suis navrée que les choses ne se soient pas déroulées comme nous l'espérions. »

Mia continua de fixer le paysage comme si quelqu'un, dans cette vaste étendue, allait lui expliquer pourquoi elle avait été déboutée. Je ne m'attendais pas à ce qu'elle trouve la réponse de sitôt. Quand je détournai le regard, je vis Tran plus loin, qui se présentait de dos. Sa posture, entre autres, m'incitait à croire Mia : il se tenait comme un combattant.

J'avais déjà remarqué cette attitude dans un reportage, quand il faisait face aux journalistes qui l'apostrophaient ; il écartait légèrement les jambes, les bras détendus le long du corps, d'une immobilité parfaite. Son avocat gesticulait et sautillait à ses côtés, tandis que lui occupait tout l'espace sans rien faire. Le dos très droit, les épaules dégagées, il ne secouait pas la tête en signe de protestation ou d'approbation, mais inclinait à peine le visage comme pour regarder le bout de son nez.

Sa manière d'être se retrouvait aussi dans ses longs cheveux ondulés et dans sa mise ; il portait son costume à la façon d'un trois-pièces confectionné sur mesure.

Sa simple présence intimidait.

Dans un autre contexte, j'aurais cru voir un athlète ; un boxeur poids mi-moyen peut-être, un joueur de football ou même un acteur. Le palais de justice en avait vu passer pléthore.

Je reportai mon attention sur Mia. Elle n'avait pas bougé. Cette Danoise majestueuse détonnait dans cet endroit. La Scandinave dans toute sa splendeur : un visage plein, une stature à donner le vertige. Tous les hommes étaient des nains en comparaison. Et pourtant elle ne portait que des talons de cinq centimètres.

Je me postai près de la fenêtre, dissimulée à la vue d'un observateur direct par Mia. J'observai Tran dans le reflet de la vitre. Allait-il prendre l'ascenseur ? Choisirait-il l'escalier de verre, plus lent mais plus spectaculaire ? Ou bien s'esquiverait-il par une issue discrète ?

Mia dut sentir ma présence car elle se tourna pour voir qui avait l'audace d'empiéter sur sa sphère intime. Je devinai immédiatement qu'elle n'était pas en colère mais abattue.

« Désolée pour le non-lieu », dis-je.

Ses grands yeux bleus papillotèrent, empreints de tristesse.

« Je pensais au moins aller jusqu'au procès.

– Moi aussi, j'y ai cru. »

Elle scruta le ciel, espérant vainement échapper aux larmes.

Je la laissai méditer et étudiai de nouveau son agresseur. L'avocat, Curtis Pike, s'éloigna pour emprunter l'escalier, au bas duquel l'attendait une myriade de caméras prêtes à immortaliser sa grandiose apparition. Tran, lui, se dirigea vers une sortie latérale au fond du couloir. J'aurais fait la même chose.

Dans le hall, l'avocat de Mia parlait aux journalistes.

« Qu'est-ce qu'elle leur raconte ? » demanda Mia. Une question qu'elle semblait formuler pour elle-même.

« Elle soigne son image et celle de la procureure, dis-je. Mais ne vous inquiétez pas, elle ne dira rien de négatif sur vous. Elle imputera son échec à la curée médiatique dont vous avez été victime.

– Et lui ? »

Plus bas, le défenseur de Tran effectuait son entrée dans l'arène.

« Ne vous en occupez pas.

– Est-ce qu'on se connaît ? interrogea Mia.

– Non.

– C'est bien ce que je pensais. Même si je ne suis pas une étrangère pour vous, comme pour beaucoup de gens, j'imagine.

– Les médias ont été injustes avec vous.

– Vous croyez ?

– Je ne crois rien. Je sais. Votre histoire m'intéresse depuis que les journaux ont commencé à en parler. »

Elle laissa échapper un long soupir de découragement.

« Qui êtes-vous ? »

Bonne question. Quel nom allais-je lui donner ? Lily Wong n'avait pas réussi à sauver Kateryna et Ilya. Coq, mon avatar, gisait dans les limbes des réseaux sociaux. Peut-être était-il temps de changer d'identité. Je songeai au surnom dont m'avait affublée Baba.

« Vous pouvez m'appeler Gourmandise.

– Vraiment ? » s'amusa Mia. Elle parut sur le point d'ajouter une réflexion, mais renonça. « Qu'est-ce que vous voulez, Gourmandise ? Sans vouloir vous vexer, j'ignore pourquoi vous m'adressez la parole.

– Il vous faut une raison particulière ?

– Eh bien, au cas où vous ne l'auriez pas remarqué, je ne bénéficie pas d'une popularité extraordinaire en ce moment. »

Elle ne quittait pas le paysage des yeux. Los Angeles semblait s'étendre à perte de vue. Les gratte-ciel se réduisaient à des points sur la ligne d'horizon, puis même la ligne d'horizon disparaissait.

Mia paraissait soudain minuscule en dépit de sa taille réelle.

« Vous êtes seule dans une période où vous ne devriez pas l'être, repris-je. Voilà pourquoi je vous parle.

– L'ironie du sort. »

J'ignorai le sarcasme.

« La fille qui a témoigné pour vous, où est-elle ? C'est une de vos amies, non ? Pourquoi n'est-elle pas avec vous ? Et le patron de la boîte où vous travaillez, le Siren Club ? J'aurais pensé qu'il se sentirait concerné.

– Je ne bosse plus au Siren Club.

– Il vous a virée ? Les manifestants n'ont pas planté sa tête en haut d'une pique ?

– Ils ne sont pas au courant. Et il ne m'a pas virée, je suis partie. Avec trois mois de salaire. »

Les gens prenaient leurs distances avec la jeune femme, ils préféraient éviter l'orage. Leur lâcheté me révoltait.

Mia haussa les épaules, manière de signifier que cette couardise n'avait pas grande importance à ses yeux.

« Vous savez où est parti Tran ?

– Il a filé par une sortie latérale. »

Elle porta les mains à ses tempes, un faible gémissement aux lèvres.

« Super. Et s'il m'attend dans le parking ou s'il repasse à mon appartement ? Je ne vais quand même pas rappeler les flics, non ? Qu'est-ce qui l'empêche de s'attaquer de nouveau à moi ? Nom d'un chien, je ne sais plus quoi faire. »

Mia n'attendait aucune réponse de ma part. Elle espérait juste soulager l'anxiété, et comme aucune oreille amicale n'était là pour l'écouter, je servais d'exutoire. Plus je la laisserais s'épancher, plus elle aurait confiance en moi.

« Ce salaud peut faire tout ce qui lui chante. La police ne m'aidera plus. Le juge a levé l'ordonnance restrictive. Tout le monde me prend pour une procédurière cinglée. Même les copines du boulot ne veulent plus m'adresser la parole. » Elle étouffa un rire. « Comme si j'allais accuser tout le monde de viol et de tentative de meurtre. Quelle blague ! C'est moi, la victime, et on me traite comme une criminelle. » Elle renifla pour empêcher son nez de couler. Après un soupir, elle se ressaisit :

« Désolée.

– Pas de problème.

– Je vais encore rester un peu ici.

– Je veux bien vous accompagner jusqu'à votre voiture, si ça peut vous rassurer.

– Peut-être. » Elle eut un nouveau rire avorté. « Je suis en dessous de tout.

– N'y pensez pas. Tenez, je peux même vous conduire jusqu'à chez vous, vérifier votre appartement et m'assurer qu'il ne traîne pas dans les parages. »

Son regard croisa le mien. Pas le regard d'une jeune femme perspicace qui redoutait d'être torturée et tuée par une psychopathe à son domicile, non. Plutôt celui de quelqu'un qui, confronté à une petite bonne femme comme moi, la décrétait inoffensive. J'essayai de ne pas m'en formaliser et levai les mains.

« Pas d'obligation. »

Mia se corrigea avec empressement :

« Mille excuses. Vous voulez me rendre service. Je ne suis pas très sympa en ce moment, pardonnez-moi.

– Je comprends.

– Je ne veux pas être ingrate ou quoi que ce soit, mais... Pourquoi vous voulez m'aider ? »

Je pris une inspiration. La question était plus complexe qu'il n'y paraissait.

Mia me tira de l'embarras.

« Oubliez ma question. À cheval donné, on ne regarde pas les dents, n'est-ce pas ? Mais faites-moi plaisir : notez au moins sa description s'il essaye encore de me tuer. »

Je souris.

« Ce sera le moins que je puisse faire. »

10

Mia me dévisagea comme si j'avais écrasé son chien. Deux fois.

« Vous disiez que vous me raccompagneriez à ma voiture, fit-elle d'une voix tremblante.

– En effet. Mais laissez-moi d'abord vérifier le parking, d'accord ? Dès que vous sortirez de l'ascenseur, je serai là. » Elle avait visiblement des difficultés à me croire, mais je continuai : « Faites comme si vous ne me connaissiez pas. Marchez jusqu'à votre véhicule, montez à l'intérieur et verrouillez vos portières. Consultez ensuite vos mails.

– Pourquoi ?

– Vous aurez un prétexte pour ne pas partir immédiatement. Quand je saurai que vous êtes en sécurité, je vous appellerai et on s'en ira.

– Et autrement ?

– Allez au bureau de police le plus proche. » Je levai la main pour devancer son objection. « Je sais. Mais ils n'ont pas besoin de vous croire. Déposez simplement une main courante afin de garder une trace. » J'attendis qu'elle approuve, puis : « Une dernière chose : où êtes-vous garée ? »

Munie de la description et de l'emplacement de la voiture, je me dirigeai vers la sortie latérale du bâtiment. Tout en marchant, je sortis mon téléphone de secours : un appareil supplémentaire que j'avais acheté l'année précédente, au cas où un crétin d'Ukrainien écraserait le mien avec ses chaussures disco. Bon, peut-être n'avais-je pas prévu ce scénario dans les moindres détails, mais l'idée y était. J'emportai également une cannette vide que quelqu'un avait laissée sur le bord d'une poubelle. Un accessoire supplémentaire ne pouvait pas faire de mal. J'avais donc un téléphone, une cannette de soda, une sacoche pleine de documents et de fausses lunettes à monture noire qui n'arrêtaient pas de me glisser au bout du nez.

Je pénétrai sur le parking avec l'air d'une secrétaire affairée, les yeux fixés sur son portable. En réalité, j'avais allumé l'appareil photo de façon à pouvoir observer les lieux à travers l'écran.

Plusieurs voitures se déplaçaient dans les allées. Une femme vérifiait son maquillage dans un rétroviseur. Un groupe de cinq personnes émergea des ascenseurs avant de se disperser. Un couple assez bien assorti quitta son SUV pour prendre les escaliers que je venais d'emprunter.

Pas de Tran en vue.

Mia possédait une Focus rouge facile à localiser. Une autre citadine modeste, adaptée à ma condition d'employée, stationnait juste à côté de la Ford. Je posai ma cannette sur le toit, fouillai ma sacoche pour faire mine de chercher mes clefs. Il me fallait juste un peu de temps pour scruter l'habitacle de la Ford, vide.

Je fis volontairement tomber mes clefs, ce qui me donna l'occasion de regarder sous la voiture. Aucun piéton à proximité de la Focus.

Je récupérai ma cannette, glissai le téléphone dans la sacoche en bandoulière et mis le cap sur les ascenseurs.

N'importe quel observateur avisé aurait déjà établi son diagnostic : je voulais rester libre de mes mouvements.

Tous les parkings de Los Angeles avaient des poubelles près des ascenseurs. Celui du palais de justice ne faisait pas exception. Tandis que je m'en approchai avec la cannette, les portes de la cabine tintèrent. Comme convenu, Mia sortit sans me prêter attention. Je jetai mon soda dans la corbeille, balayant innocemment les environs du regard. D'une part j'affectais une indifférence blasée, de l'autre je maintenais une attention flottante qui me permettait de remarquer beaucoup plus de choses que lorsque je cherchais un élément spécifique. On pouvait tirer une morale de ce paradoxe apparent, mais l'heure n'était pas à ce type de réflexion.

Je suivais les mouvements de Mia, assez proche d'elle pour intercepter une attaque au couteau ou une tentative d'enlèvement, assez proche également pour la pousser sous une voiture si je discernais l'ombre d'une arme de poing, mais trop loin pour intervenir en cas de tir longue portée. Cette fâcheuse éventualité mise à part, je contrôlais donc la situation.

Mia respecta mes consignes à la lettre : elle verrouilla les portières de la Ford et consulta son portable. Nul passant, nul conducteur ne manifestait le moindre intérêt pour elle, mais je vis une voiture qui effectuait une marche arrière à quelques rangées de là. Une Mustang GT. Les propriétaires de ce genre de véhicule avaient tendance à se la jouer *Fast and Furious*, particulièrement dans les parkings où les larges pneus de leur bolide crissaient. Alors pourquoi le conducteur de la GT était-il si discret, pourquoi ne laissait-il pas parler le Vin Diesel en lui ?

Je ralentis l'allure, puis m'arrêtai complètement au milieu de l'allée, à hauteur de la Ford. Sans me gêner, je feignis une fois encore de chercher mes clefs. Le conducteur de la GT avait interrompu sa manœuvre. Mauvais signe. J'hésitai comme quelqu'un prenant brusquement conscience qu'il encombre le passage. Cet instant suspendu me permit de lorgner le chauffeur. Vitres teintées. Impossible de distinguer ses traits. J'esquissai un vague geste d'excuse et me mis sur le côté, au niveau de la portière conducteur de la Ford. Positionnée comme je l'étais, un tireur aurait du mal à ajuster son tir.

Pouvais-je aller au contact du propriétaire de la GT ? Sans doute, mais si c'était Tran, j'étais grillée. Il saurait que Mia bénéficiait d'une protection et je ne pourrais plus le prendre ultérieurement en filature si cela se justifiait. Je m'emparai de mon téléphone, fis semblant de décrocher. La fausse conversation me procurerait le temps nécessaire à une meilleure appréciation. Les gens se tenaient rarement immobiles quand ils recevaient un appel. J'en profitais donc pour protéger un peu mieux la jeune femme et, le visage partiellement dissimulé, examiner plus attentivement la voiture de sport. Ce fut à cet instant que je vis la portière ouverte.

L'homme venait de bondir hors de son véhicule et de s'élancer vers le coffre. Je n'arrivais toujours pas à savoir s'il s'agissait de Tran. Il se tenait à présent baissé derrière le hayon. Sortait-il une arme de son coffre ?

Trop de variables. Trop d'inconnues.

Je lâchai le téléphone dans la sacoche, enroulai la sangle autour de mon poignet et sprintai vers la GT, armée de mon fléau artisanal.

Je contournai la voiture. Le sac pirouettait déjà au bout

de sa courroie quand j'entrevis une chevelure couleur blé et compris ma méprise. D'une brève inflexion du poignet, je fis passer le sac juste au-dessus de la tête de l'homme, mais l'élan me déséquilibra. Je chutai.

Il se précipita pour m'aider.

« Vous allez bien ? Qu'est-ce qui s'est passé ? »

Je jouai l'imbécile et fis signe que j'étais indemne.

« Tout va bien, merci. » Je me levai maladroitement. « J'ai dû glisser sur une flaque d'huile. » Rajustant mes lunettes, je cherchai une tache coupable sur le sol. Vaine entreprise. J'offris à l'homme un sourire confus. « Quelle empotée ! »

Le type gloussa. Il paraissait aussi inoffensif qu'un lourdaud dans un *teen movie*, du genre à s'envoyer des cocktails aux soirées, à appartenir à une fraternité, à se payer des escorts… et à conduire des voitures de sport. Rien à voir avec Tran. Même sans mon accoutrement grisâtre de secrétaire, je ne l'aurais jamais intéressé. Preuve en fut qu'il ferma son coffre sans jeter un seul coup d'œil à ma jupe.

Il eut un sourire narquois.

« Soyez quand même prudente. Vous risqueriez de blesser quelqu'un. »

Il employait un ton tellement condescendant que je n'aurais pas trouvé étonnant qu'il me pince la joue ou me tapote le crâne.

J'affectai un rire gêné, ajoutai un petit reniflement pour faire bonne mesure.

« Qui ça ? Moi ? »

Je retournai ensuite vers la Ford, remerciant secrètement le conducteur pour son manque de considération. S'il avait été un peu plus attentif ou futé, j'aurais eu plus de mal à m'expliquer.

En dépit de ma méprise, j'étais satisfaite d'être passée à l'action. Pour peu que Mia et moi ayons eu affaire à Tran, celui-ci nous aurait abattues sans difficulté près de la Ford. Nous aurions alors fait partie des statistiques d'homicides par armes à feu dans la ville de Los Angeles. Lorsque je montai dans la voiture de ma protégée, le conducteur de la GT démarra sur les chapeaux de roue, ainsi que je m'y attendais dès le départ. Les pneus crissèrent aussi fort que ceux de la Formule 1 d'Ayrton Senna avant l'accident. Je souris.

« Je déteste ce bruit, grimaça Mia.

– Vraiment ? » La GT disparut en un clin d'œil au premier tournant. « Moi je le trouve plutôt agréable. »

11

Mia se débarrassa de son sac à main et de son pull sur le guéridon blanc près de la porte d'entrée, puis traversa à grandes enjambées le vestibule recouvert d'un carrelage en mosaïque.

« Tu bois quelque chose ? » Elle s'éclipsa dans la cuisine avant que je puisse répondre, revint avec deux Corona décapsulées. « Je ne sais pas pour toi, mais il me faut un remontant un peu plus consistant que le Coca. »

Je me dirigeai vers la chambre à coucher, incitant mon interlocutrice à laisser ma bouteille sur la table du salon. La seule boisson que j'acceptais avant midi, c'était le thé. Bien entendu, je ne parlais pas du Lipton en sachet que je trouverais sans doute chez Mia, mais d'un thé bougrement authentique, comme dirait Baba. Je songeai à ses expressions typiques du Dakota du Nord. *Bougrement*, *point barre*, *histoire réglée*, la liste se prolongeait à l'infini. J'aurais aussi pu choisir en cette occasion précise *faut voir à*. Il faudra voir à prendre une tasse de Dragon Well en sortant de chez Mia.

Je frissonnai : la fatigue commençait à me rendre patate. *Patate*, *brindezingue*. Je toussotai pour éviter de rire.

Mia apparut dans l'encadrement de la porte.

« Tout va bien ?

– Oui, très bien. » J'avais besoin de me concentrer pour arrêter ces divagations saugrenues, et me focalisai donc sur les barreaux blancs à la fenêtre, qui n'avaient rien d'amusant. Avec les impératifs urbains de Los Angeles, de telles protections s'étaient imposées comme un accessoire de mode. Dommage que leur efficacité laissât à désirer.

« Juste une chambre ?

– Oui, confirma Mia. Je vis seule. Pas de coloc.

– Et l'amie qui a interrompu l'agression ? »

Mia secoua la tête.

« On avait trop bu. Elle ne voulait pas rentrer en voiture.

– Ce détail n'a pas été mentionné à l'audience ?

– Oh, si. Pike ne s'est pas privé de nous faire passer pour des ivrognes. »

J'eus un grognement de mépris pour l'avocat, sans toutefois commenter sa tactique. Ce n'était pas le moment de s'engager dans des considérations oiseuses. J'avais un appartement à inspecter.

Mia habitait au premier étage d'un immeuble hispanisant sur quatre niveaux, dans un quartier relativement cossu de Fairfax. L'éclairage public fonctionnait bien, les logements étaient sécurisés, elle n'avait pas de raison de se sentir en danger.

« Depuis combien de temps vis-tu ici ?

– Presque un an. »

Assez longtemps pour relâcher sa vigilance. J'opinai.

« Pas de cambriolages dans le voisinage ?

– Non, pas à ma connaissance. »

Quand je retournai au salon, Mia se laissa choir sur le canapé, ôta ses chaussures et posa les pieds sur la table basse. J'ouvris le panneau coulissant du balcon.

« Il est passé par là ?

– Apparemment. Bel exploit, non ? Se faire agresser par Spiderman, tu parles d'un coup de bol ! »

Le balcon, en saillie sur la façade, surplombait la baie vitrée de l'étage inférieur. Une rambarde ornée de colonnettes torsadées et assujettie à des éléments décoratifs en stuc faisait office de garde-corps autour de l'étroite plateforme. En dépit de ses vertus esthétiques, qui ne sacrifiaient pas l'intimité au paysage, cette protection ressemblait à la clôture d'une cage. Du moins à mes yeux. Mia éprouvait-elle une impression similaire ? Peut-être, car je remarquai une fine couche de poussière sur les meubles extérieurs, signe qu'elle ne s'était pas installée dehors depuis un moment. J'examinai le sol. Une zone moins poussiéreuse semblait tracer un chemin jusqu'à la baie vitrée. Pouvait-elle résulter du passage d'un individu chaussé de bottes de motard ? Possible.

« En dehors de cette issue, tu as d'autres hypothèses ?

– La porte d'entrée.

– Tu ne l'avais pas fermée ? »

Elle m'adressa un regard lourd de sens. Je levai pacifiquement les mains.

« Simple question.

– Désolée. On m'a beaucoup interrogée sur l'éventualité que j'aie pu l'inviter à entrer.

– Ah.

– Je ne l'ai pas invité à entrer.

– D'accord. »

Nouveau geste apaisant de ma part. Ça commençait à devenir une habitude. Mia me fixait avec l'air courroucé de celle qui peut partir au quart de tour. Comment lui en vouloir ? À moins qu'elle ne fût, comme l'affirmait Pike, qu'une cinglée obsédée par la vengeance. Mais je refusais d'envisager cette possibilité. Pour l'instant, en tout cas.

Je me penchai au-dessus de la rambarde pour tenter de localiser un accès discret, un itinéraire qu'il aurait pu emprunter sans éveiller l'attention des passants. Le propriétaire prenait soin du jardin en contrebas et l'unique arbre de l'espace vert – une érythrine crête de coq – se situait trop loin pour favoriser l'escalade. Rien à glaner de ce côté-là. Aurait-il pu sauter depuis un immeuble voisin ou cheminer par le toit ? De toute évidence non car la manœuvre aurait été trop risquée et trop voyante. Restait la portion de mur à gauche du balcon, laquelle comportait une gouttière qui courait sous la plate-forme avant de contourner l'édifice. Je désignai la grille du jardin surmontée de pointes en acier.

« Il a pu passer par là.

– Et les pics ?

– À supposer que les semelles de ses bottes soient assez épaisses, il a pu prendre appui dessus. Ou bien glisser son pied entre les barreaux.

– Au temps pour la sécurité. »

Je haussai les épaules.

« En général les grilles et les murs sont purement décoratifs. Ils ne dissuadent pas un monte-en-l'air vraiment décidé. » Je ne lui précisais pas que je parlais en connaissance de cause. « Les gouttières en aluminium sont trop fragiles pour supporter le poids d'un individu, mais regarde la tienne : elle est fixée au mur juste sous le balcon. L'horizontalité la rend plus solide, et Tran n'aurait eu besoin que d'une seconde pour atteindre la saillie. »

Mia sirota une gorgée de bière.

« Magnifique. »

J'ignorai son commentaire sarcastique et m'inclinai un peu plus pour scruter le jardin.

« J'ai entendu dire qu'ils avaient découvert une empreinte.

– Oui, près de la grille. Ce n'est pas celle de Tran, d'après ce qu'ils prétendent. »

Mia ne cachait pas son incrédulité. Elle termina sa bouteille, désigna la mienne.

« Tu comptes la boire ?

– Vas-y, ne te gêne pas. »

Je n'avais vraiment pas besoin d'alcool maintenant.

« Ce n'était peut-être pas sa botte, mais celui qui t'a attaquée est passé par là, j'en mettrais ma main à couper.

– Oh, pour moi il n'y a aucun doute, c'est la botte de mon agresseur. J'ai senti ses semelles me griffer les jambes pendant qu'il essayait de m'étrangler avec ma propre chemise de nuit.

– Tu es sûre… que c'était Tran ? »

Elle me regarda fixement.

« Absolument.

– Simple question, tu te souviens ?

– Oui, mais j'en ai assez d'être traitée de menteuse.

– Je comprends. »

Je m'assis sur une chaise à côté d'elle, enlevai mes lunettes pour me frotter les yeux et retirai l'épingle à cheveux dans mon chignon. Inutile de jouer à la secrétaire plus longtemps. Et puis le chignon me donnait mal au crâne. Je secouai la tête pour libérer mes cheveux ; ils retombèrent dans mon dos et ajoutèrent à la chaleur d'une journée déjà caniculaire. Peu importe, j'étais soulagée.

Mia en profita pour m'interroger.

« Tu n'as pas été très claire, Gourmandise. Quelles sont tes motivations ?

– Je te l'ai dit, j'aime aider les gens.

– En t'en prenant à un type qui sait s'introduire par effraction dans un appartement du premier étage ? Je ne te crois pas. »

Mia méritait une réponse franche, mais j'ignorais laquelle choisir. J'optai pour la plus factuelle :

« Je suis ton affaire depuis que les médias en parlent. Et j'étais au tribunal pour essayer d'assister à l'audience.

– En quoi ça te concerne ? »

Je marquai une hésitation. Devais-je évoquer la mort de ma sœur ? Pas sûr que cela me rendrait service. Je pouvais aussi lui parler des signes : la manchette que j'avais vue dans la chambre de Kateryna, la première notification du SMG que j'avais ouverte ce matin… Autre possibilité : lui expliquer simplement que j'avais besoin de me refaire après un échec professionnel cuisant.

Bon, ce n'était peut-être pas la meilleure idée.

« Tu as besoin d'une main secourable. Ce n'est pas un argument suffisant ?

– Non. Je t'ai laissée monter dans ma voiture, tu as pu inspecter mon appartement parce que j'avais peur. Mais maintenant que je suis chez moi, je ne suis pas loin de trouver ta présence aussi inquiétante que celle de Tran. Si je dois t'accorder ma confiance, il me faut davantage que *tu as besoin d'une main secourable.* »

Il y avait une dureté inédite dans son regard, elle exigeait la vérité.

« J'ai perdu quelqu'un. Une mort brutale. Si j'avais été là, j'aurais pu empêcher ce drame.

– Qu'est-ce qui te fait croire que tu es en mesure de me protéger ?

– L'expérience, l'entraînement… La force, la détermination… Je ne peux pas te fournir un CV complet, mais je te garantis que tu seras plus en sécurité si je suis là. »

Elle s'accorda un long instant de réflexion, prit une lampée de bière.

« D'accord. Je n'ai pas grand-chose à perdre de toute manière. »

Je plongeai mon regard dans le sien.

« Il se trouve que si, malheureusement. »

12

La meilleure façon d'aider Mia consistait à en apprendre davantage sur Tran. Je pris le bus pour rentrer à Culver City: d'abord l'express, puis la ligne C-1. Je parcourus le dernier pâté de maisons à petites foulées. Le trajet dura à peine trois quarts d'heure, dix minutes de plus qu'avec la voiture. Et Ma se demandait pourquoi je privilégiais les transports publics.

De retour chez moi, je passai une tenue de cycliste et contactai une amie au service des immatriculations. Un jour, Aleisha m'avait demandé de faire entendre raison à un ex-petit ami violent. Il avait reçu le message cinq sur cinq et la compagne de cet homme continuait encore de m'en être reconnaissante aujourd'hui. Je notai l'adresse qu'elle me donna et me mis en route pour la vallée de San Fernando. Si Tran avait voulu rester discret, il aurait fait inscrire comme moi l'adresse d'une boîte postale sur son permis de conduire. Donc soit il n'avait rien à cacher, soit il était persuadé que personne ne trouverait rien sur son compte. Je me demandais quel état d'esprit le guidait.

Une heure et demie plus tard, je m'arrêtai dans une rue pittoresque, bordée de charmantes habitations dignes d'un conte de fées, à l'exception de celle de Tran. Pas de coquetteries pour lui : juste une maison de ville anonyme et un jardin gravillonné.

Le pavillon voisin, avec ses bosquets de genévriers, ses chèvrefeuilles touffus et ses bougainvilliers aux larges bractées offraient une cache idéale pour le vélo. Un chemin de pierres incrustées serpentait sur plusieurs mètres jusqu'à la véranda, conférant aux lieux un petit air de forêt impénétrable. Un écriteau en bois invitait le visiteur à « rester sur le sentier ». Il y avait même l'inévitable nain de jardin pour peaufiner le décor.

Je me faufilai jusqu'à l'habitation avec ma bicyclette. L'endroit où je la dissimulai n'était guère spacieux : à peine la place de s'étirer et de boire un litre d'eau. Quiconque parcourait vingt kilomètres à la force des mollets ressentait le besoin d'étancher sa soif, surtout après la montée de Benedict Canyon. Ce périple m'avait défoulée. Comme je ne maîtrisais pas encore totalement les techniques respiratoires de relaxation que mon maître m'avait enseignées, l'exercice physique restait pour moi le meilleur moyen de me dépenser. Méthode efficace, certes, mais plus chronophage.

J'ôtai d'un coup d'épaule mon sac à dos ultraléger, dans lequel je piochai une mini serviette éponge. Celui qui avait vanté la splendeur des hommes et des femmes en sueur ne m'avait jamais rencontrée. Mon débardeur trempé était passé du gris nacré au noir foncé, mon visage ruisselant avait perdu toute harmonie. Le sac contenait une tenue de rechange, un peigne ainsi qu'une trousse de maquillage, accessoires inutiles pour l'instant. De nombreuses femmes se baladaient en débardeur et en short dans la vallée de San Fernando, personne ne me remarquerait.

Même si je n'avais pas vu âme qui vive aux fenêtres du

pavillon, je décidai dans le doute de passer par derrière pour gagner la maison de Tran. Malheureusement pour moi, cette tactique imposait de traverser une nouvelle portion de jungle composée de ronces et de branches enchevêtrées.

Le jardin de Tran présentait une tonalité radicalement différente. Un poivrier et un saguaro isolés poussaient au bord d'un bassin en forme de haricot. Voilà à quoi se réduisait la végétation. Aucun rempart. J'étais contrainte de progresser à découvert. Après avoir escaladé la palissade, je me réceptionnai aussi discrètement que possible sur le gravier. L'endroit semblait dépourvu de vie. On n'entendait même pas un pépiement d'oiseau. Je libérai un soupir de soulagement. J'avais déjà noté l'absence de gamelle ou de déjections canines. Mais si Tran n'avait pas de chien de garde, cela signifiait probablement que son domicile était équipé d'un système d'alarme.

Je m'accroupis derrière un barbecue en dur, examinai l'intérieur de la maison par la baie vitrée du salon. Les maisons de style ranch étaient en général des bâtiments étroits et longs. Comme je m'y attendais, l'occupant avait fixé un boîtier au mur. Une de mes amies avait commencé à m'apprendre comment neutraliser les systèmes d'alarme, mais je ne me sentais pas prête à passer de la théorie à la pratique, aussi restai-je à l'extérieur.

D'après ce que j'apercevais, Tran était un adepte de la sobriété. Pas de tapis pour adoucir le parquet, aucun tableau pour embellir les murs bruns. Rien qui invitât à la détente ou cédât aux effets de mode. Les meubles, ornés de coussins minimalistes, arboraient des lignes austères et luxueuses. Tran n'avait pas acheté son mobilier à l'hypermarché du coin. La salle à manger était à l'unisson. Cet environnement spartiate mais élégant, aussi inclassable fût-il, dénotait une influence asiatique.

Néanmoins, son cadre de vie ne ressemblait pas au mien. J'avais des paravents et des coffres ornementés. Un dojo occupait le centre de mon appartement. Il était peu probable que Tran eût procédé à un aménagement identique ; pourtant cet homme subissait lui aussi l'influence de plusieurs cultures, c'était indéniable.

Je m'interrogeais sur ses origines. Tran était un patronyme courant au Vietnam. Il pouvait également dériver de Chen ou de Tan, noms plutôt chinois. En outre, je n'excluais pas des ascendances coréennes ou japonaises. Les méplats de son visage, ses pommettes hautes et son teint mat suggéraient quant à eux une lignée polynésienne, africaine, amérindienne ou moyen-orientale.

Quand j'observais la manière dont il avait distribué l'espace dans son logis, il me semblait déceler des emplacements susceptibles d'accueillir des symboles, des témoignages d'un héritage ancestral. Les coins des pièces demeuraient vides, là où la plupart des gens auraient branché une lampe, dressé une vitrine ou planté un arbre en pot. Les murs contre lesquels on aurait volontiers poussé un canapé ou fixé un élément décoratif restaient désespérément livrés au néant. Les tables ne supportaient ni photos ni bouquets de fleurs, en dépit de leur fonction première. Ce n'était pas une démarche volontaire vers le dépouillement, mais plutôt une savante combinaison d'omissions. Je laissai mon imagination vagabonder et remplir les blancs.

L'angle le plus éloigné de la pièce principale aurait été parfait pour recevoir un autel bouddhiste. Cela aurait expliqué le coussin rond, posé tout seul par terre. Pourquoi Tran aurait-il placé un appui rembourré si loin du divan et des chaises, sinon pour s'agenouiller et prier ou méditer ? Le plafonnier était orienté sur un point précis du mur, comme pour éclairer des œuvres d'art disparues. Des masques tribaux ? Des rouleaux suspendus ? Ce luminaire devait en tout cas souligner quelque chose de plus qu'une paroi nue. Et la table rutilante ? Qui cirait une table avec autant de soin sans ensuite y disposer un objet précieux ? Peut-être projetais-je mes propres désirs sur ce décor dépouillé, mais selon moi ces lacunes en révélaient beaucoup sur Tran.

Comme d'une part je me refusais, de crainte de déclencher l'alarme, à pénétrer chez lui par effraction ; et que d'autre part l'examen visuel ne m'apprendrait rien de plus, je décidai de réfléchir à la possibilité d'installer une caméra. Obtenir une vue globale des lieux constituait l'une des raisons de ma visite. Je renonçai cependant, songeant à la méticulosité de Tran. Un tel personnage ne manquerait pas de remarquer la moindre altération de son environnement.

D'une certaine manière je ressentais de l'admiration pour lui, sentiment dont il me fallait me détacher. Il avait certes des qualités que j'appréciais, mais rien qui dût provoquer une forme d'attirance. Malgré son sex-appeal, il n'en demeurait pas moins une ordure.

Est-ce que j'avais parlé de sex-appeal ? Quelle mouche me piquait ? Cacher une caméra chez lui était la dernière chose dont j'avais besoin. Et puis le voir évoluer dans un cadre aussi stérile me rendrait dingue. Mieux valait le prendre en filature.

Je me hâtai de traverser le patio pour longer un étroit sentier menant à l'avant de la maison. De là, je poussai une poubelle contre le mur du garage et l'escaladai pour regarder par la lucarne.

Je n'avais vu personne dans la maison, il me semblait donc improbable d'y trouver une voiture. Je m'attendais néanmoins à glaner quelques précieux indices. Peut-être allais-je par exemple découvrir la moto dont son avocat niait l'existence, ou bien des cartons d'emballage, des outils, du matériel de sport. Rien de tout cela : je fus encore confrontée à un bel espace vide.

Je sautai au bas de la poubelle, m'assurai que le jardin ne comportait aucune pancarte d'agence immobilière. Non, apparemment la maison n'était pas en vente. Venait-il d'emménager ? Conservait-il ses affaires à une autre adresse ? À moins que je n'aie simplement affaire à un maniaque de la propreté, et à un type allergique aux possessions matérielles. Dernière hypothèse : il habitait ailleurs. Quoi qu'il en soit, cet effacement extrême me semblait suspect.

J'ôtai une nouvelle fois mon sac à dos et m'assis contre le mur, derrière le container. Il me faudrait patienter. J'en profitai pour consulter mes messages. Debbie avait-elle réussi à relayer le tweet de la vedette sur le blog de son salon de coiffure ? Je pouffai intérieurement.

Si je n'avais pas désactivé la caméra dissimulée dans le jardin de Kateryna, j'aurais pu m'atteler à une tâche plus importante et vérifier qu'Ilya allait bien. La dernière fois que je l'avais vu, son adorable visage n'exprimait que la peur. Il ressemblait à un lapin de garenne traqué. Kateryna refusait de quitter son mari violent. Je respectais sa décision, mais m'inquiétais pour son fils.

Je me morigénai. *Lâche l'affaire, Lily. Tu ne peux rien faire de plus.* J'examinai l'historique des appels manqués, ignorant sciemment le nom de Kateryna. Baba avait essayé de me joindre trois fois. Je composai son numéro.

« Hello, Baba, quoi de neuf ?

– Salut, Gourmandise, je voulais simplement te rappeler que tu manges avec nous ce soir. Tu n'as pas répondu aux mails de ta mère. Elle se fait du mouron, figure-toi. »

Les mails de ma mère. Je ne les avais même pas ouverts. Si c'était pour un dîner en famille, pas étonnant qu'elle m'en ait envoyé cinq.

« Bien sûr, Baba, je viendrai.

– Mmh. C'est bien ce que je pensais. J'avais téléphoné au cas où.

– Merci d'avoir appelé. »

Baba gloussa.

« Ta mère a pris un traiteur.

– Tu plaisantes ?

– Non. Cuisine française. On mange à sept heures, mais elle a prévu l'apéritif à six. »

Bon sang de bonsoir ! Je vérifiai ma montre : 17 h 30.

« Super. Je me prépare et j'arrive. »

Je raccrochai et appuyai mon front contre l'appareil. Quelle tête en l'air ! Je m'apprêtais à aller récupérer mon vélo lorsque j'entendis la porte du garage coulisser. Tran regagnait ses pénates. Je procédai à un rapide calcul : cinquante kilomètres de Van Nuys à Arcadia, soit trois heures de vélo, deux en métro ou quarante-cinq minutes avec le taxi. Même si j'éjectais Tran de sa BMW et fonçais avec sa voiture au rendez-vous, j'aurais au moins un quart d'heure de retard. Je n'étais plus à cinq minutes près.

Je sortis le traceur GPS de mon sac. Ma décision était prise.

Tran stationnait dans l'allée. Il attendait l'ouverture complète du volet roulant. J'ajustai mon sac à dos. Quoi qu'il arrive, je devrais prendre mes jambes à mon cou d'ici une trentaine de secondes. En direction de mon vélo ou simplement pour sauver ma peau. Mieux valait avoir ses affaires bien accrochées.

Dès que la voiture avança, je me collai au pare-chocs arrière et logeai le mouchard derrière la roue de secours. J'aurais eu le temps de m'esquiver si la BMW avait roulé plus lentement, mais elle entra trop vite dans le garage et je n'eus d'autre choix que de suivre le mouvement. Maintenant la porte s'abaissait. S'élancer dans l'allée déclencherait la cellule photoélectrique, le volet se bloquerait et c'en serait fini de la discrétion. L'autre option consistait à attendre qu'il rentre dans la maison et à forcer le panneau pour sortir. Nul doute que je me ferais également repérer. Sans alternative valable, je bondis par-dessus le rayon des détecteurs et effectuai une roulade dans l'allée. L'espace d'un instant, j'eus peur d'être touchée par une rafale criblant le panneau métallique avant qu'il achève sa descente. Rien de tel ne se produisit.

Et la porte resta close tandis que je sprintais vers le nain de jardin des voisins. Je n'entendais que le bruit de ma respiration et les raclements du gravier sous mes semelles.

Est-ce que je me sentais ridicule de surgir comme une folle de l'épaisse végétation du pavillon, de sauter sur mon vélo, casque sur la tête, et de décamper sans demander mon reste ? Évidemment. Mais je préférais être ridicule que morte.

13

Ma semblait avoir gobé un œuf pondu un siècle auparavant. Mauvais signe. Sa peau douce, couleur amande, se plissa. Ses lèvres maquillées et ses sourcils épilés s'étirèrent. Peut-être consciente d'avoir accentué ses rides de façon inconvenante, elle se reprit, et Violet Wong redevint en un instant l'impeccable ménagère en couverture des magazines, la femme parfaite :

« Contente que tu aies pu venir, Lily.

– Désolée, il y avait des embouteillages.

– Des embouteillages ? Tu étais à vélo. »

Je baissai les yeux sur le Merida, que je poussais à la main. Après m'être suffisamment éloignée du domicile de Tran, j'avais réclamé un covoiturage sur Ventura Boulevard. En temps normal et dans un quartier aussi peuplé, j'obtenais un chauffeur en cinq minutes. Mais il me fallait un véhicule équipé d'un porte-vélos, ce qui me coûta dix minutes et augmenta d'autant mon retard. Même s'il me déplaisait de l'admettre, Ma avait toutes les raisons du monde d'être en colère.

« Pardonne-moi, maman. Je ne voulais pas vous faire attendre. On fête quelque chose ? Baba m'a dit que tu avais embauché un traiteur. Tu organises une soirée ? Tu es sortie dans le jardin pour me prévenir ? »

Je me tus avant d'ajouter d'autres sottises et attendis qu'elle réponde, me composant un visage empreint de contrition. Je fis de mon mieux pour me tenir droite quand elle m'observa d'un œil critique. Son examen ne consistait pas à me scruter de la tête aux pieds, mais plutôt à utiliser sa vision périphérique. Je le savais parce que j'avais passé des années à essayer de l'imiter, exercice beaucoup plus complexe qu'il n'y paraissait. Son inspection ne dura qu'une poignée de secondes, mais à tout prendre, j'aurais préféré passer une heure avec l'Ukrainien plutôt qu'affronter une dispute naissante.

Elle eut un haussement de sourcils.

« Nous ne fêtons rien de spécial, soupira-t-elle. Je voulais juste éviter à ton père de cuisiner, pour une fois. Et je t'accueille sur le pas de la porte parce que je voulais savoir pourquoi tu étais en retard. Maintenant que je vois ta tenue et ce vélo que tu t'obstines à emporter partout, non seulement je comprends ton manque de ponctualité, mais je le trouve logique. Franchement, Lily, tout le monde a une voiture à Los Angeles. Pourquoi pas toi ? »

Je secouai la tête. J'avais déjà répondu à cette question un nombre incalculable de fois.

« Si j'en possédais une, je m'en servirais. Mais comme je n'en ai pas, je m'en passe. » Je levai la main avant qu'elle puisse intervenir. « La plupart du temps, on trouve un chauffeur plus rapidement que si on allait chercher son véhicule au parking. Et la circulation est la même, peu importe qui conduit. »

Elle soupira de nouveau, plus fort.

« Maintenant tu es là, c'est l'essentiel. »

J'en restai sans voix. Depuis quand se souciait-elle de ma présence ? J'envisageais de la questionner sur le sujet quand mon père fit son apparition.

« Voilà ma Gourmandise. » Il s'adressa à ma mère : « Je t'avais dit qu'elle viendrait. »

Il se dirigea vers moi de son pas traînant et me serra dans ses bras. J'expulsai un faible bonjour.

« Tu es brûlante, me dit-il. Tu as de la fièvre ?

– Non. » Je regardai autour de moi. L'allée du jardin ondulait sous la chaleur. Ignorait-il la fournaise ? « Il fait plus de trente degrés. »

Ma inclina le visage.

« Tu serais plus à l'aise en robe. »

Sa réflexion avait quelque chose d'étrange. Ç'aurait pu être un commentaire désobligeant, mais ma mère paraissait déterminée à éviter tout accrochage. Il y avait anguille sous roche, d'autant plus que je remarquais à présent le soin qu'ils avaient apporté à leur tenue.

Ma était toujours tirée à quatre épingles, mais elle semblait encore plus élégante qu'à l'accoutumée. Elle portait une robe de soirée à la mode cantonaise très chic, ajustée de manière à épouser ses formes impeccables et son ventre plat. Pas d'échancrure sur le côté. La pièce de tissu tombait juste sous les genoux et mettait en valeur ses mollets galbés, ses attaches fines. Elle chaussait des escarpins assortis aux couleurs luxuriantes du vêtement. Un peigne à chignon rouge et vert tenait ses longs cheveux soyeux, et son épingle à cheveux s'accordait aux reflets sombres de ses boucles d'oreilles, taillées dans des cabochons œil-de-tigre aux nuances d'aluminium et de calcium, tout comme son alliance. Autour de son poignet, un bracelet de jade composé de quatre segments oblongs, réunis par des maillons de platine. Aucun autre ornement. De tous ses bijoux, le bracelet représentant le Si Xiàng était le plus précieux.

Mon grand-père le lui avait donné avant qu'elle vienne étudier aux États-Unis. Il voulait qu'elle se souvienne d'où elle venait. Le Si Xiàng veillerait sur elle en son absence. Chaque segment figurait un des quatre gardiens : le dragon azur de l'est, l'oiseau vermillon du sud, le tigre blanc de l'ouest et la tortue-serpent noire du nord. Ensemble ils formaient le Si Xiàng. À chacune des entités sa couleur, mais le bracelet de Ma était sculpté dans la même néphrite vert foncé.

Malgré l'agacement que m'inspirait ma mère, je ne pouvais nier à quel point elle rayonnait.

« Tu es très belle, maman.

– Ah bon ? »

Elle fit mine d'être surprise et se tapota les cheveux du bout de ses doigts manucurés, comme si un élément rebelle devait être remis à sa place.

« Je le pense vraiment, insistai-je. Toi aussi, Baba, tu as la classe. »

Ma mère ressemblait à une poupée délicate, mon père à un ours, et pas du mieux peigné. Plutôt un grizzly blond.

Il mesurait un bon mètre quatre-vingts, avec des épaules larges, des membres solides et des mains puissantes. Quand ma sœur et moi étions petites, il s'amusait à soulever Rose d'un bras pour contracter son biceps tandis que je me suspendais à l'autre. Il avait eu cinquante ans au mois de mai (Ma les aurait en août). De fines mèches grises se mêlaient désormais à sa crinière de Viking. Il possédait un nez d'empereur et mettait un point d'honneur à toujours être rasé de frais. Ses sourires, prompts à étirer ses fines lèvres, dévoilaient une denture robuste et harmonieuse. Ses yeux avaient la couleur des bleuets en plein été. Mettons alors qu'il s'apparentait à un grizzly façon Disney. Pour moi, il était simplement Baba et je l'aimais.

J'admirai sa chemise hawaiienne et son pantalon marron clair.

« Pourquoi vous vous êtes mis sur votre trente-et-un ?

– Je le savais ! éclata ma mère. Elle n'a pas lu un seul de mes mails !

– Elle a peut-être apporté son saint-frusquin avec elle », émit mon père. « Saint-frusquin » était encore un terme typique du Midwest. Il se tourna vers moi. « Tu as une autre tenue dans ton sac ? »

Mes affaires se résumaient à la mini caméra que je n'avais pas utilisée et à la brosse à cheveux dont je m'étais servi avant de sonner à la grille d'entrée. J'avais passé un pantalon et une veste par-dessus mon débardeur et mon short, à seule fin de dissimuler les blessures sur mes jambes et mes bras.

Ma paraissait consternée.

« Je doute qu'une paire de chaussures entre dans un sac aussi petit. Un ensemble, n'en parlons pas.

– Ne sois pas si défaitiste, Violet. Les jeunes femmes d'aujourd'hui s'habillent d'un rien.

– Pour toi, n'importe quel vêtement est un rien. Crois-moi, un ensemble décent n'entrerait jamais là-dedans. »

Je fis rouler mon vélo jusqu'au garage ouvert. L'imposante grille du jardin s'était refermée derrière moi, je ne craignais donc pas les vols. J'appuyai le Merida contre un mur dans l'ombre. Autant me mettre à l'abri du soleil pendant que mes parents discutaient de mon cas comme si je n'étais pas là.

Lorsque je revins vers eux, je les pris sous le bras et les menai à l'intérieur, dans la fraîcheur du vestibule.

« Désolée de ne pas avoir la tenue adéquate, maman. Pour l'instant, j'ai besoin de la clim. »

Quelle que fût la saison, Ma conservait la vaste maison – une dot de mon grand-père – à une température de vingt degrés. Je me souvenais qu'en hiver, plus jeune, je la suppliais en pure perte de monter le thermostat. Elle répliquait que la Californie était une fournaise, même dans les périodes les plus froides. Aujourd'hui, cependant, je devais admettre que l'idée avait du bon.

« Tu as du thé glacé ? »

Elle se tapota derechef les cheveux, cette fois avec un sourire poli.

« Je ne sais pas. Je vais voir. »

Les talons de ses escarpins résonnèrent sur le carrelage en marbre. Elle passa devant son bureau à gauche, le salon à l'opposé, puis devant un escalier central que n'aurait pas désavoué Scarlett O'Hara dans *Autant en emporte le vent* et qui conduisait à la galerie ainsi qu'aux chambres du premier étage. Cette demeure avait représenté un véritable cocon durant toute mon enfance avec Rose. Après sa mort, elle s'était transformée en caveau glacial.

Dès que Ma fut hors de portée de voix, Baba prit mon menton entre son gros pouce et l'index et orienta mon visage vers la lumière.

« Qu'est-ce qui t'est arrivé à la joue ?

– Pardon ?

– Ta joue. On dirait que tu as de la colle dessus. »

J'avais oublié la coupure. Lorsque j'étais passée à mon appartement après ma visite chez Romanko, j'avais remplacé le pansement de Stan par de la colle de fibrine. On distinguait encore une fine ligne rouge sur l'épiderme.

« Je me suis éraflée avec un ongle. J'ai soigné l'entaille avec un produit spécial, pour ne pas inquiéter maman. »

Il m'adressa un clin d'œil complice. J'espérais qu'il change de sujet. Un vœu pieux.

« La dernière fois que j'ai vu tes mains, tu avais les ongles encore plus courts que les miens.

– J'ai eu envie de les laisser pousser. Ça va vite. »

Il eut un murmure un peu tiède, mais je fis comme s'il se contentait de mon explication :

« J'ai soif, pas toi ? »

À ce stade, qu'il me croit ou non n'avait plus d'importance, car je n'étais pas sûre de préférer une option à l'autre. Là où Ma portait sur les choses et sur moi en particulier un regard impitoyable, Baba observait tout sans le moindre jugement, ce qui l'amenait souvent à remarquer des détails qui échappaient aux gens normaux. Soupçonnait-il mes activités clandestines lorsque je ne travaillais pas au restaurant ou que je n'aidais pas ses amis à résoudre des problèmes informatiques très urgents ? Probablement pas, mais je n'avais aucun moyen de m'en assurer. Les habitants du Dakota du Nord cachaient sacrément bien leur jeu.

Ma me tendit un thé glacé quand j'entrai dans la cuisine où s'affairait le chef.

« Le dîner est bientôt prêt. »

Je jetai un coup d'œil aux fourneaux dans l'espoir de me faire une idée du menu.

« Des coquilles Saint-Jacques ? J'en salive à l'avance ! Ne le répète pas à Baba.

– J'ai entendu, dit-il depuis la pièce voisine.

– C'était juste par courtoisie », arguai-je. Je signifiai d'un geste à Ma que je n'en pensais rien, puis m'adressai au chef sur le ton de la confidence : « Ça sent drôlement bon. »

Il continua de remuer la sauce avec un mouvement de tête approbateur.

Ma me tapota le dos avec un sourire. J'avais complimenté son traiteur : tout était pardonné.

« Pourquoi les meilleurs cuisiniers sont-ils des hommes ?

– Parce que ce sont eux qui mangent.

– Parle pour toi, maman. J'adore manger ! »

Son sourire s'accentua tandis que nous nous lancions dans un de ces dialogues imaginaires et acerbes dont nous avions le secret.

– *Je le sais bien, ma fille.*

– *Il n'y a rien de mal à apprécier la bonne chère.*

– *Je n'ai pas dit le contraire.*

– *Et je pratique beaucoup d'activités physiques.*

– *Trop, sans doute.*

– *Qu'est-ce que tu insinues ?*

– *Rien du tout.*

– *Oh si.*

– *Très bien, Lily. Alors tu sais probablement mieux que moi ce que je veux dire.*

Même cette conversation qui ne se déroulait que dans notre esprit m'épuisait.

Elle m'invita à rejoindre la salle à manger.

« Je t'en prie. »

J'ignorais si je me faisais des idées, mais elle semblait satisfaite d'elle-même. Impossible de vérifier. Ma et moi nous livrions fréquemment à ces joutes verbales secrètes et muettes, pourtant j'échouais à deviner ses pensées. Elle se retranchait derrière une porte mentale qu'elle pouvait choisir d'ouvrir ou de claquer. Cette porte valsait parfois si fort que la communication se fragmentait en répliques disjointes que j'avais du mal à suivre. Un jour où j'avais essayé d'expliquer cet étrange processus à Baba, il avait simplement répondu que c'était un truc mère-fille et m'avait conseillé d'en profiter.

Super.

Les mères et les filles n'étaient-elles pas censées s'adonner ensemble au shopping, se raconter les derniers potins ou tirer des plans sur d'éventuels prétendants ? À la télévision en tout cas, leurs rapports semblaient s'établir ainsi. Non que je désirais entretenir ce type de relation avec Ma. Faire les boutiques en sa compagnie m'aurait complexée : je me serais sentie trop petite, trop grosse. Et la seule fois où j'avais tenté de lui parler de mon copain du moment – un étudiant californien aux yeux marron –, elle avait passé l'heure suivante à feuilleter des magazines hongkongais pour me montrer toutes les stars asiatiques au physique avantageux. Comme si Andy Lau ou Huang Xiaoming allaient quitter leur femme pour m'épouser. Et puis, de quel droit se permettait-elle de me juger, elle qui s'était mariée à un Norvégien du Dakota du Nord ?

Je respirai un grand coup pour me calmer et songeai à Rose. Les choses avaient été différentes avec elle. Ma mère et elle s'entendaient mieux, et Violet se montrait plus indulgente. Les jeans trop serrés devenaient chics, les robes trop courtes élégantes. Les amourettes de lycée prenaient un tour acceptable. C'était le monde à l'envers et je paraissais être la seule à m'en apercevoir. Pas étonnant que je sois incapable d'apprécier le fameux « truc mère-fille ».

Ma me tira de mes rêveries :

« Qu'est-ce que tu regardes, Lily ?

– Pardon ? » Je m'étais arrêtée devant une photo de famille accrochée au mur ; un cliché où nous posions tous ensemble, quelques mois après la naissance de Rose. « Elle était tellement potelée.

– Non, décréta Ma. Elle était grosse !

– Charmant », m'amusai-je.

Ma mère me toucha le bras. Même à travers le tissu je sentais la douceur de son contact, et elle semblait vouloir ajouter un commentaire. J'aurais pu l'interroger, l'inciter à s'exprimer, mais elle l'aurait mal pris. Chacun de nous avait réagi différemment au meurtre de Rose. Ma, effrayée, avait concentré toute son attention de maman tigre sur la culture chinoise. Baba avait soigné son cœur blessé grâce à sa fille aînée et à son restaurant. Quant à moi, je m'étais consacrée à la protection des femmes : une entreprise dont je conservais le secret. Ma avait ses raisons. Sans doute n'avais-je ni la volonté ni le droit de m'en mêler. Je lui offris une porte de sortie :

« J'entends gronder d'ici l'estomac de Baba. »

Un sourire plus franc que les précédents monta sur ses traits.

« Alors on ferait mieux de se dépêcher. »

J'entrai dans la salle à manger avec un agréable pressentiment. Cette soirée allait bien se dérouler. Mes parents avaient passé l'éponge sur mon retard et ma tenue négligée, Ma et moi avions partagé un vrai moment d'intimité.

Ce fut à cet instant que je le vis.

« Pourquoi Daniel Kwok est-il installé à notre table ? » murmurai-je à l'intention de ma mère.

Je crispai les mâchoires, un sourire figé aux lèvres comme

une poupée de ventriloque. Ma mère eut une expression similaire :

« Parce qu'on l'a invité. Va lui dire bonjour. »

Je lui adressai un regard mielleux :

« On en discutera plus tard, toi et moi. »

Elle feignit l'étonnement avec un haussement de sourcils :

« J'y compte bien. »

Puis elle se tourna vers la salle à manger et fit une entrée de monarque.

Je secouai la tête. Brusquement, tout prenait sens : le traiteur, l'habillement soigné, les mails en rafale… Comment avais-je pu être aveugle à ce point ? Je me serais giflée. Le dîner en famille prenait des allures de piège. Je ne culpabilisais plus pour mon accoutrement.

Daniel se leva à mon arrivée.

« Salut, Lily.

– Daniel », dis-je d'une voix plate.

Son visage s'illumina comme si j'avais manifesté un enthousiasme débordant.

« C'est sympa de te revoir. Tu es très en beauté. »

Je devinai la jubilation de Ma, installée à l'autre bout de la table, et décidai de l'ignorer. Si Daniel voulait jouer au gentleman et tenir ma chaise pendant que je m'asseyais, très bien, je m'y plierais de bonne grâce.

« Merci. Toi aussi. »

Mon commentaire n'était pas dénué de sincérité : Daniel Kwok était un bel homme, mais beaucoup trop asiatique pour moi. Sans surprise, puisque je vouais à mon père une profonde admiration, je préférais les Occidentaux. Seulement, depuis ma rupture avec Pete, jeune homme châtain aux yeux marron dont je n'avais su mériter l'amour, les Occidentaux représentaient tout ce que j'avais laissé filer. Les initiatives de ma mère étaient-elles un rappel de cet échec ? Pourvu que non.

Daniel avait des traits de caractère que j'espérais bien ne jamais posséder : il était dévoué, respectueux et ambitieux. Le parfait gendre chinois.

Inutile de préciser qu'avec sa veste noire impeccable, son pantalon cendré et sa chemise blanche parfaitement ajustée à son corps de top model, digne des pages centrales des magazines hongkongais, il présentait beaucoup mieux que moi ; avis que partageait de toute évidence Ma.

« Daniel rentre tout juste de Hongkong », fit-elle remarquer.

Du coin de l'œil, je cherchai un soutien de la part de Baba, mais il se contenta de hausser les épaules avant de se couper une large tranche de foie gras pour garnir ses toasts. Soit ma mère avait élaboré ce traquenard sans son concours, soit elle l'y avait associé et, en bon fermier du Dakota, il cachait son jeu.

Je reportai mon attention sur Daniel.

« Tu as vu mes grands-parents quand tu étais là-bas ?

– Il se trouve que oui. Et puisque tu en parles… » Il marqua une pause, le temps d'extraire un écrin de la poche de sa veste. « Ton grand-père m'a donné ceci pour toi. »

Je baissai les yeux sur le coffret.

« Étrange.

– Lily ! s'écria ma mère.

– Désolée, Ma, mais tu avoueras que c'est quand même bizarre. »

Daniel eut un geste vague à l'intention de Violet, comme pour signifier que ma perplexité ne heurtait pas son sens des convenances.

« Laissez, madame Wong. Lily n'a pas totalement tort. »

Il se tourna vers moi. « Ton grand-père voulait économiser les frais de port, c'est tout. Il a trouvé ceci dans une échoppe et il voulait te l'offrir. »

J'ouvris l'écrin, à l'intérieur duquel reposait un bracelet à quatre segments de jade, très semblable à celui de ma mère. Chaque segment représentait évidemment un des quatre gardiens qui, ensemble, formaient le Si Xiàng. Seule différence avec le bracelet de Violet, les gardiens possédaient leurs couleurs respectives. Vermillon pour l'oiseau, blanc pour le tigre, noir pour la tortue-serpent et bleu pour le dragon azur.

« C'est magnifique. »

Daniel s'approcha.

« Les couleurs symbolisent les quatre orients, les quatre saisons et...

– Les quatre éléments, je sais.

– C'est ton grand-père qui m'a demandé de t'expliquer tout ça. Lorsque tu mettras le bracelet à ton poignet, tu deviendras Huang Long, le précieux dragon jaune du centre de l'univers. »

J'étais troublée. Cette dimension m'avait échappé. Mais pourquoi y aurais-je songé ? Le jaune était la teinte impériale. Il ne me serait jamais venu à l'idée d'établir un rapprochement avec ma couleur de peau. Le jaune symbolisait aussi l'élément tellurique : une base stable, pragmatique et intemporelle. Mon grand-père m'envoyait-il un message ? J'en avais l'impression, mais n'étais pas certaine de le comprendre parfaitement.

J'observai Ma. Était-elle dans la confidence ? Apparemment non, car bien qu'elle s'appliquât à n'exprimer aucune émotion, je détectai une tension sur ses traits. La main qui couvrait son bracelet trahissait également son inconfort.

Cachait-elle le bijou ou cherchait-elle à obtenir la confirmation qu'elle l'avait eu en premier ? Je me sentais mal pour elle, quelle que fût la signification de ce geste involontaire.

Violet portait d'encombrants fardeaux. D'abord, elle était l'unique descendante de sa famille. Ensuite, elle avait eu l'impudence d'être une fille, affront doublé aux yeux de son père, qu'elle appelait Gung-Gung, par le fantôme d'une sœur jumelle mort-née. Shaozu Wong n'aurait pas d'héritier, aucun mâle pour perpétuer son nom, aucun fils pour vénérer les aïeux. Son âme privée de dignité errerait pour l'éternité. Shaozu signifiait « qui honore ses ancêtres », mais lui, qui l'honorerait ?

Baba désigna le coffret avec un bout de toast.

« Mets-le, Gourmandise. Voyons s'il te va.

– J'aurais préféré être mieux habillée », grimaçai-je.

Ma mère sourit.

« Tes vêtements de sport noirs ne sont peut-être pas un mauvais choix. »

Je lui rendis son sourire. Nouvel échange complice. J'étais parfois tellement obnubilée par mes propres problèmes que j'oubliais à quel point Ma avait vécu dans la culpabilité, sous une pression constante dont elle ne s'était jamais totalement délestée.

Si elle avait suivi les conseils de son père, elle aurait quitté l'université de Californie avec un diplôme en commerce international et serait retournée à Hongkong, où elle aurait suscité l'intérêt d'un beau parti, vraisemblablement issu d'une famille qui pouvait s'enorgueillir d'une fertile lignée masculine. Cet homme aurait cédé un empire financier pour faire officiellement partie de la famille Wong. En Amérique, de telles dispositions auraient provoqué des imbroglios à n'en plus finir ;

alors qu'en Chine, avant la politique de l'enfant unique, il était naturel de procéder à ce type d'arrangement. Ma aurait assuré son avenir, mon grand-père et ses ancêtres auraient eu des descendants mâles pour honorer leur mémoire. Au lieu de quoi Violet Wong était tombée amoureuse d'un Américain, étudiant en agronomie à l'université de Davis.

Je glissai le bracelet à mon poignet gauche, actionnai le fermoir. La manche noire de ma veste rendait beaucoup plus justice à la beauté de l'ornement que ma peau couverte d'ecchymoses. Et l'autre bras était encore plus abîmé.

J'avais intentionnellement superposé les poignets quand l'Ukrainien m'avait attachée. La corde avait davantage râpé le bras droit. Mon assaillant se moquait bien de la façon dont je croisais les mains, ce qui n'était pas mon cas. La suspension à l'échafaudage me permettait d'adopter une posture *jumonji no kamae* seulement si j'avais la main gauche en avant et bénéficiais d'un peu de jeu à droite. J'obtenais ainsi l'élan nécessaire pour assener mon coup de pied.

Il existait par ailleurs une autre raison pour laquelle je portais le bracelet à gauche : j'étais droitière. Les seuls bijoux que j'acceptais de ce côté-là étaient les armes dont je me servais pour vaincre mes ennemis. Le présent de grand-père serait beaucoup trop fragile pour servir d'instrument de combat selon les préceptes ninjas.

Daniel s'approcha encore, rayonnant. On aurait dit que le cadeau venait de lui.

« Il te va bien.

– Je suppose, oui. »

Cette situation m'embarrassait au plus haut point, et puis Daniel se tenait trop près. Cependant je devais bien reconnaître que le bracelet était éblouissant. Celui de Ma, avec ses reflets de jade, exprimait l'élégance. Le mien, orné de couleurs vives, évoquait la force et la détermination.

« Gung-Gung te connaît bien, constata ma mère.

– Ou alors il veut m'envoyer un message. »

Ma étira les lèvres.

« Peut-être qu'il m'en envoie un à moi. »

Cette hypothèse méritait réflexion. Après tout, même si Rose et moi avions conservé sur les instances de Baba le nom de jeune fille de ma mère, nous n'étions pas des garçons. L'âme de grand-père demeurait menacée, sauf si je transmettais le nom des Wong à mon fils et réparais ainsi la faute de Ma. Alors que signifiait ce cadeau ? Grand-père me donnait-il une version martiale du bracelet pour me voir réussir là où Ma avait échoué ?

Baba se porta comme d'habitude à ma rescousse :

« Il est splendide. Comme toi. »

Puis il serra la main de ma mère. Elle sourit en le regardant. Ce bref instant donnait toute la mesure de leur amour.

Je cherchais un moyen de me rattraper, mais les paroles malheureuses qu'on laissait échapper ne s'effaçaient jamais. J'apercevais du coin de l'œil l'agitation nerveuse de Daniel. Ce pauvre garçon se trouvait dans la posture du messager innocent. Et je ne tuais pas les innocents.

« Merci de m'avoir rapporté la surprise de Gung-Gung. »

Je soulignai *Gung-Gung*. Innocent ou pas, je ne voulais pas que Daniel se fasse des idées, du moins à mon sujet. Ce qui se passait entre Ma et lui ne regardait qu'eux. J'avais déjà des relations filiales assez compliquées sans ajouter celles de Daniel avec ma mère par-dessus le marché.

14

Je pris congé dès la fin du repas, arguant que le soufflé au chocolat auquel j'avais à peine touché était trop riche pour moi. À vrai dire, le stress m'avait non seulement coupé l'appétit, mais il avait également fait monter l'adrénaline. J'avais besoin de me dépenser et me figurais qu'une trentaine de kilomètres à vélo m'apaiseraient. J'avais à peine effectué la moitié du trajet que mon téléphone émit une sonnerie analogue au signal de recul d'un camion. Cela ne pouvait signifier qu'une chose : Tran venait d'entrer dans la zone géographique où j'évoluais.

J'avais choisi un modèle de traceur qui offrait de nombreuses options. Je pouvais par exemple attribuer des sons spécifiques à différents types d'actions. Des oiseaux chantaient lorsque la cible entrait chez elle. Un moteur s'emballait quand elle se remettait en mouvement après quinze minutes d'immobilité. Une porte claquait si elle s'arrêtait plus d'une dizaine de minutes. Des chiens aboyaient quand elle pénétrait dans un périmètre défini. Et un camion reculait lorsqu'elle se trouvait à moins de huit kilomètres de moi. Les deux premières programmations étaient désactivées après l'alerte initiale. Les deux dernières se prolongeaient tant que je n'annulais pas les commandes manuellement. Mais aucune d'elles ne pouvait m'échapper.

Je m'arrêtai le long du trottoir, sortis mon portable et éteignis la sonnerie. Une carte de Los Angeles s'afficha. Un voyant clignotait, en approche par le nord. Je fixai l'appareil au guidon et repris ma route. Si je me dépêchais, je comprendrais peut-être ce que fabriquait Tran dans le quartier de Koreatown.

Je localisai sa voiture près du complexe d'écoles publiques RFK, un vaste ensemble d'infrastructures bétonnées comprenant six établissements sur douze hectares, de la maternelle au lycée. On avait aménagé un terrain de football grillagé au-dessus d'une aire de stationnement en partie souterraine. Tran avait garé son véhicule sur la pente à l'extérieur et je voyais sa BMW aussi bien que si je l'avais contemplée depuis une fenêtre.

Les projecteurs du stade en hauteur étiraient des ombres sur les murs et dans la rue. En général, j'évitais les passages obscurs quand je rentrais de nuit. Mais ce soir-là, je chercherais l'endroit le plus sombre que je puisse dénicher.

Je cadenassai le Merida, auquel j'attachai mon casque. Après avoir coupé la sonnerie de mon téléphone, je glissai l'appareil dans la poche gauche de mon pantalon, et le karambit dans la droite. Estimant que j'avais le nécessaire à portée de main, j'endossai mon sac. J'allais traverser la chaussée en direction de la voiture de Tran quand j'entendis des voix en provenance du sous-sol. Autour de moi, il n'y avait pas âme qui vive. Je décidai d'aller y regarder de plus près. Lorsque je vis que l'on avait forcé la porte de service, je redoublai de prudence.

Des voix masculines, éméchées. Ça parlait coréen. Je

progressai en tapinois le long du mur. La discussion se tenait dans les profondeurs du garage et j'étais réticente à me lancer dans un vaste espace dégagé. L'endroit où je me trouvais m'offrait un assez large panorama. Je reconnus Tran. Il se tenait dos à moi, derrière un pilier, épiant deux hommes en pleine conversation. Sa veste gris foncé s'accordait parfaitement à son pantalon et à ses chaussures à semelles souples. Sa chevelure formait une queue-de-cheval ondulée entre ses puissantes omoplates. Il paraissait habillé pour aller passer la soirée en ville ou rencontrer des clients importants, pas pour rôder dans les parkings souterrains.

Qu'est-ce qui avait pu l'attirer ici ?

Pour le savoir, j'avais besoin de m'approcher.

Une berline garée dans l'une des allées centrales me fournirait un meilleur poste d'observation. Je devrais cependant traverser une dizaine de mètres à découvert. Je saisis ma chance au moment où l'un des types que Tran espionnait poussa une exclamation qui provoqua l'hilarité de son camarade.

Je filai sur la pointe des pieds, genoux fléchis pour atténuer le bruit du déplacement et les impacts au sol. Tant que la discussion bruyante monopolisait l'attention, je ne risquais pas grand-chose. Mais dans le doute, je m'aplatis au moment où j'atteignis la voiture. Après quelques secondes d'immobilité parfaite, je collai ma joue au sol afin d'observer le groupe sous le bas de caisse. Tran et les deux individus n'avaient pas bougé.

Je me déplaçai vers l'avant de la berline. Aucun doute possible : les hommes étaient coréens, trop âgés pour être scolarisés, trop jeunes pour appartenir au corps enseignant. Le premier, un chauve, arborait des tatouages qui dépassaient de son col de chemise jaune et vert. Le second avait coiffé ses cheveux en pointe. Un débardeur noir faisait ressortir ses muscles. Ils portaient tous les deux un pantalon taille basse et des baskets montantes. La discussion se tenait devant une Hyundai d'un vert rutilant. Avec ses ailerons, ses jantes radiales et ses chromes étincelants, la voiture semblait configurée pour les rodéos urbains. Je trouverais sûrement un turbo et une arrivée d'octane sous le capot.

Le chauve assena une bourrade à son acolyte.

« Ce putain de turbo a explosé, je m'en suis pris plein la gueule.

– Sans déconner ! »

Trop occupés à rire, ils ne virent pas Tran quitter sa cachette et se diriger vers eux. Il se déplaçait comme un professeur regagnant sa voiture, peu concerné par les bavardages des amateurs de courses automobiles. D'ailleurs, selon ce que je savais, il aurait pu effectivement travailler dans le complexe d'écoles publiques RFK. J'ignorais tout de lui en dehors de ce qu'avaient pu en dire les reportages télévisés, de ce que j'avais vu au tribunal et des déductions que l'agencement de son habitation m'avait permis d'avancer. Force m'était de reconnaître, malgré tout, qu'il ne bougeait ni comme un professeur, ni même comme un sensei. Il glissait plus qu'il ne marchait, à la façon anormale d'un prédateur, avec un minimum de mouvements des bras et des hanches.

Je sortis mon téléphone et pris quelques clichés des Coréens. L'éclairage n'était pas formidable mais avec un peu de chance j'obtiendrais des images suffisamment nettes pour distinguer les tatouages sur le cou du chauve. Ceux-ci me permettraient peut-être de rattacher ces imbéciles à un gang ou à une équipe, et par ricochet de comprendre pourquoi Tran s'intéressait à eux. Était-il seulement intéressé ? Rien ne l'indiquait. Il avançait sans faire attention aux voyous. Du moins jusqu'à ce que Tatoué – c'était ainsi que j'avais décidé de surnommer le chauve – le vît passer.

« Regarde-moi ce minet à la con ! Qu'est-ce que tu fiches à Koreatown, trouduc ? Tu t'es perdu ? On n'est pas à South Central ici, ni à Chinatown. Tu t'es gouré d'endroit. »

De toute évidence, Tatoué ne considérait pas Tran comme l'un des siens. D'après les railleries dont il le gratifiait, il lui accordait des origines sino-africaines. J'ignorais s'il était dans le vrai et du reste m'en préoccupais peu : les deux hommes venaient de se déplacer dans la lumière et j'apercevais nettement leur visage, ainsi que les motifs sur le cou et les bras de Tatoué. J'en profitai pour prendre d'autres photos.

Muscle – le type au débardeur – poussa son compagnon du coude.

« Peut-être qu'il vient d'East L. A. ? C'est ça, mon pote ? Tu t'es sapé pour aller voir maman ? Parce que je peux te certifier que tu ne pêcheras aucune gonzesse à Koreatown.

– En tout cas, il n'est pas du quartier.

– Tu m'étonnes. »

Muscle poussa derechef son camarade, assez fort cette fois pour le déséquilibrer et provoquer une bordée d'injures en coréen. Ils se lancèrent dans une dispute qui les détourna de Tran.

Celui-ci tenait la main contre sa cuisse, aussi ne virent-ils pas la lame glisser dans sa paume. Absorbés par leur querelle, ils ne le virent pas davantage s'élancer vers eux avec une grâce infinie.

Je faillis crier, mais entre l'instant où j'avais compris ce qui allait se passer et celui où mes cordes vocales auraient pu lancer un avertissement, Tran avait déjà frappé.

Muscle se cambra sous l'effet de la douleur. Son corps fut parcouru d'un frisson tandis que l'assaillant le poignardait à trois reprises. Sa carrure puissante ne lui était plus d'aucune utilité lorsqu'il s'écroula au sol avec un gémissement. Cet éclair de violence me laissa abasourdie. Tran poursuivit sur sa lancée comme si de rien n'était, comme s'il n'avait pas transpercé on ne savait quel organe avec une lame effilée, et condamné ainsi un jeune homme à une mort lente et atroce. Tatoué porta la main au bas de ses reins. Tran lui trancha la gorge avant qu'il puisse saisir une arme dissimulée dans son dos, s'il en avait une.

Tatoué pressa son cou pour endiguer le flot d'hémoglobine aspergeant son camarade à terre. La mort prendrait son temps et aucune des victimes ne s'émouvrait du sort de l'autre. Leur monde se réduisait à quelques râles et des épanchements de sang. Tran essuya tranquillement son arme avec un morceau de tissu qu'il tira de la poche de sa veste, pendant que les Coréens agonisaient. On aurait dit un maître d'école occupé à nettoyer ses lunettes. Son indifférence me déstabilisait encore plus que la violence dont il avait usé quelques instants auparavant. Il ne vérifiait même pas l'absence de témoin. Après avoir replié le bout d'étoffe avec soin, il le rangea dans sa veste.

Quel assassin faisait preuve d'autant de désinvolture ?

Je me blottis derrière la berline. D'un moment à l'autre, il allait examiner les environs et la présence d'une spectatrice lui déplairait assurément. Comme je m'étais baissée, je ne voyais plus rien. Seuls les sons me parvenaient. Je devais me retenir de m'enfuir en courant. Toutes les possibilités que j'envisageais se terminaient par un décès violent, et par Tran qui essuyait son arme sur mon corps encore chaud.

Il fallait absolument que je garde mon calme.

Je stabilisai mon souffle et étudiai la situation avec un maximum d'objectivité. Je ne pouvais plus me pencher pour regarder sous les voitures : le parking était trop silencieux et les objets à l'intérieur de mon sac à dos, quoiqu'il fût bien sanglé, tinteraient au plus petit mouvement. À défaut, pensai-je, je pouvais au moins prendre une arme plus efficace qu'un portable. J'extirpai le karambit de ma poche, posai mon pouce sur le cran d'arrêt. La lame recourbée surgirait d'une simple pression.

J'attendis, prête à l'action. Je cherchai à localiser Tran à l'oreille. Entendis-je un froissement d'étoffe suivi de bruits de pas réguliers ? Ce pouvait très bien être les battements de mon cœur. Mon sensei m'avait appris à me concentrer sur les indices sonores en dehors de mon périmètre corporel : j'avais encore des progrès à accomplir. D'après le peu de renseignements dont je disposais, Tran pouvait parfaitement être à l'affût derrière la voiture. La peur brouillait mes sens.

Je continuai de respirer. La sérénité m'aiderait à bouger plus vite, à agir d'instinct. Je priai pour que mes dures heures d'entraînement portent leurs fruits et surtout pour que mes réflexes de ninja soient à la hauteur de la situation.

D'interminables secondes s'écoulèrent, durant lesquelles Tran aurait pu m'attaquer une douzaine de fois. Puis je perçus un raclement métallique sur le gravier, au niveau de la porte de service par laquelle je m'étais introduite dans le parking. Je patientai encore jusqu'à distinguer un grondement de moteur. Quand il se fut estompé, j'émergeai enfin de ma planque. Je considérai le parking. Plus aucune trace de Tran. Juste moi et deux cadavres.

Si on m'apercevait dans les parages, on en déduirait que j'avais assisté aux meurtres ou, pire, que j'y avais participé. Mieux valait s'éclipser. Mais auparavant j'avais besoin de jeter un coup d'œil à la scène de crime.

Tran avait peint une espèce de symbole sur la Hyundai, et tout laissait supposer qu'il avait exprimé ses talents d'artiste avec du sang.

15

Je baissai la couverture sur mon nez et ouvris une paupière. Un rayon de soleil se frayait un chemin à travers le découpage du paravent. Je me laissai retomber dans le sommeil, un sourire aux lèvres. Ou du moins j'essayai. Quelqu'un frappait avec insistance à ma porte. J'étais bien contrainte de renoncer au pays des songes. Dommage, car j'avais le sentiment que, pour une fois, mes rêves auraient pu être agréables.

« J'arrive », dis-je avant d'enfiler un t-shirt trop grand et de me diriger pieds nus vers l'entrée. Si c'était Baba – qui d'autre aurait pu me déranger à une heure pareille ? –, il devrait me prendre comme j'étais au saut du lit.

J'ouvris le battant et, évidemment, il était là, muni d'un plateau. Il m'adressait un large sourire.

« Salut, Baba. Tout va bien ?

– Ouais. » Il montra le plateau. « Tu n'as pas beaucoup mangé hier soir. »

Je m'écartai pour le laisser passer.

« Je ne suis pas très portée sur la cuisine française.

– Mmh. »

Mon argument peinait à le convaincre et j'étais trop dans le coaltar pour faire preuve d'éloquence. De toute manière, il semblait avoir d'autres préoccupations. Le plateau en bois laqué noir et or constituait un prélude à une conversation sérieuse. Depuis cinq ans et demi que je vivais au-dessus du restaurant, il ne m'avait apporté le petit déjeuner que trois fois : la première lorsque je venais d'emménager, la deuxième après une horrible dispute avec ma mère, la troisième quand j'avais été agressée par l'assassin de Rose. Comment avait-il deviné, même vaguement, ce qu'il m'était arrivé ? Mystère. À chacune de ces occasions, j'avais vu mon père avec cet étrange plateau et, réflexe ridicule, la simple vision de cet objet me mettait désormais sur la défensive, je me sentais nerveuse.

« Tu as ignoré le soufflé au chocolat. Ça ne te ressemble pas. »

Là, il marquait un point. En temps normal, je n'en laissais pas une miette : ni dans mon assiette ni dans la sienne. Sans l'entraînement intense auquel je m'astreignais, j'aurais probablement excédé les cent kilos. Ma ne me passait rien au niveau du poids.

Je posai la main sur mon ventre et contractai les abdominaux. Dans mes instants de lucidité, je reconnaissais l'absurdité de cette posture. J'avais moins de seize pour cent de masse graisseuse et mes muscles étaient aussi fermes que de l'acier trempé. Mais perception de soi rimait rarement avec raison.

Je baissai les yeux sur le plateau. Ce satané bout de bois me faisait penser à Ma. Comment pouvais-je ingurgiter quoi que ce soit, avec ma mère à l'esprit ? J'imaginais son spectre me murmurer : *Tu es sûre de vouloir goûter à ce gâteau, Lily ?* Cette pensée me donnait l'impression d'être un sac de patates.

« A-t-elle si peu de considération pour moi ? interrogeai-je.

– Qui ça ?

– Ma. Pourquoi est-ce qu'elle a invité Daniel Kwok à dîner ? Elle croit que je suis incapable de trouver un petit copain ?

– Pas du tout. Elle pense que tu te dévalorises. »

J'eus un grognement amer.

« Tiens donc.

– Tu veux quand même prendre le petit déjeuner ? » Il désigna le plateau. « Je n'aime pas gaspiller. »

J'ignorais ce qu'il avait caché sous la cloche, mais cela sentait rudement bon. Mon estomac répondit pour moi. Je fis taire la culpabilité et envisageai les choses sous un angle plus raisonnable : il s'agissait uniquement d'un repas préparé par un père attentionné. Rien de plus. Pas de critique implicite, pas de piège, pas de contrepartie. Juste de la nourriture et du thé.

« Je vais le prendre, bien sûr. Une seconde et j'arrive. »

Il acquiesça avant de se diriger vers le fond de l'appartement. Je passai quant à moi dans la salle de bains pour procéder à mes ablutions et obéir à d'autres exigences matinales du corps. Quand je revins au salon, je trouvai le plateau sur la table près de la porte-fenêtre.

Mon ventre gronda.

« Alors, qu'est-ce que tu m'as apporté ?

– Jook avec émincés de porc, gingembre et échalote. Et aussi du darjeeling.

– Quel régal ! »

J'adorais le jook, bouillie de riz également connue en Asie du Sud-Est sous le nom de congee. Son goût neutre offrait une base solide aux saveurs sucrées, amères ou umami que l'on souhaitait ajouter à la préparation. Les émincés de porc, le gingembre et l'échalote constituaient ma variante préférée. *Jook*, terme cantonais en usage à Hongkong, possédait des équivalents dans de nombreux groupes linguistiques, et son emploi pouvait se révéler ambigu. Mais que l'on parle de *congee*, de *báizhõu* ou de *zhõu* – translittération en mandarin –, ou que l'on utilise l'appellation cantonaise *jook* ou *jük* le résultat s'avérait toujours exquis.

Je me penchai au-dessus du bol pour humer les vapeurs odorantes.

« Ne le laisse pas refroidir, conseilla Baba.

– On partage ?

– J'ai déjà mangé. »

Je levai les yeux au ciel.

« Laisse-moi deviner : à six heures ?

– Comme d'habitude, tu sais ce que c'est. »

J'enfournai ma première bouchée et poussai un soupir de contentement. Le jook me réconfortait, surtout après le spectacle dont j'avais été témoin à Koreatown.

« Tu ne prépares jamais des petits pains ou des tartines beurrées ?

– Quelle utilité ?

– C'est sûrement ce que tu prenais plus jeune, non ?

– En partie, s'amusa-t-il. En toute petite partie. J'avais aussi une pile de pancakes, des tranches de jambon, du bacon et au moins cinq œufs chaque matin. Sans oublier le café crème. Mais tout cela venait après avoir trait les vaches et nettoyé l'étable. À six heures, mes frères et moi on mourait de faim. »

Je terminai mon bol et m'adossai à ma chaise pendant que Baba remplissait nos petites tasses de thé en argile. Une agréable chaleur se diffusa dans mes doigts lorsque je pris la mienne.

« Si j'avais suivi le même régime que toi et tes frères, je serais aussi grosse qu'une montgolfière.

– Et ta mère ne me le pardonnerait pas, fit-il avec un clin d'œil.

– En effet. » Je sirotai une gorgée. « Plus sérieusement : pourquoi tu ne m'as jamais proposé un bon petit déjeuner du Dakota ? Pourquoi systématiquement des plats asiatiques ?

– Oh, je peux te proposer des petits pains et des tartines si ça te chante.

– Ce n'est pas ce que je veux dire. Tu t'es adapté à la culture de Ma, mais que reste-t-il de la tienne ? Tu as même accepté qu'on te nomme *Baba* au lieu de papa, comme maman appelle grand-père *Gung-Gung*. Comment expliquer que Rose et moi n'ayons presque rien reçu de tes ascendants norvégiens ?

– Ah, Gourmandise, tu connais déjà la réponse.

– Tu as voulu plaire à grand-père.

– Je lui ai volé sa fille.

– Elle est tombée amoureuse de toi, nuance. Et vous auriez pu faire l'inverse. » J'effleurai sa grosse main. « Je me dis parfois que tu es trop bien pour elle.

– Merci, mais tu te trompes. Votre proximité t'empêche de la voir telle qu'elle est. Et depuis la mort de ta sœur… c'est dur pour elle.

– C'est dur pour nous tous.

– Exact. Mais Rose était sa fille, ce n'est pas la même chose. » Il leva la main pour continuer sans être interrompu : « Tu n'as pas eu la possibilité de vraiment la connaître, ou en tout cas pas comme moi. Ta mère est une femme complexe, elle accorde une grande importance à la famille et aux questions d'honneur. Elle déborde d'amour, elle est très intelligente mais aussi très sensible. » Je dus avoir l'air perplexe car il ajouta : « Je t'assure. Parfois, ces qualités cohabitent pacifiquement et d'autres fois...

– Comme quand elle a parlé de toi à sa famille ?

– ... et d'autres fois elles entrent en conflit.

– Tu as tout abandonné pour elle. »

Il me tapota la main.

« Oh, ne crois pas ça. J'ai toujours eu un tempérament bohème, et le Dakota du Nord est un peu... comment dire... étriqué. Si je n'avais pas rencontré ta mère, je serais sans doute parti faire le tour du monde.

– Voilà ! C'est ce que je disais. »

Il secoua la tête.

« Je n'ai plus ressenti le besoin de voyager après avoir rencontré ta mère. Tout en elle suggérait l'exotisme, le changement. C'était excitant. » Il gloussa. « J'imagine que renouer avec mes racines vikings aurait aussi eu son charme. Tu me vois en guerrier barbare des âges farouches ?

– Toi ? Jamais de la vie. Tu aurais été fermier, comme dans le Dakota. »

Il m'adressa un regard espiègle.

« Qui sait ? Piller des villages et enlever de jolies femmes, c'était peut-être sympa.

– Baba !

– Quoi qu'il en soit, n'importe quelle culture paraîtrait insipide au regard de celle de ta mère. »

Il caressa la tasse du bout des doigts ; des doigts sans doute plus aptes à manier la hache qu'à explorer un ouvrage d'argile délicat. L'anse semblait bien trop fragile pour lui, et pourtant il manipulait le petit récipient avec un mélange d'assurance et de délicatesse. J'observais sa façon de nous resservir. Même dans les gestes de politesse élémentaires je retrouvais l'influence de Ma. Je le remerciai d'un léger tapotement sur la table.

« Tout cela n'explique pas pourquoi je porte son nom et pas le tien. En plus nous sommes des filles. Cela ne sert à rien ! »

Il haussa les épaules.

« Lily Knudsen ? Sûrement pas. Un nom de famille chinois, c'est beaucoup mieux. Et si un jour tu as un fils, eh bien tout le monde s'appellera Wong.

– Sauf toi.

– Peu importe. Ce n'est pas un patronyme qui va décider des personnes que j'aime et qui m'aiment. »

Cette réponse me déconcertait. Adopter les coutumes de ma mère ne faisait pas de lui un Asiatique.

« Qu'est-ce qui se passe, Gourmandise ? On croirait que tu portes la misère du monde sur tes épaules. » Il baissa les yeux sur mes poignets meurtris. « Et sur tes avant-bras. »

J'avais oublié les hématomes et les abrasions que m'avait laissés la corde de l'Ukrainien. Le fléchisseur droit avait particulièrement souffert car des fragments de nylon s'étaient incrustés sous l'épiderme. Stan avait ôté les plus visibles avec une pince à épiler, cependant il en restait beaucoup. L'organisme les expulserait de lui-même, mais cela prendrait du temps. Quarante-huit heures après l'affrontement, il ne fallait pas s'attendre à un miracle et je ressentais d'intenses démangeaisons sur la peau rougie.

« Je me suis râpée contre un mur.

– Mmh.

– C'est vrai.
– J'en suis sûr. »
Il paraissait tellement calme. Je savais qu'il n'était pas dupe.
« Tu as un commentaire ? Je t'écoute.
– Ces marques ne ressemblent pas à de vulgaires égratignures. Simple constatation. »
Il avait raison. Le traumatisme de l'articulation formait un demi-cercle édifiant. J'examinai l'autre poignet – s'il avait remarqué le droit, inutile de dissimuler le gauche – et croisai mes avant-bras de manière à former un *jumoji no kamaé*. Baba pourrait ainsi voir comment j'avais juxtaposé les bras lorsque je m'étais blessée. Il se contenta de boire son thé en silence. Cette tête de mule pouvait se révéler plus patiente qu'un rocher. Je devais lui donner une explication valable et autant que possible franche, ou je n'en sortirais pas.
« Je m'entraîne dur. »
Il opina.
« Et cet entraînement implique des combats non simulés.
– Je comprends.
– Eh bien voilà le résultat. »
J'appuyai les coudes sur la table et soutins son regard. Nous n'échangeâmes pas un mot pendant un long moment. Chacun sirotait son thé et attendait que l'autre flanche. Lorsque finalement Baba posa sa tasse, je l'imitai.
Il jeta un bref coup d'œil à mon bol vide.
« Tu as fini ? »
Je savais qu'il ne parlait pas du jook. Il me demandait si je comptais lui fournir d'autres explications.
J'acquiesçai et il débarrassa la table avant de prendre congé.

16

Après avoir pris une douche et m'être habillée, j'allumai la bouilloire et examinai le plan des transports publics fixé au mur. Il m'arrivait souvent de contempler cette carte, bien que je connaisse par cœur les horaires et les trajets de chaque bus, de chaque rame dans les entrailles de la cité. J'avais également en tête tous les travaux, tous les programmes d'extension à travers le comté. J'aimais par exemple l'idée que le métro se prolonge entre Union Station et Cerritos. Tout ce qui permettait de rayonner à partir de Chinatown était bienvenu.

La bouilloire s'éteignit. Je me préparai une tasse de Dragon Well puis, assise devant mon ordinateur, entrepris d'étudier les photos du portable transférées sur l'écran. On aurait dit le story-board d'un film policier. Un garage obscur. Un type élégant. Deux voyous coréens. Où cette belle mécanique s'était-elle enrayée ?

J'évitai les clichés des Coréens en train de se vider de leur sang tandis que Tran essuyait la lame de son couteau. Cette scène me hanterait toute ma vie, inutile d'en rajouter.

À la place, je choisis deux instantanés de Tatoué au moment où il était encore vivant. Le premier de face, le second de dos. Je zoomai sur les tatouages de son cou. Pas de lettres ou de symboles sur les trapèzes antérieurs, mais une succession de motifs écailleux qui se prolongeaient sur ses bras. Sur sa nuque en revanche, je distinguai clairement quatre capitales : LGKK, pour Last Generation Korean Killers.

Intéressant.

Le LGKK avait succédé au gang des Korean Killers, à présent dissous. Aux dernières nouvelles, le LGKK avait également cessé ses activités. Visiblement les membres n'avaient pas tous disparu.

Maintenant que l'appartenance passée ou présente de Tatoué au célèbre gang ne faisait plus de doute, j'examinai une photo de son cadavre. Il gisait face contre terre, la chemise remontée sur le bas du dos, où l'on apercevait un pistolet. Cela confirmait ma supposition : quand il avait porté la main à ses reins durant l'attaque, c'était pour saisir une arme. Sans doute manquait-il d'expérience pour comprendre que sa tentative échouerait.

On raillait souvent ceux qui ne possédaient qu'un couteau lors d'une fusillade, mais en combat rapproché il n'y avait rien de mieux. À cinq mètres, même un bon tireur aurait du mal à dégainer dans les temps face à un assaillant armé d'un poignard. Tatoué, lui, aurait raté sa cible à plus d'une dizaine de mètres.

Je passai à la photo suivante. Tran avait peint deux idéogrammes coréens sur le capot de la Hyundai des malfrats. Le premier ressemblait à un entonnoir posé à l'envers sur un L trapu, le second m'évoquait une pagode bouddhiste. Tran avait utilisé non pas du sang, comme je l'avais d'abord cru, mais une substance grasse. Un rouge à lèvres ou un crayon de cire plus volumineux que la moyenne. Peut-être un ustensile de maquillage dont on se servait sur les plateaux de tournage, comme ces sticks aussi larges que des sucettes push pop. Quoi qu'il en soit, la teinte bordeaux conférait à l'ouvrage un air d'abominable décoration de Noël.

La plupart des sinogrammes dérivaient du Chinois classique. Au fil du temps, chaque culture avait procédé à des changements dans sa manière d'appréhender l'écrit. Les Coréens avaient opté pour un système alphabétique baptisé *hangeul*, où les lettres superposées formaient des combinaisons syllabiques. J'avais identifié ces caractères car le coréen possédait une rondeur, une simplicité qui n'existait pas dans les autres calligraphies orientales. Les voyous avaient clairement signifié à Tran qu'il n'était pas des leurs. Alors par quel miracle le tueur connaissait-il le hangeul ? Les Coréens s'étaient-ils trompés ? Tran avait-il simplement appris ces lettres précises ? Et si oui, pour quelle raison ? S'agissait-il d'une affaire personnelle ? d'un règlement de comptes entre bandes rivales ? d'un contrat ? Je devais trouver la signification de cette inscription. L'opération réclama un peu de doigté car il m'était impossible de procéder à un copié/collé traditionnel.

Quand j'arrivai au bout de mes peines, je m'adossai à mon siège avec un soupir.

Obéis !

Voilà ce que disait le message.

Je n'étais pas beaucoup plus avancée.

La lecture d'un article sur les meurtres de la veille ne m'apporta pas davantage d'éclaircissements. Je glanai néanmoins quelques informations supplémentaires sur le LGKK, puisque le journaliste mentionnait le tatouage et fournissait quelques précisions sur le sujet.

> Le LGKK a été démantelé en 2000, après l'extradition de leur leader en Corée du Sud. Il semble donc peu probable que cette sordide affaire soit liée au gang, bien que la piste ne soit pas totalement écartée. Pour l'heure les enquêteurs orientent leurs recherches du côté des rodéos sauvages, où une dispute entre concurrents asiatiques aurait pu dégénérer.

Je comprenais le raisonnement de la police, mais je n'étais pas convaincue. Selon moi, on assistait plutôt à une renaissance du gang, ce qui occasionnait d'inévitables luttes de territoires. Cela dit, je ne m'expliquais toujours pas pourquoi Tran avait tué ces gamins.

Car il s'agissait vraiment de gamins.

Ils auraient eu l'âge de ma sœur si elle n'avait pas été assassinée. Je m'éloignai de l'écran et des images de mort qu'il diffusait. C'était moi qui avais retrouvé le meurtrier de Rose, pas les flics. Nul doute qu'ils ne mettraient jamais la main sur Tran.

Je n'avais pas dénoncé le double assassinat de la nuit dernière. Quel intérêt ? L'identité judiciaire ne découvrirait aucun échantillon exploitable sous les ongles des Coréens, aucune empreinte à proximité des corps. Même dans l'hypothèse où mon témoignage permettrait d'établir un mandat de perquisition, fouiller la maison de Tran ne mènerait à rien. J'avais vu à quoi ressemblait l'endroit où il vivait. Il n'y conservait aucun souvenir personnel, alors ne parlons pas d'un éventuel indice compromettant. Si j'allais voir la police, ce serait sa parole contre la mienne, et après avoir assisté à la descente aux enfers de Mia, je nourrissais peu d'espoir quant à l'issue d'une confrontation à la barre avec le tueur.

17

Je retrouvai Mia au vieux marché bio du Grove, en train de manger des beignets et un jambalaya à la table d'une pâtisserie kasher. Elle dormait quand je l'avais appelée et semblait avoir rallié notre point de rendez-vous dans un survêtement de yoga de la veille, qu'à présent elle saupoudrait involontairement de sucre. J'attendis qu'elle me remarque, puis me glissai sur la chaise à côté d'elle.

« Comment vas-tu ? »

Elle trempa l'un des beignets dans son jambalaya avant de le dévorer. De toute évidence, Mia était le genre de femme à compenser ses déconvenues par la nourriture.

« De quoi voulais-tu me parler ? dit-elle la bouche pleine. Tu avais l'air bien décidée, au téléphone. »

J'avais envisagé plusieurs manières d'aborder cette discussion pendant mon trajet à vélo jusqu'au marché. Aucune d'elles ne me convenait. Je ne désirais pas effrayer la jeune femme plus qu'elle ne l'était déjà, mais j'avais acquis la conviction que Tran n'avait pas essayé de la tuer. Depuis que j'avais constaté avec quelle efficacité il se débarrassait des gêneurs, je n'arrivais plus à l'imaginer en train d'étrangler quelqu'un. En fait, je ne voyais même pas pourquoi il se serait embêté à employer cette méthode. Sauf à vouloir régler une affaire personnelle.

« J'ai pensé que si on se connaissait un peu mieux, je pourrais trouver un lien entre Tran et toi. »

Elle haussa les épaules.

« C'était juste un client du night-club.

– Noté. Mais il existe peut-être une autre connexion.

– Là, tu m'inquiètes. »

Je lui adressai un sourire rassurant, sans la contredire. Elle avait raison : Tran était un type inquiétant.

« Tu as des loisirs ?

– Comment ça ?

– Tu es inscrite sur un forum, tu fais partie d'un club de danse, tu cours avec d'autres personnes ? Ce genre de choses. Qu'est-ce que tu fais quand tu ne travailles pas au Siren ? »

Elle gloussa.

« Rien de ce que tu viens d'énumérer, c'est sûr. D'ailleurs, on devrait en parler au passé, non ? Quand je *travaillais* au Siren. Et pour répondre à ta question, je dirais que je fais du shopping, je me promène, je mange... » Elle eut un signe de tête pour désigner le marché. « Rien de particulier. Des trucs normaux.

– Avec des copines du travail ? »

Nouveau mouvement d'épaules.

« Avant, oui. La plupart du temps avec Therese. Mais je crois qu'on ne sortira plus ensemble après ce qui vient de se passer au tribunal. »

J'acquiesçai. En dehors de son témoignage, l'amie de Mia n'avait pas été d'un grand réconfort. Je me demandais d'ailleurs si cette dernière avait bénéficié d'un seul soutien.

« Tu vois quelqu'un, en ce moment ? »

Elle essuya le sucre collé à ses doigts et prit la tasse de café sur son plateau.

« Non. »

Sujet sensible, apparemment. Je décidai de creuser cette piste.

« C'est parce que tu étais célibataire que Tran t'intéressait ? »

Elle recracha son café dans la tasse.

« Qu'est-ce que tu insinues, merde ? »

Je me renversai en arrière tandis qu'elle s'essuyait le menton, puis précisai :

« D'après le témoignage de ta collègue, il t'avait tapé dans l'œil. » Je stoppai d'un geste toute objection. « Je ne te juge pas. Tran est canon, je comprends. »

Elle me fixa en silence pendant une poignée de secondes. Un soupir. Elle entreprit d'enlever les miettes de la table.

« Comment j'aurais pu deviner que c'était un psychopathe ?

– Impossible, en effet. »

Je pensais réellement ce que je disais. Même moi, qui menais une vie secrète et violente, j'avais été déroutée par la sauvagerie dont il avait fait preuve à Koreatown. Où ce raisonnement m'entraînait-il ? Tran incarnait-il une version masculine de ce que j'allais devenir ? Je rejetai aussitôt l'idée et orientai la conversation sur un terrain moins périlleux :

« Tu as affirmé que Tran t'avait draguée sur ton lieu de travail. Il t'a proposé de sortir avec lui ? »

Mia déchira un bout de serviette, qu'elle roula entre ses doigts.

« Pas à proprement parler. Mais il a tourné autour du pot, si tu saisis l'image.

– Il s'est renseigné sur tes loisirs, ton passé, les gens que tu fréquentais ?

– Il m'a juste demandé d'où je venais et si j'étais actrice. La tactique habituelle. »

Je regardai Mia tordre son morceau de serviette et s'en servir pour ôter les grains de sucre sur le plateau.

« Tu lui as répondu quoi ?

– Que je venais de Las Vegas. Que je voulais être danseuse de revue mais qu'on m'avait refusée car j'étais trop petite. »

Comparée à moi, Mia s'apparentait à une géante.

« Je mesure un mètre soixante-douze. C'est relativement grand, mais pas assez pour le music-hall. Et puis je n'ai vraiment pas le sens du rythme.

– Tu as raconté ça à Tran ?

– Jamais de la vie. »

Nous rîmes de concert.

« Sinon, comment c'était Las Vegas ?

– Chaud. » Elle marqua une pause. « Et ennuyeux. Je logeais avec ma mère dans un camping. On avait juste de quoi se payer le nécessaire. L'école et la gnôle. Beaucoup de gnôle.

– Et le métier d'actrice ? Tu es venue à Los Angeles pour jouer dans des films ? »

Elle balança le morceau de papier à un pigeon isolé.

« Encore un plan foireux. Je n'en ai rien dit à Tran.

– Tu l'as interrogé sur sa vie à lui ? »

Elle leva les yeux au ciel.

« Évidemment. Tu as vu à quoi il ressemble : il avait sûrement une existence plus chouette que la mienne. Et un physique plus avantageux. »

Je ne pouvais que souscrire. Mia avait l'apparence d'une honnête Scandinave. Tran possédait quant à lui une splendeur féroce et exotique.

« Il t'a dit quoi ?

– Rien. Il me retournait mes questions, restait centré sur moi comme s'il avait lu quelque part que les femmes adoraient qu'on s'intéresse à elles. Enfin, une ânerie de ce genre. »

Je souris. Une fois de plus, j'étais d'accord avec elle. Mais cela ne m'éclairait toujours pas sur les liens qu'elle pouvait entretenir avec Tran. J'essayai autre chose :

« Tu as des Coréens dans ton entourage ? Des amis ? Ou un contact quelconque avec leur communauté ?

– Question bizarre !

– Je sais. Mais c'est peut-être important. Alors ? »

Elle fit non de la tête.

« Je suis allée une ou deux fois à des barbecues coréens. Ça compte ?

– Je ne crois pas.

– Quel rapport entre Tran et la Corée ? »

Je fis la moue. *Si seulement je le savais.*

« J'élimine les possibilités les unes après les autres. Pour l'instant, sois prudente, d'accord ? Ferme ta porte, branche l'alarme, tire les rideaux à la nuit tombée. »

Elle plissa les lèvres.

« Tu me fais peur.

– Simple précaution. »

Le juge avait prononcé un non-lieu, la police avait beaucoup d'autres chats à fouetter et tous ses amis lui tournaient le dos. Si je ne m'occupais pas d'elle, qui le ferait ?

18

Je libérai le Merida de l'arbre auquel je l'avais attaché. Que faire à présent ? J'avais obtenu des renseignements sur Mia, mais rien qui puisse la relier à Tran. Si je voulais en savoir plus sur lui, il faudrait aller directement à la source.

Je vérifiai mon traceur. Sa voiture n'avait pas bougé de chez lui. Sans doute dormait-il pour se remettre de sa nuit agitée. Je me représentai soudain sa peau cuivrée, son corps musclé étendu sur les draps blancs…

Reviens sur terre, Lily !

Je chassai cette image de mon esprit. Je n'avais pas couché avec un homme depuis six ans, et les fantasmes érotiques, ce n'était pas mon truc.

Quand je tombais amoureuse, au lycée, Ma disait toujours : « Si tu as de l'énergie à dépenser, range ta chambre ! » Le sens de sa réflexion m'échappait à l'époque, mais il était plus clair à présent. Je me mis à rire toute seule. Un vieil homme qui passait près de moi pour se rendre au parking sursauta. Je désignai un AirPod imaginaire dissimulé sous ma chevelure. Il fit signe qu'il comprenait et poursuivit son chemin en effectuant tout de même un écart.

« Super. Voilà que je fiche la frousse aux habitants du quartier. »

Je me retournai pour voir si le vieil homme m'avait entendue parler à voix haute. Il continuait de s'éloigner sur le parking.

Au moment où je partais, mon casque vissé sur la tête, j'aperçus Mia qui traversait l'esplanade pour gagner la partie la plus tape-à-l'œil du marché. Comme je ne savais pas vraiment où aller, j'entrepris de la suivre.

Elle s'arrêta devant un stand de robes indiennes multicolores, choisit un vêtement à dentelles, qu'elle tint devant son sweat-shirt tombant pour l'examiner. Moi, les rares fois où j'avais besoin de fringues, je les commandais sur Internet ou je montais une opération commando dans un magasin. En tout cas, je ne prenais pas le temps de me balader et d'affecter des pauses au milieu de tout le monde, sur un marché ouvert. Mia ne semblait nullement gênée par la dimension impudique de l'essayage.

Une question me traversa l'esprit. Elle m'avait dit qu'elle n'avait plus d'amies et qu'elle n'entretenait aucune relation sentimentale. Alors pourquoi s'acheter une nouvelle robe ?

Le jour où j'avais posé la même question à ma sœur, elle m'avait traitée de cas désespéré. Je ne pouvais pas lui donner tort. Mia avait parfaitement le droit de remplir ses armoires.

La sonnerie de son portable m'empêcha d'approfondir ces pitoyables réflexions.

« Freddy ! Enfin ! Pourquoi tu ne m'as pas appelée avant ? » La jeune femme paraissait à la fois excitée et énervée. Je lui donnais dix sur dix pour cette interprétation subtile. « Oui, siffla-t-elle, mais les journalistes sont passés à autre chose. Je t'assure que plus personne ne fait attention à moi. » Elle serra son téléphone. « Même pas toi. »

À mes yeux, elle ressemblait davantage à une petite amie

en colère qu'à une triste célibataire. Son dos se raidit, elle adopta une posture plus agressive et se paya même le luxe de détacher ses cheveux pour les rejeter en arrière d'un brusque mouvement de tête. « Alors viens me voir. Je suis au Grove. Tu n'habites pas très loin. » Tout en elle respirait la fierté, l'assurance. J'avais envie qu'elle réussisse. *Allez, Freddy, bouge-toi les fesses.*

Mais ses épaules s'affaissèrent, sa mâchoire se relâcha, la mauvaise humeur refit surface. « Je doute qu'on tombe sur ta femme. Tu m'avais dit qu'elle bossait sur un tournage, non ? Pour l'amour du ciel, Freddy, j'ai besoin de te voir. » Elle écouta son correspondant. « Formidable. Dans dix minutes, alors. »

Freddy, un homme marié ? Pas étonnant que Mia ait menti. On pouvait au moins lui accorder qu'elle savait rester discrète. Je l'observai tandis qu'elle achetait la robe puis s'engouffrait dans un café proche. Je supposai qu'elle allait délaisser son vieux survêtement pour une tenue plus affriolante. Au temps pour la discrétion.

Cinq minutes plus tard, elle sortit d'un pas déterminé, vêtue de sa nouvelle robe.

Ses cheveux brossés cascadaient à présent sur ses épaules, son rouge à lèvres scintillait à la lumière du jour. La jeune femme semblait bien préparée à donner un second souffle à son histoire d'amour. J'admirais la façon dont la robe valorisait ses courbes. Les dentelles flattaient son décolleté. Ses mollets n'étaient plus musclés mais galbés. Dire que cinq minutes auparavant, elle était attifée comme l'as de pique. J'aurais dû prendre des notes.

Je la laissai passer, dissimulée avec mon vélo derrière un stand de téléphonie mobile, puis me glissai derrière deux mères de famille qui flânaient avec leurs enfants. Nous nous éloignâmes de l'esplanade pour aborder la longue jetée du front de mer. En cette matinée ensoleillée, la promenade était assez fréquentée pour que je puisse me cacher si Mia se retournait, mais elle n'avait aucune raison de le faire. Je l'avais entendue donner rendez-vous à Freddy dans une dizaine de minutes. Il en restait deux. Elle devait se hâter.

Je la regardai longer la voie du trolleybus puis obliquer à gauche sur Gilmore Lane et s'arrêter juste après le croisement. Je me postai derrière un palmier de façon à assister aux retrouvailles. À peine avais-je sorti mon téléphone pour filmer la scène que je reçus un appel.

« Salut, maman, ça va ?

– Je voulais juste avoir de tes nouvelles. Tu es partie si vite, hier soir.

– Je sais, désolée. J'étais crevée. »

Sans cesser de parler, je me concentrais sur Mia, qui patientait nerveusement sur son bout de trottoir.

« À cause de la chaleur ?

– Oui, voilà. »

Mia scrutait un côté de la rue, puis l'autre. Je regardai l'heure : encore une minute. Pourvu que Freddy soit ponctuel.

« Lily ? reprit ma mère.

– Je t'écoute.

– Tu iras ?

– Hein ? Où ça ?

– Tu sortiras avec Daniel ?

– Qu'est-ce que tu racontes, maman ? »

Mia se dressa sur la pointe des pieds alors qu'une Lexus

blanche, seule voiture sur la chaussée, roulait dans sa direction.

« Pardon, maman, mais je dois te quitter.

– Tu n'as pas répondu.

– D'accord, tout ce que tu veux. On se rappelle plus tard. »

Je raccrochai sans lui laisser le temps de poursuivre et passai en mode photo pour prendre d'abord un plan large de la voiture, puis zoomer sur la plaque d'immatriculation. Je m'attendais à ce que la Lexus se range à la hauteur de la jeune femme, mais elle continua sans ralentir. Pauvre Mia, voûtée, désespérée, abandonnée dans sa belle robe de dentelles à un croisement de rues.

19

L'homme que je considérais comme un second père m'expédia un coup de poing dans le nez. Je ne l'en aimai que davantage.

Mia était retournée au Grove pour noyer son chagrin dans des montagnes de sucre en poudre. Moi, j'avais roulé jusqu'à la nouvelle maison de mon sensei, sise à Los Feliz, quartier historique et aisé de Los Angeles. Il avait aménagé un dojo à la place de son salon. Cette matinée m'avait frustrée, je ressentais le besoin de me défouler, et rien ne me défoulait autant qu'un bon combat. Si je ne me faisais pas casser la figure d'ici deux secondes, j'aurais le loisir de ressentir les bienfaits de cette dépense d'énergie.

Je basculai mon poids sur le pied arrière pour absorber l'attaque de mon maître. Il n'avait pas frappé sèchement à la manière d'un boxeur, mais avait procédé avec une simplicité trompeuse, puisant la vigueur au plus profond de ses tripes. Je reculai en diagonale, assez loin pour anticiper un nouvel assaut et suffisamment près pour riposter.

Le coup suivant partit avec plus d'élan pour compenser la distance.

J'effectuai une esquive plongeante et enchaînai par un *ichimonji no kamaé* très fluide. Cette posture correspondait à l'élément liquide et permettait d'utiliser la force de l'adversaire. Mon sensei savait parfaitement à quoi s'attendre. C'était lui qui m'avait enseigné cette technique. Il savait également que je ne pourrais pas conserver cette pose bien longtemps.

La troisième attaque m'obligea à battre encore en retraite.

J'aurais pu changer de position et adopter une tactique moins risquée, mais où aurait été le plaisir ? Nous jouions au chat et à la souris, et il était temps pour moi d'endosser le rôle du chat. Un sourire se peignit sur mes traits lorsque son allonge vint à manquer. Une telle manifestation de contentement confinait à l'arrogance, nous le savions tous les deux, mais je ne pouvais y résister. Je baissai même la garde, le buste à découvert. Mon *ichimonji no kamaé* l'invitait à viser l'abdomen.

Il tomba dans le panneau, projetant le pied en direction du plexus, à l'endroit même où l'Ukrainien m'avait frappée avec sa corde. L'impact du nœud m'avait ce jour-là coupé le souffle, l'attaque de mon sensei me casserait en deux si je laissais le coup porter.

Je me décalai à gauche pour esquiver, bloquai les hanches et remontai la main pour aller à la rencontre de son visage.

Mon plan se déroulait comme prévu, je pensais la victoire proche. J'allais amener mon maître à terre avant de bloquer sa tête sous mon genou, prise très douloureuse. Mais il se désaxa légèrement, détournant ma riposte à son profit.

Je sentis mes pieds quitter le sol, la pièce tournoya, j'atterris rudement sur le tatami. Son pouce trouva un *kyusho*, un point de pression sous la mâchoire qui me réduisit à l'impuissance. Un seul nerf, un seul doigt. Tel était le pouvoir de mon sensei. La nausée m'envahit lorsqu'il me lâcha.

« Respire, Lily-chan », conseilla-t-il.

Je tentai d'obéir pour ne pas vomir. Amusant de constater que le soulagement apportait parfois plus de désagréments que la douleur elle-même.

« Ça va mieux ? interrogea-t-il finalement.

– *Hai.* »

En cet instant de détresse, l'approbation était plus facile à formuler en japonais. Au prix de grandes difficultés, je parvins à adopter un *seiza no kamaé* assez propre, une posture assise. D'une part j'avais trop d'amour-propre pour m'effondrer, et de l'autre ce *kamaé* présentait l'avantage de m'aider à reprendre mon souffle, le pied gauche sur le pied droit, les genoux écartés, le dos rigide et les mains le long des cuisses.

Mon sensei se dirigea vers une fenêtre ouverte. J'admirai la grâce extraordinaire avec laquelle il se déplaçait. Il avait soixante-dix ans et je me rendais compte, non sans étonnement, à quel point cet individu pourtant trapu et de petite stature bondissait haut, roulait sur lui-même à l'exemple d'un chimpanzé facétieux, ployait avec la souplesse du roseau. J'espérais être comme lui plus tard, mais la radicalité de ma défaite me montrait combien la route serait longue, presque inaccessible.

Je lui avais demandé à deux reprises pourquoi il avait accepté que je sois son élève. La première fois à quinze ans, quand j'avais compris qu'il m'enseignait des techniques qu'il ne partageait pas avec d'autres disciples. Il avait détourné mon attention avec une facilité redoutable. La seconde à la majorité, alors que je m'étais engagée sur la voie du ninjutsu guerrier et protecteur. Je fus plus vigilante qu'à quinze ans.

« Je t'appends des choses sérieuses parce que tu es une élève sérieuse, Lily-chan. » Je détectai un voile de tristesse sur ses traits, voile aussitôt effacé avec détermination. « Une maîtrise partielle ne mène qu'à des demi-succès. À présent que tu chemines sur la voie du ninjutsu, je refuse d'avoir ta mort sur la conscience. »

Réponse incomplète. Je ne perdais pas espoir de connaître l'entière vérité à force d'entraînement.

Planté devant la fenêtre, il me questionna :

« Que s'est-il passé ? »

Je secouai la tête. Par où commencer ?

« Un ensemble de choses, tout, je ne sais pas… Je croyais contrôler le déroulement du combat.

– Tu l'aurais fait avec un adversaire moins expérimenté.

– Où me suis-je trompée ? »

Il prit une goulée d'air frais. Je respirai à mon tour. Puis il se tourna vers moi et dit sur un ton mesuré :

« Commençons par les points positifs. Tu as canalisé mon énergie de façon à te couvrir et à me maintenir captif. Tu as joué sur mes émotions pour me faire croire qu'avec un peu plus d'allonge, je pouvais t'atteindre. Tu m'as ensuite provoqué avec ton sourire, avec ta posture vulnérable. Cette technique aurait fonctionné sur un ennemi impulsif. Mais quelqu'un qui garde son sang-froid… »

Il laissa la phrase en suspens.

Je la terminai :

« Cet homme ne mord pas à l'hameçon. »

Mon maître ouvrit légèrement les paupières.

« Qui est cet homme ? » Un instant de réflexion. « Il te menace ?

– Pas moi. Une de mes protégées.

– Je vois. Alors tu dois te surpasser pour éviter la défaite, autrement il s'en prendra à celle que tu aides.

– J'en ai bien peur. »

Il eut une grimace réprobatrice.

« Cette peur ne te ressemble pas, Lily-chan. Préserve toujours ton centre, souviens-toi de ton entraînement.

– C'est tout le problème. Cet homme perturbe l'équilibre.

– Alors la difficulté est d'une autre nature. Comment expliques-tu ce déséquilibre ?

– Je ne l'explique pas. »

Il contempla le paysage.

« Peut-être devrais-tu y réfléchir sérieusement. »

Il s'absorba alors dans le silence pour me donner le temps de voyager en moi-même, jusqu'à l'endroit paisible où je dissimulais ce que ma conscience refusait d'avouer. Je fermai les yeux et me représentai le rituel du goshindo, la voie de protection du corps et de l'âme grâce à laquelle on purifiait son karma, écartant toute nuisance de soi. Lorsque je me sentis calme, j'invitai la sagesse intérieure à répondre aux questions que je craignais de poser.

Ces réponses me parvinrent par l'intermédiaire de plusieurs visions.

J'aperçus d'abord Tran dans un champ, qui fixait quelque chose au loin. Il paraissait détendu, comme apaisé par la certitude qu'inévitablement ce qu'il attendait viendrait à lui.

Puis je le vis torse nu sur une colline. Le vent balayait ses longs cheveux noirs, les chassait de son visage sévère. Il portait un bas de kimono léger qui ondulait sous la brise et s'accrochait à sa peau. Je percevais les reliefs de ses pectoraux, de ses abdominaux, de ses cuisses. J'avais envie de les toucher. Pour contenir cette impulsion, j'effectuai une mudra destinée à garantir mon intégrité spirituelle.

Une troisième vision m'amena plus près de lui. Je distinguai alors mon propre reflet dans ses pupilles hyalines.

Mon pouls s'accéléra, ma respiration devint saccadée. J'entonnai un mantra de protection, en appelai à la lumière bienfaitrice qui, par la puissance de son éclat, consumerait l'image de Tran. Enfin, une succession de profondes inspirations me ramena à la réalité. Je me concentrai sur les points de contact entre le tatami et moi, puis ouvris les yeux.

Mon maître s'était assis à un jet de lame de moi.

« Tu as trouvé ce que tu cherchais ?

– Oui. »

Il attendit d'autres explications. Comme je ne lui en fournissais pas, il plaça les mains devant lui et s'inclina brièvement. Je lui retournai son salut en me penchant un peu plus longtemps. Quand je me redressai, je vis qu'il s'était rapproché.

« Fais attention à toi, Lily-chan. Et ne néglige pas ton centre. » Il dessina du bout des doigts un cercle au niveau de ma poitrine. « Ici. » Et toucha fermement mon plexus, le siège des émotions. « Et là. »

Je m'inclinai une nouvelle fois et dis avec l'espoir de ne pas me tromper :

« Ce sera fait. »

20

J'arrivai chez moi alors que, par la fenêtre, le ciel se parait d'une nuance pêche et aigue-marine, prélude de ces splendides couchers de soleil dont la Californie du Sud avait le secret. L'enseigne du restaurant et les immeubles environnants masquaient partiellement la vue, mais cela n'avait aucune importance puisque je montai sur le toit. Mon repaire préféré.

Une grande partie des missions que j'effectuais en tant que kunoichi – c'est-à-dire en tant que femme ninja chargée de protéger les plus faibles, dans mon cas Kateryna ou Mia – consistait à escalader des parois verticales, à me balancer en hauteur et à aller d'un point à un autre en surmontant les obstacles. Je n'avais pas acquis ces aptitudes par l'opération du Saint-Esprit: j'avais travaillé et consolidé mes apprentissages sans relâche. Le toit du restaurant et les bâtiments alentour me servaient de camp d'entraînement.

Qu'il s'agisse d'escalade, de saut, de roulade ou de combat, le mouvement restait le mouvement. Tout l'art du ninjutsu consistait à transformer les déplacements ordinaires en prouesses. Cette notion pouvait sembler étrange à un observateur inexpérimenté ou à un novice, mais une fois maîtrisés, les déplacements devenaient aisés, les acrobaties naturelles. Je pratiquais en général la nuit, dans les ombres que l'éclairage urbain projetait sur le toit. Aujourd'hui, j'allais profiter des dernières hésitations du jour.

Je m'étirai sur le gravier blanc, dont je me plus à imaginer qu'il fût du sable, et laissai mon esprit vagabonder. Mes pensées allèrent à Mia Mikkelsen.

Je passai en revue les renseignements que j'avais glanés dans la matinée. Elle avait grandi avec sa mère dans un camping de Las Vegas, avait ambitionné de devenir danseuse, sans succès, avant d'émigrer à Los Angeles pour embrasser la carrière d'actrice. Nouvel échec. Elle était à présent serveuse dans une boîte de nuit, entretenait une liaison avec un homme marié et vivait dans un appartement au-dessus de ses moyens. Rien de nouveau sous le soleil d'Hollywood.

Quel rapport avec Tran ?

Mia avait-elle décidé d'échanger un père de famille friqué contre un célibataire canon ? Pas impossible. Tran s'habillait bien, il dégageait une certaine assurance. Peut-être que la jeune femme l'avait pris pour un gros poisson. Je persistais cependant à croire qu'il n'avait pas tenté de la tuer. De plus, son profil ne correspondait pas à celui d'un sadique qui s'amusait à terroriser ses victimes. Alors pourquoi l'avait-il agressée ?

Cela avait-il quelque chose à voir avec Freddy ?

J'avais vu le désespoir de Mia quand elle avait tenté de renouer avec son amant. Et si elle avait décidé de passer à la vitesse supérieure en le faisant chanter ? Freddy était-il du genre à engager un tueur pour se débarrasser d'une maîtresse gênante ? Poser la question directement à la jeune femme paraissait indiqué, mais comme elle m'avait déjà menti sur son célibat, je n'en voyais pas l'intérêt. Sans doute serait-il plus profitable de recueillir quelques informations sur Freddy.

J'étais en train d'envisager différentes approches quand le téléphone sonna. Numéro inconnu. Était-ce Kateryna qui m'appelait d'une cabine pour m'annoncer qu'elle quittait enfin son mari ? On pouvait toujours l'espérer.

« Allô ?

– Salut, Lily, c'est Daniel. » Il y eut un silence et il ajouta : « Daniel Kwok. »

J'essayai de cacher ma déception.

« Oui, salut. Comment vas-tu ?

– Eh bien, ta mère m'a appelé et elle m'a dit que tu aimerais qu'on se fasse une petite sortie.

– Ah. »

Quand avais-je suggéré pareille absurdité ? La conversation avec Ma me revint brusquement en mémoire. Lorsque je planquais à proximité du Grove, elle avait effectivement parlé d'une nouvelle rencontre, et dans ma précipitation j'avais sûrement laissé entendre que j'acceptais.

« Si tu es toujours partante, poursuivit Daniel, on pourrait aller au restaurant. Ce soir, pourquoi pas ? Si tu es libre, bien entendu.

– Heu, d'accord, oui, on peut manger ensemble. » Le coucher de soleil m'invitait plutôt à rester chez moi pour déguster une crème glacée lavande-citron ou balsamique-fraise, mais je pouvais peut-être faire quelques concessions. « Qu'est-ce que tu proposes ?

– Le République. Tu y es déjà allée ? Le paradis des gourmets.

– Vraiment ? En tout cas, le nom est prometteur.

– Super ! J'ai déjà réservé pour vingt heures, alors je peux passer te chercher à la demie.

– Attends : tu as déjà réservé ?

– Oui, je me suis dit que je pourrais toujours annuler si l'endroit ne te plaisait pas ou si tu avais changé d'avis. »

J'aurais volontiers souscrit à cette option, mais il n'avait pas besoin de le savoir.

« Tu pensais que je changerais d'avis ?

– Disons que je n'écartais pas cette possibilité. »

Je souris. Daniel venait de marquer un point. J'appréciais les hommes qui ne prenaient rien pour acquis, en particulier mes choix personnels. Après tout, cette sortie n'était peut-être pas une mauvaise idée.

21

Les emmanchures de ma robe noire faisaient ressortir mes deltoïdes, le corsage serrait mes abdominaux et l'ourlet sous le genou présentait un double intérêt : il masquait les bleus sur mes quadriceps et dévoilait une paire de mollets sculpturaux. Je ressemblais à une publicité vivante pour les cours de fitness. Serait-ce suffisant pour impressionner un chevalier servant ? Rien n'était moins sûr. Peut-être que je devrais sortir mon soutien-gorge sexy ? Le reflet dans le miroir haussa les épaules. Il n'en savait pas plus que moi sur les rendez-vous galants.

Le soutien-gorge en question, un modèle à bonnets renforcés, provenait de Victoria's Secret. Ma me l'avait acheté lors d'une des rares sorties shopping que nous avions effectuées ensemble, quelques années auparavant. Notre expédition avait bien débuté : nous avions bu un verre dans un petit bar huppé de Beverly Hills et échangé quantité d'anecdotes sur le bon vieux temps. Puis les choses s'étaient un peu gâtées.

« Tu sais que Joy Chin a été élue Miss Kowloon ? » avait demandé Ma.

Je me souvenais que sa question m'avait agacée : « Comment je le saurais ? J'étais encore au lycée quand sa famille est retournée sur la presqu'île. »

Ma ne s'était pas laissé démonter.

« Eh bien grâce à moi, te voilà au courant. Elle va concourir pour Miss Hongkong l'année prochaine. Ses parents sont très fiers.

– Je n'en doute pas.

– Toi aussi tu aurais eu tes chances, jolie comme tu es. Il faut juste que tu apprennes à te mettre en valeur.

– Qu'est-ce que tu veux dire ?

– Ne sois pas ridicule. C'est ta façon de te tenir, ta manière de parler, de t'habiller.

– Rien que ça ?

– Inutile de prendre ton petit air désinvolte, tu apportes de l'eau à mon moulin. Chez toi, tout est si… nonchalant. » Elle prononça le dernier mot avec un dédain manifeste.

« Qu'y a-t-il de mal à la nonchalance ? »

Elle ferma les yeux, les traits de son visage s'animèrent à peine, comme pour dissiper en douceur une idée déplaisante.

« Rien. Mais tu ne peux pas être comme ça tout le temps. Pas si tu veux avancer.

– Qui te dit que j'ai envie d'avancer ?

– Ne te fais pas plus bête que tu ne l'es, Lily, et arrête d'être sur la défensive. J'essaye simplement de t'aider. » Elle tapota la table du bout de ses ongles manucurés, surmonta son irritation et prit son verre de vin. « C'est sans doute en partie ma faute. Je n'aurais pas dû te laisser commencer le wushu si jeune.

– Tu plaisantes ? hoquetai-je.

– Pas le moins du monde. Ces exercices t'ont épaissi les cuisses, et les cuisses épaisses te rapetissent. Sans compter que tu as trop pris de muscles à force de manipuler ces bâtons, ces lances et ces épieux qui pèsent des tonnes. Je suis sûre que ça a bridé ta féminité.

– Ma féminité ? Oh, maman, tu insinues que je n'ai pas de poitrine ?

– Ne sois pas sotte. Tes seins ne sont peut-être pas aussi épanouis que les miens ou ceux de ta grand-mère, mais ils se voient quand même. Il te faudrait une lingerie adéquate. Enfin, je persiste à croire que le wushu a eu une mauvaise influence. » Elle sirota son breuvage. « J'aurais dû t'inscrire à la danse classique.

– Tiens donc. Tu trouves que les danseuses étoiles ont de grosses poitrines ?

– Elles n'en ont pas besoin car elles sont féminines. Regarde-toi, tu es encore plus musclée qu'un garçon. »

Ces mots résonnaient encore dans mon esprit tandis que je me contemplais dans le miroir. Je ne me trouvais pas masculine pour un sou. Au contraire, mon reflet traçait plutôt l'image d'une femme athlétique. Certes on ne pouvait pas affirmer que je possédais une poitrine opulente, mais mes attributs donnaient tout de même des formes à la robe et s'accordaient à mon tour de taille, que demander de plus ? Et à partir du moment où je possédais un buste assez élancé, des membres assez longs pour courir et sauter par-dessus les obstacles, je ne voyais pas le problème.

Sauf peut-être pour les chaussures.

J'ôtai mes escarpins noirs : un autre achat effectué durant cette sortie shopping de sinistre mémoire. Ces souliers, tout comme le soutien-gorge, n'avaient pas quitté mon placard depuis leur acquisition. J'aimais le galbe que les talons conféraient à mes jambes, seulement je me sentais entravée dans mes mouvements. Ma préférence allait aux chaussures qui me permettaient de courir, de bondir, de me défendre. Bien évidemment, je n'escomptais pas m'adonner à ce genre d'activités durant la soirée, mais il valait mieux prévenir que guérir.

Je remis les escarpins dans leur boîte, la rangeai dans le placard, à côté du sac Victoria's Secret que je n'avais jamais ouvert. J'enfilai ensuite une paire de baskets. Avec ces chaussures de sport, la culotte de cycliste que je portais sous la robe et le blouson élastique en faux cuir, j'étais parée à toutes les éventualités. Afin d'apporter la touche finale à ma tenue, je fixai le karambit contre ma hanche et suspendis le pendentif en forme de dague rituelle à mon cou. Je ne m'attendais pas à poignarder quiconque, excepté peut-être mes illusions perdues. Après tout, j'allais à un rencard.

Je descendis l'escalier en souriant. Daniel Kwok ignorait quel genre de femme il avait invitée à dîner.

Il guettait mon arrivée depuis l'entrée du restaurant au rez-de-chaussée. Je sinuai entre les tables pour le rejoindre. Pantalon et petite veste marron, chemise à col ouvert. Avec son allure de mannequin hongkongais, il me faisait penser à une appétissante barre chocolatée.

« Tu es très en beauté, s'émut-il.

– Qui, moi ?

– Tout à fait. »

Je baissai les yeux sur ma robe. S'était-elle transformée comme par enchantement en une éblouissante toilette, bien plus affriolante que dans mon souvenir ?

« Eh bien, merci. »

J'essayai de ne pas manifester trop ostensiblement ma joie, opération évidente lorsque Baba m'adressait des compliments, mais beaucoup plus délicate dans le cadre d'une soirée avec un prétendant.

Daniel regarda avec intérêt les employés de Baba dresser les couverts et s'affairer dans la salle de restaurant derrière moi.

« Je n'ai jamais mangé au Hongkong Inn, mais on m'a chanté les louanges de la cuisine de ton père. »

Renonçait-il déjà ?

« On peut dîner ici, si tu préfères.

– Pour être honnête, Lily, peu importe. Je veux juste passer la soirée avec toi. »

Ses yeux s'étaient réduits à deux fentes étroites et sa bouche souriante incurvée à la façon d'un cœur… ou d'un accent circonflexe inversé comme le Joker de Batman. Si je sentais chez ce type la moindre attirance pour les psychopathes de bande dessinée, je me débarrasserais de lui en deux temps, trois mouvements, et ses éloges n'y changeraient rien.

« Tu sais parler aux femmes, Daniel. C'est à l'école que tu as appris ce petit tour ? »

Il marqua une pause un peu trop longue avant de répondre :

« Non, j'ai une licence de commerce international. »

J'ignorais s'il plaisantait.

« Eh bien, mon père cuisine déjà beaucoup pour moi, alors je pencherais plutôt pour le République. »

Le visage du jeune homme s'illumina. De toute évidence, mon choix lui plaisait. Il me tint la porte.

« Après toi. »

Il m'apparut alors que Daniel Kwok se comportait en gentleman même en l'absence de ma mère.

J'observai le ciel. La pleine lune scintillait autant que le médaillon brillant dans mon dojo, reflet de ma nature suspicieuse et de mon tempérament grincheux. Se pouvait-il que Daniel fût la perle rare ? Ce ne serait pas la première fois que je jugeais quelqu'un plus durement qu'il ne le méritait. Appelez ça l'instinct de conservation. Rose avait été trop crédule, ce trait de caractère lui avait coûté la vie. Cependant Daniel paraissait honnête. Il avait juste tendance à prendre les choses au pied de la lettre. Si je voulais profiter de la soirée, il faudrait que je mette les sarcasmes en veilleuse.

Parvenue à ce stade de mes réflexions, j'aperçus sa voiture. Une Lexus noire qui semblait proclamer : futur directeur général des ventes. Daniel confondit mon air affligé avec une expression d'émerveillement.

« Tu aimes ? Mon père a la même à Hongkong.

– Ce doit être dur pour lui de se déplacer. » La réplique avait fusé malgré moi. Daniel en nota sans doute l'acidité car il eut un vague hochement de tête, similaire à celui d'un chiot qui chercherait à comprendre comment sa baballe a disparu. D'une certaine manière, c'était mignon. « Je blaguais, me rattrapai-je. Cette berline est magnifique. Ton père a très bon goût. »

Le sourire de Daniel cessa de me rappeler celui du Joker, ce qui constituait un progrès certain.

« Mon père est un homme très intelligent, comme ton aïeul. »

Je me gardai de commenter cette observation à propos de Gung-Gung. Nous étions parvenus au premier obstacle de la soirée : entrer dans la voiture.

Je n'étais jamais beaucoup sortie, et les rares fois où j'avais accepté, je m'étais arrangée pour rallier le point de rendez-vous par mes propres moyens. Cette démarche présentait deux avantages : d'une part il m'était possible d'écourter la rencontre si je tombais sur quelqu'un de bizarre, et de l'autre j'évitais de révéler mon adresse à un harceleur éventuel. J'étais étonnée que la plupart des femmes négligent ces précautions élémentaires : elles révélaient avec une facilité déconcertante où elles vivaient, se laissaient piéger dans des endroits confinés, avec des hommes qu'elles connaissaient à peine. J'avais envie de leur sonner les cloches. Aucune d'elles n'aurait consenti à s'embarquer dans la voiture d'un inconnu, et pourtant c'était ce qu'elles faisaient en allant à un premier rendez-vous. Pas uniquement le premier d'ailleurs, mais aussi le deuxième, et le troisième.

Combien de temps fallait-il pour se rendre compte que l'on avait affaire à un violeur ou à un dingue ? Des semaines, des mois, des années ?

Calme-toi, Lily.

J'expirai doucement. J'avais laissé Daniel venir me chercher parce qu'il connaissait déjà mon adresse, merci, maman, et que nos familles se fréquentaient depuis longtemps. S'il révélait une âme de tueur en série et s'en prenait à moi, Gung-Gung exterminerait tous les Kwok de la surface du globe. Bon, j'exagérais peut-être. Mais la famille de Daniel essuierait sûrement un affront dont elle ne se relèverait pas, et qui provoquerait sa faillite à Hongkong.

J'essayai de ne pas songer à ces funestes perspectives lorsque Daniel ouvrit la portière passager et attendit que je fasse mon petit numéro de contorsion pour m'installer sur le siège. Le véritable défi ne consistait pas à triompher de ma robe, qui arrivait à la hauteur des genoux, mais à vaincre ma nervosité. À ce moment précis, si l'on m'avait donné le choix entre la Lexus de Daniel ou l'Ukrainien, j'aurais affronté une seconde fois l'Ukrainien. Au moins savais-je dans ce cas-là comment l'aventure se terminait.

La dernière fois que j'étais montée avec un homme dans une voiture, l'excursion s'était soldée par un carnage.

22

Un jour, un critique gastronomique avait qualifié le République de « petit resto sous stéroïdes ». Un verdict avisé. L'établissement pouvait s'enorgueillir d'une ambiance rustique et élégante. Sa carte épicurienne présentait un éventail de plats susceptibles d'apporter satisfaction aux estomacs les plus exigeants. D'après ce que je voyais, ce que je sentais, cette réputation ne semblait pas usurpée.

« Est-ce que je pourrais sentir ton assiette ? » demandai-je à Daniel.

Celui-ci sourit, en proie à un plaisir excessif. On aurait dit qu'il préparait lui-même les repas.

« Nous priverions nos papilles gustatives d'une vraie surprise.

– Exact. Alors honneur aux papilles gustatives. » J'examinai l'assortiment de viandes sur un présentoir vitré. « Je crois que je vais prendre un steak. »

Daniel eut un rire amusé. Peut-être ne saisissait-il pas les plaisanteries au second degré, mais mon enthousiasme pour le République semblait le combler d'aise. Il désigna les bouteilles alignées dans un rafraîchissoir.

« Un bon merlot ?

– Oui, pourquoi pas ? »

Je manquais d'expérience dans le domaine de l'expertise œnologique, mais ne demandais qu'à apprendre.

Précédés d'une serveuse, nous passâmes devant le bar flambant neuf et la salle principale, puis franchîmes un porche cintré pour aboutir à une salle annexe, dont le plafond voûté abritait une série de jolies alcôves disposées le long des murs. Nous nous trouvions de toute évidence dans un lieu sélect, à l'écart de la foule des consommateurs ordinaires. Un côté de la pièce donnait sur une cuisine ouverte.

La serveuse invita Daniel à longer une vaste table centrale pour s'installer dos aux fourneaux. Quant à moi, en face de lui, j'aurais un parfait aperçu du travail du cuisinier en chef.

Daniel jeta un regard au couple de trentenaires sur ma droite, qui semblait fêter un anniversaire quelconque.

« La place te convient ?

– Tu rigoles ? J'ai l'impression d'être dans une loge d'opéra. On n'est pas dans cette salle par hasard, n'est-ce pas ?

– Qui sait ? Ce sont peut-être les aléas du service.

– Sérieusement, Daniel. Quand as-tu effectué cette réservation ?

– Bon, j'avoue : la semaine dernière, quand ta mère m'a invité.

– Tu étais invité depuis une semaine ? »

J'ignorais ce qui m'irritait le plus. Que mon soupirant ait prévu mon accord, ou que ma mère l'ait informé bien avant moi du repas de la nuit dernière.

Il eut un geste fataliste.

« Tu es sa fille. Elle savait qu'elle pouvait compter sur toi. »

Ma physionomie dut trahir le fond de ma pensée car il s'étonna :

« Quoi ?
– Je doute qu'elle perçoive les choses sous cet angle.
– Tu te trompes. Tu es quelqu'un de bien, et les gens bien ne font jamais faux bond à leurs parents. »

Je laissai échapper un rire. Son commentaire méritait une analyse tellement longue que j'ignorais par où commencer.

« Tu penses que les fils sont différents des filles ? Est-ce que tu te conformes toujours aux désirs de tes parents ?
– Oui.
– Oh là là, même pas une hésitation.
– Ça te surprend ? Pourquoi ?
– Je ne sais pas. C'est un peu tradi, non ?
– Les traditions forment la base de nos existences, et l'obéissance aux aspirations des anciens en fait partie. »

Il croyait vraiment ce qu'il racontait ?

Je lorgnai le plat de mes voisins pour éviter d'épiloguer. Mon estomac émit un grondement gênant.

« Attends de voir le menu », s'amusa Daniel.

Le République proposait des formules si variées, si intrigantes que nous finîmes par prendre une entrée accompagnée d'un assortiment de canapés et de petits gâteaux à partager. Tandis que les mets se succédaient, rivalisant d'excellence, je considérai mon vis-à-vis. Il m'interrogea sur mes centres d'intérêt et, comme je restais évasive, parut tout aussi heureux de parler des siens. Je n'arrivais pas à déterminer s'il tentait nerveusement de meubler la conversation ou si cette volubilité correspondait à un caractère expansif. Quoi qu'il en soit, son monologue m'épargna d'embarrassantes digressions et me permit de manger plus de beignets au gruyère qu'il n'était raisonnable d'en consommer.

Il s'exprimait sans interruption, à la manière d'un orateur certain de captiver son auditoire.

« Comprends-moi bien, je touche un très bon salaire, je gravis les échelons plus vite que n'importe quel courtier, mais arrive un moment où je me heurte à un plafond de verre. Les postes les plus élevés semblent presque tous réservés aux Blancs. Très peu de promotion du côté asiatique. »

Je fermai les yeux pour savourer un toast au bacon et au chou de Bruxelles. Celui qui avait eu l'idée de marier le porc salé et le chou méritait qu'on lui décerne une médaille.

Daniel me regarda déguster la tranche de pain grillée, son verre de merlot à la main.

« Je n'ai jamais vu une femme apprécier autant la nourriture.

– Ah bon ? Il faut dire qu'ils ont une carte d'enfer.

– C'est vrai. Mais tu dois faire beaucoup d'exercice.

– Comment ça ? »

Son expression sous-entendait une réponse évidente :

« Parce que tu as un corps parfait. »

Je cessai net de mâcher.

« Arrête ton char. »

L'image féerique de Kateryna Romanko s'imprima dans mon esprit ; celle de Mia Mikkelsen également, plus généreuse ; et enfin celle de ma mère, d'une élégance classique. Trois types de beautés beaucoup plus enviables que la mienne, tout en muscles.

Daniel parut déconcerté.

« Je ne me moque pas de toi, je t'assure. »

J'envisageai d'argumenter mais renonçai aussitôt. Il n'avait pas besoin de m'entendre ressasser mes doutes. Et puis j'avais déjà remarqué sa tendance à la flatterie excessive, ce qui ne l'empêchait pas d'être sincère. Mais dans mon monde, où les faux-semblants et la manipulation dominaient, ces déclarations exemptes de duplicité jetaient une lumière trop franche sur la réalité.

Il me prit la main, caressa mes doigts avec le pouce. Peut-être conscient de son geste déplacé pour un premier rendez-vous, il baissa les yeux sur mon bracelet.

« Je trouve qu'il te correspond.

– Vraiment ? Je commence à peine à le porter.

– Et alors ?

– Ça ne durera pas. Il est trop fragile. »

Il crut à une plaisanterie de ma part. Évidemment, il se trompait. J'avais uniquement consenti à le mettre ce soir parce que je pouvais le dissimuler sous la manche de ma veste en cas de grabuge. Je concédais que les maillons de platine allaient bien avec ma dague rituelle, mais ne pouvais me résoudre à le porter en permanence.

Daniel me tapota le dos de la main.

« Audacieux et original.

– Pardon ?

– Ton bracelet. C'est pour ça qu'il te va. Si le jade avait été d'une seule teinte, tu n'aurais eu qu'un bijou ordinaire, sans réel caractère. »

Je pataugeais un peu pour trouver une réplique. Heureusement, la serveuse vint débarrasser la table.

« Désirez-vous la carte des desserts ? »

Sa proposition tombait à pic. Depuis une demi-heure, mes voisins de table grignotaient un croissant nappé de chocolat chaud aux noisettes, et je mourais d'envie d'en goûter un. Le commentaire de Daniel sur mon appétit d'ogre m'avait néanmoins refroidie. Ce fut lui qui vint à ma rescousse, avec sa simplicité habituelle :

« Nous prendrons deux croissants », dit-il à la serveuse.

Quand elle fut partie, il se pencha vers moi et baissa la voix.

Je me figeai. Il avait lu en moi avec une telle facilité pour le dessert. Avais-je par mon comportement trahi d'autres secrets ?

« Je suppose que tu ne voudras pas partager ? »

Il supposait bien.

23

Le Siren Club était une boîte branchée qui drainait une foule de noctambules friqués. Cette population n'hésitait pas à mettre la main au portefeuille pour obtenir ce qui se faisait de mieux en matière d'alcool. Question clientèle, le physionomiste, vêtu d'un élégant costume sombre, prêtait davantage attention à la qualité qu'à la quantité.

« Je suis contente d'avoir laissé ma veste dans la voiture, dis-je à Daniel.

– Hein ?

– Je suis mieux en robe. »

Il s'amusa.

« Ne t'inquiète pas, tu serais séduisante même en survêtement. »

La dernière fois qu'il m'avait vue, je portais effectivement une jolie tenue de sport. Peut-être qu'après tout je savais m'habiller. Je lui souris :

« Merci du compliment, même si ce n'était pas le but. Je veux simplement entrer. Et puis tu es assez beau pour nous deux, je suis certaine que ça ne posera pas de problème. »

Daniel rayonnait. Monsieur Parfait, flatté dans son amour-propre.

« Je ne t'imaginais pas en boîte. Tu ne m'avais pas paru du style à sortir dans ce genre d'endroit.

– En effet, j'y vais peu. Mais une copine à moi bossait ici et la façon dont elle en parlait m'a donné envie. La nuit commence tout juste et on est déjà habillés, alors autant en profiter.

– Ne te méprends pas, j'adore l'idée. Mais je suis un peu étonné, voilà tout. »

Daniel m'avait bien cernée. Je n'avais pas mis les pieds dans un night-club depuis que j'avais traqué le meurtrier de ma sœur. J'avais suggéré le Siren Club parce que je voulais voir où Mia avait travaillé et, le cas échéant, parler à l'une ou l'autre de ses anciennes collègues. Le mardi était un jour tranquille. Les barmen et les serveuses avaient plus de temps, ils n'hésitaient pas à sympathiser avec les clients pour obtenir de meilleurs pourboires. Avec mon chevalier servant à mes côtés, j'aurais une plus grande marge de manœuvre. Une femme seule en période calme attirait trop l'œil.

« Tu es sûre que tu veux prolonger la sortie ? Parce que si tu préfères rentrer il n'y a aucun souci.

– Hors de question. Je passe une trop belle soirée.

– Moi aussi. »

Une fois encore, sa franche simplicité me surprit.

Le physionomiste nous demanda nos papiers. Son regard s'attarda brièvement sur mon bracelet et sur la montre de l'homme qui m'accompagnait.

« Tu vois, exulta Daniel lorsque nous fûmes entrés. Personne ne résiste à ton charme. »

Je souris. La vérité était plus prosaïque : le physionomiste avait branché son détecteur à rupins et nous avions franchi le barrage. Pourtant le compliment de Daniel me faisait chaud au cœur, je sentais son souffle tiède contre mon oreille quand il se penchait pour me parler. Ma joue effleura la sienne lorsque j'inclinai la tête pour le remercier.

« Lily ? s'inquiéta-t-il soudain. Ça va ? »

Je me rendis compte que, détail déplaisant, ma voix avait baissé d'une octave et que j'encombrais le passage car je m'étais arrêtée. Un groupe s'impatientait derrière nous.

« Je voulais juste que tu passes devant, prétextai-je. Vas-y, je t'en prie. »

Je le laissai me précéder dans les entrailles du Siren Club. Lorsque nous arrivâmes en lisière de la piste, je lui proposai de danser. J'avais besoin de brûler mon excédent d'énergie endocrinienne avant de pouvoir réfléchir sereinement à la situation. La danse paraissait le moyen le plus efficace d'y parvenir. Malheureusement pour moi, mon cavalier se révéla d'une sensualité enivrante. Il me fallut une demi-douzaine de chansons pour reprendre possession de moi-même. Au bout du compte, je fus soulagée d'accompagner Daniel au bar. Ce soulagement augmenta d'un cran quand je vis la queue des consommateurs assoiffés. Il faudrait au moins une trentaine de minutes pour que Daniel parvienne au comptoir, attire l'attention du barman et règle l'addition. Plus de temps qu'il n'en fallait pour interroger les bonnes personnes.

Je tapotai l'épaule de mon compagnon et lui criai à l'oreille :

« Je vais aux toilettes.

– D'accord. Qu'est-ce que tu bois ?

– Quelque chose de frais, avec des glaçons. »

Il me fit signe du pouce, *message reçu*, puis se tourna en direction du comptoir. Quant à moi, je partis en quête de réponses. Je n'avais envie ni d'uriner, ni de me refaire une beauté, j'ignorais donc ce qui me poussait à franchir une porte, à longer un couloir assez peu fréquenté, et à me diriger vers ce que le Siren appelait fort pudiquement la Loge des Dames.

Les épais battants se refermèrent derrière moi, réduisant en un clin d'œil le martèlement des basses à une pulsation sourde. Je compris alors que la Loge remplissait d'autres fonctions que la simple satisfaction des besoins élémentaires. Il s'agissait d'un lieu où les femmes pouvaient se pomponner et discuter en paix ; elles pouvaient même s'allonger sur un divan, soulager leurs pieds endoloris. Je n'étais pas certaine que les concepteurs du club aient songé à toutes les possibilités offertes par des murs insonorisés.

Ou peut-être que si.

Je ne connaissais pas la Loge des Messieurs, mais ici les cabines étaient nanties de robustes portes et bénéficiaient d'assez d'espace pour que deux adultes s'adonnent à toutes sortes d'ébats. D'après les chocs que j'entendais sur les cloisons de la dernière cabine, un couple aventureux testait la solidité du dispositif.

J'entendis alors un gémissement féminin proche du sanglot.

« Silence ! » intima une voix d'homme.

Cela ne m'évoquait pas une séance de galipettes dans un coin discret, mais plutôt une tentative de viol.

Je gagnai le fond de la salle à vive allure et heurtai le battant du poing.

« Sortez de là tout de suite ! »

La femme voulut appeler à l'aide, mais celui qui se trouvait avec elle l'en empêcha. Je secouai violemment la poignée, martelai de nouveau la porte.

« J'ai appelé la sécurité. »

Les chocs et les gémissements se poursuivirent. Le monstre n'avait pas l'intention de s'arrêter, à moins qu'on ne l'y oblige. Je m'engouffrai dans la cabine voisine, montai sur la cuvette. Par chance j'avais mis des chaussures de sport au lieu des escarpins, plus sexy mais moins pratiques. D'une traction, je me hissai en haut de la cloison et basculai de l'autre côté. Mon entrée ne fut pas aussi spectaculaire qu'un plongeon de Jackie Chan parmi les machines à sous d'un casino, mais je passai immédiatement à l'action. Saisissant l'homme par les cheveux, je lui projetai la tête contre le mur. Si je ne m'étais cognée au passage, cette attaque aurait été formidable. La femme, elle, s'était effondrée entre la cuvette et la cloison.

Ma vision se brouilla, je ressentis une vive douleur au cou. Je voulus m'appuyer sur l'homme pour me relever, mais il me fit tomber. Mon crâne manqua de peu la collision avec la faïence du siège des W.-C. mais n'évita pas le carrelage. Je ramenai les jambes sur moi et expédiai un coup de pied à mon adversaire, qui valdingua contre la porte. La femme se mit à crier. La cabine, spacieuse pour un et confortable pour deux, se transformait en piège mortel pour trois. Je ne pouvais pas me permettre de laisser durer le combat.

« Reculez ! » aboyai-je. Mon ordre s'adressait davantage à la femme qu'à l'homme. Il fallait qu'elle dégage de mon chemin et du sien. Mais au lieu de s'écarter, elle se jeta sur son agresseur, lui assenant une pluie de coups désordonnés. Il la frappa en retour et elle chuta au sol.

Je poussai un rugissement :

« Salaud ! » Mon pied s'enfonça si fort dans ses parties génitales que cet enfoiré mettrait au moins une semaine à retrouver ses testicules. Il donna de la voix, pas seulement à cause de l'impact, mais aussi de la fermeture éclair de son pantalon ouvert, laquelle venait de lui arracher la peau du scrotum.

Appelez ça le couperet de la justice. Et cette nuit, le bourreau, c'était moi.

Je laissai le violeur à ses souffrances et aidai la femme à se redresser, tandis qu'un videur rappliquait, alerté par deux femmes et leurs compagnons. Il entra dans la cabine, accompagné des deux hommes. Plus personne ne faisait attention à moi.

J'étais devenue invisible.

Cette façon de disparaître constituait l'un des enseignements du ninjutsu. Je fixai mes pensées sur un objet neutre, dénué d'affect – cette nuit, la pulsation distante de la musique –, et fis table rase de l'énergie négative. Nul ne me vit quitter la Loge et replonger dans la foule anonyme de la salle principale.

24

Il me fallut un moment pour me détendre et réfléchir à mon intervention. J'avais déjà fichu une raclée à un type alors que la soirée n'était pas terminée.

Au moins ce n'était pas mon soupirant.

Je me dépêchai de rejoindre le bar, un sourire aux lèvres. Il fallait que je trouve ce que j'étais venue chercher dans ce club de malheur avant que les flics ne le ferment pour la nuit.

Le Siren s'apparentait à un fantasme aquatique, avec ses divans en forme de coquillages, ses tables rappelant des hippocampes, et ses serveuses vêtues de soutiens-gorge à paillettes et de robes fendues à la manière d'une nageoire caudale. Je suivis l'une de ces créatures jusqu'à l'extrémité du comptoir et demandai un verre rempli de glaçons.

« Vous désirez de l'eau avec ? » s'enquit-elle.

Je secouai la tête, regrettant immédiatement ce mouvement intempestif et douloureux pour mon crâne.

« Non merci. Juste les glaçons. »

J'appliquai aussitôt l'un des cubes transparents sur mon cuir chevelu, où enflait une bosse.

« Vous allez bien ? fit l'employée prévenante. Vous voulez vous asseoir ou autre chose ?

– Non. C'est juste un coup de chaleur. Il y a tellement de monde sur la piste. C'est rare pour un mardi, non ?

– La boîte a du succès.

– Oui, c'est un de mes endroits favoris, mais je ne viens jamais en semaine. »

Elle me dévisagea comme pour tenter de reconnaître une physionomie familière.

« En général je ne fais que danser, me justifiai-je. Quand je me mets aux tables, c'est le samedi.

– Ah, voilà pourquoi votre tête ne me dit rien. L'établissement est bondé le week-end. »

J'eus un petit rire.

« Ne m'en parlez pas. Au fait, est-ce que Mia travaille ce soir ?

– Non, elle ne fait plus partie du personnel.

– Oh zut, moi qui espérais avoir des nouvelles de Freddy. Elle semblait si contente.

– Elle vous a parlé de lui ?

– Oui. On s'est liguées contre un client difficile.

– Tout s'explique. »

Je secouai l'eau froide de mes mains, pris un nouveau glaçon.

« Vous savez comment ça se passe pour eux, alors ? Mia et Freddy. J'ai suivi le début de l'histoire mais j'ignore comment les choses ont évolué. »

Les yeux de la serveuse s'allumèrent sous ses faux cils étincelants.

« Vous n'êtes pas au courant ?

– Au courant de quoi ? »

La jeune femme vérifia que le barman n'écoutait pas la conversation.

« Mia a accusé un client du Siren de l'avoir agressée.

– Non ?

– Si. Mais vous savez, Mia aime bien en rajouter. Le type ne lui avait rien fait. Elle voulait juste attirer l'attention. »

Je laissai pendre la mâchoire en signe de stupéfaction.

« Incroyable. Et Freddy ? J'ai l'impression qu'on m'a privée de mon soap opera préféré. »

La serveuse haussa les épaules.

« Mystère. En tout cas, c'était un bon plan. Mia vous a dit qu'il l'avait aidée à payer son loyer ? Bon, ce n'était pas un Apollon ni rien, juste un type normal. Plus vieux qu'elle, bien sûr, et plus petit. De son côté, Mia n'est pas un modèle réduit, alors elle a sûrement l'habitude de la différence de taille. »

Voilà tout à fait le genre de confidence que j'espérais obtenir. Je m'inclinai vers l'employée.

« Vous croyez qu'elle l'a largué ?

– Aucune idée. Mais elle espérait changer de mec, pas de doute à ce sujet. »

Je feignis l'étonnement.

« Moi, si je mettais le grappin sur une truffe comme Freddy, je ne lâcherais pas l'affaire. » Sourire entendu. « Il passe encore dans le coin ?

– Freddy ? Il a arrêté de venir dès qu'ils sont sortis ensemble. Il était un peu du genre pépère, les boîtes de nuit, ce n'était pas trop son truc. Il s'appelle Weintraub, au cas où vous le chercheriez. Oups, la table cinq a presque terminé ses martinis aux pommes, je dois y aller. C'était sympa de parler avec vous, à la prochaine. »

La nature a horreur du vide. Les night-clubs aussi. Dès que l'employée fut partie, un tordu empestant l'eau de Cologne la remplaça.

« Je te paye un verre, poulette ? »

Il posa une main moite sur mon avant-bras.

Mauvaise pioche.

Je lui saisis trois doigts et d'une solide torsion l'obligeai à se baisser jusqu'à ce que son oreille soit au niveau de ma bouche. Je murmurai :

« Est-ce que je t'ai autorisé à me toucher ? »

Il secoua la tête, luttant désespérément contre la douleur qui le forçait à ployer les genoux.

« Désolée, je n'ai pas entendu.

– Non, croassa-t-il. Tu ne m'as pas donné ta permission. »

J'accentuai ma prise.

« Est-ce que j'ai eu un comportement qui t'aurait laissé penser que j'étais disposée à avoir un contact avec toi ? » Il répondit encore par la négative et je poursuivis : « Non, effectivement. Alors tu pourrais garder tes paluches dégueulasses dans tes poches, tu ne crois pas ?

– D'accord ! Tout ce que tu veux ! »

Je le libérai.

« Maintenant, va jouer. Et pas touche. »

Le soulagement lui donna un regain d'insolence.

« Espèce de... »

Je le stoppai d'un geste de la main.

« À ta place j'arrêterais pour ce soir. Conseil d'amie. »

Il dut lire la menace dans mon regard, car il battit en retraite.

Au prix d'un sérieux effort sur moi-même, je masquai mon contentement. Non seulement j'avais donné une leçon à un gros lourdingue, mais j'avais pratiquement castré un violeur pris sur le fait, et obtenu le nom ainsi que la description du mystérieux amant de Mia. Tout cela en une seule soirée. Pas mal.

Restait maintenant à statuer sur le sort de Daniel Kwok.

25

Mes pensées vacillaient comme une toupie en fin de course, lestée de souvenirs encombrants. Je savais que je devais me lever, préparer du thé, m'atteler à une tâche constructive, mais ne pouvais me résoudre à abandonner la protection de l'épaisse couverture ornée de motifs en rosemaling de ma grand-mère.

« Farmor » signifiait mère du père en norvégien. Farmor avait donc grandi avec ses parents immigrés et ses cinq frères et sœurs dans un trois-pièces au sein d'un village minier du Dakota du Nord. En tant qu'aînée, elle avait dû prendre soin des plus jeunes, et pour ce faire lâcher l'école à quatorze ans. Quand j'étais confrontée à d'importantes difficultés, je me rappelais avec quelle constance, avec quelle élégance Farmor avait négocié les virages périlleux de l'existence.

Je pressai la couverture sur moi, frottai mes joues aux fleurs brodées sur le tissu. Farmor avait elle-même confectionné cette couverture. Elle avait utilisé des teintes rouge vif et vert clair qui se mariaient à la perfection aux murs de mon appartement. Elle avait également cousu des motifs champêtres au bord de la courtepointe, signes de prospérité. Cette merveilleuse création avait permis à ma grand-mère paternelle d'honorer la culture chinoise de Ma sans renier ses propres racines scandinaves. Elle l'avait confectionnée pour me consoler après la mort de ma sœur.

La mort de Rose.

Tout l'art de Farmor ne pouvait effacer la violence d'une perte de cette envergure ni alléger le poids de la culpabilité. J'avais choisi de passer la soirée avec Pete au lieu de répondre au message de ma sœur.

Pourquoi alors n'avais-je, au cours de la nuit précédente, pas plus rêvé de Pete que de Rose, et encore moins de Daniel ? La présence de chacun d'eux dans mon univers onirique aurait eu davantage de cohérence que celle de Tran.

J'avais revu le tueur ainsi qu'il m'était apparu lors de la méditation dans le dojo de mon sensei. Il se tenait isolé au sommet d'une colline, les yeux fixés sur l'horizon, et moi je l'observais depuis une plage de galets en contrebas. Comme il paraissait sûr de lui tout là-haut. On aurait dit qu'il n'avait besoin de rien ni de personne, chose à laquelle je ne croyais pas une seconde. Nul ne se suffisait à soi-même, et je ne connaissais pas un seul être humain qui n'entretînt des secrets dans la clandestinité de son âme. Dans mes rêves, je brûlais de découvrir ce qu'il cachait.

J'avais commencé l'ascension, mais l'escarpement devenait plus abrupt, l'escalade plus dangereuse. Je me retrouvai bientôt à grimper une paroi verticale, au bas de laquelle se dressaient des rochers pointus assiégés par les vagues. Quelle folie ! Pourquoi risquais-je ma vie ? La réponse m'échappait. Je continuais à m'agripper, à glisser mes doigts et mes orteils dans les anfractuosités, à forcer sur les bras et les jambes pour atteindre le sommet. Mes pensées s'évadaient. J'imaginais – vision ridicule – Tran habillé en ninja, qui se glissait dans mon dojo pour s'emparer de mon médaillon miroitant. J'eus la conviction qu'il allait voler mon reflet et ressentis le besoin impérieux de comprendre pourquoi. Mais au moment où j'atteignais le bord de la falaise, ma prise céda et je tombai.

Je m'éveillai avant l'impact, sans savoir si la chute m'aurait tuée. Les gens qui mouraient en rêve reprenaient-ils conscience ou rendaient-ils leur dernier souffle ? Et dans ce dernier cas, existait-il une forme de résurrection par laquelle on pouvait tout recommencer ? Ces questions insensées tournaient en rond dans mon esprit, sans répit ni résolution. J'avais l'impression d'être un chien lancé à la poursuite de sa propre queue.

Je pressai une fois encore la couverture contre moi. L'image de Farmor se dessina derrière mes paupières. *Arrête tes enfantillages, Lily, tu as du pain sur la planche.* Elle avait raison, comme toujours.

Je lui envoyai un baiser imaginaire : « *Mange takk*, Farmor. »

Je ne connaissais que quelques expressions norvégiennes, et parmi elles la plus importante : « Merci beaucoup, grand-mère. » Si mon grand-père avait eu voix au chapitre, il aurait probablement prétendu que le plus beau mot était *bestefar*, qui signifiait « meilleur que le père ». Bestefar prenait souvent plaisir à me démontrer, par mille exemples, en quoi un grand-père surpassait un père. Bien sûr il omettait au passage toute référence à sa propre paternité. Je riais de ces vantardises absurdes, jusqu'au jour où, au retour d'un séjour en Norvège à l'âge de sept ans, Baba avait profité de l'absence de Bestefar pour m'expliquer que ses vantardises n'avaient rien d'exagéré. Tous les exemples sur lesquels il s'appuyait étaient véridiques. J'avais ri encore plus fort.

Lors des automnes glacials, nous avions coutume de nous asseoir tous les trois au coin du feu. Pendant que Farmor s'occupait de coucher Rose, mon grand-père s'installait dans son fauteuil, moi sur une ottomane, et Baba près du foyer pour tisonner le feu.

« Tu sais, disait-il en s'adressant à moi, je soupçonne Bestefar d'avoir fait des enfants pour l'unique plaisir d'être un jour grand-père, et d'affirmer ainsi sa supériorité. »

Bestefar me poussait délicatement du pied. « Foutaises. » Il possédait un regard bleu azur, plus rude que celui de Baba, couleur bleuet. Ses cheveux autrefois blonds avaient grisonné depuis longtemps. « N'écoute pas ton père, il a eu la vie facile.

– Moi, la vie facile ? s'insurgeait Baba. Je nettoyais l'étable tous les matins avant le lever du soleil. Je me suis décarcassé pour toi.

– Ça ? Ce n'est rien. Quand j'étais jeune, je conduisais le chariot dans la neige jusqu'à l'école.

– Tu t'es enfoncé ? » demandai-je.

Sourire de Bestefar.

« Non, il y avait des patins. Et un poêle à charbon à l'intérieur pour empêcher les agneaux – c'est comme ça qu'on appelait les gosses – de se geler les miches. Ils se blottissaient sur les bancs tandis que je restais à l'avant, emmitouflé dans une couche de laine. Deux trous pour les mains qui tenaient les rênes, et deux trous pour les yeux. Bon, ça ne ressemblait pas aux chariots du Far West, mais plutôt à une grosse caisse en bois avec un toit pointu pour éviter que la neige ne s'entasse. J'étais le plus âgé, alors mon boulot c'était d'amener tout le monde à l'école. Figure-toi qu'il y avait tellement de neige que la plupart du temps je n'y voyais rien. Mais on est toujours arrivés à bon port. » Il me fit un clin d'œil. « Ton père m'empruntait l'Oldsmobile pour aller en classe. Il poussait ce satané chauffage à fond.

– À fond ? postillonna Baba. La plupart du temps tu ouvrais les vitres. »

Bestefar secoua tristement la tête.

« Tu vois, Lily ? Une petite nature.

– Tu parles. » Baba m'attrapa le pied. « Ton grand-père m'obligeait à planter des poteaux de clôture dans un froid mortel.

– Et tu n'as jamais su les planter droit, gloussa l'intéressé.

– Pendant ce temps, lui, il restait avachi sur sa chaise, celle que tu vois là, et il buvait sa bière ou son aquavit.

– Je n'ai jamais été avachi. » L'aïeul brandit un index déformé par l'arthrose. « Pas une seule fois. »

Mon père balaya sa remarque d'un geste.

« Ne te laisse pas avoir, Gourmandise. Il s'avachit beaucoup, surtout après un bon repas de Farmor. »

Bestefar me tapota le genou avec sa main gigantesque :

« Que Farmor prépare de bons repas, c'est vrai. Elle fait le meilleur lutefisk du Dakota. Mince alors ! Onctueux, consistants, le poisson séché et le bacon baignent dans la sauce blanche… Tu n'as jamais mangé de poisson aussi délicieux. Rien à voir avec les fichus haricots noirs à la vapeur de ton père, qu'il appelle de la gastronomie.

– N'importe quoi ! Tu as visité tous les restaurants asiatiques à soixante kilomètres autour de Walcott, et tu sais que ce n'est pas vrai.

– Ces restaurants, c'est ta mère qui m'oblige à y aller. Et elle ne le ferait pas si tu venais plus souvent et que tu cuisinais à la maison. » Il leva la main avec un sourire. « Tu vois,

Lily, je serai toujours *meilleur que le père*. Souviens-t'en si un jour tu es dans la panade. »

Ces souvenirs me firent sourire.

Si Bestefar savait à quel genre de problèmes j'étais confrontée aujourd'hui, il m'attacherait à un poteau de clôture et me laisserait geler sur place pour me mettre du plomb dans la cervelle. Non que cela servirait à grand-chose : j'étais plus têtue que lui et mon père réunis, du moins si je me fiais aux propos de ma grand-mère lors de ma première visite à la ferme.

Rose avait quatre mois. Je veillais sur elle comme une mère poule. Quand je découvris qu'un veau encore plus jeune qu'elle dormait dans l'étable, je refusai de m'en séparer. Je revoyais mes grands-parents dans l'embrasure du bâtiment, qui hochaient la tête pendant que Baba confectionnait un lit avec de la paille.

« Au diable ! soupira Bestefar. Si elle veut mourir de froid, laisse-la. »

Mon père et moi avions passé la nuit à frissonner aux côtés du veau protégé. Le lendemain matin, j'avais finalement admis que les animaux devaient rester à l'étable, et avais passé le reste de la journée dans la douce cuisine de Farmor, emmitouflée dans une de ses couvertures, à siroter du chocolat chaud.

« Tu es *meilleure que la mère*, l'avais-je complimentée, espérant la valoriser autant que Bestefar.

– Non, ma petite. Tu as déjà une mère formidable, la meilleure qu'on puisse trouver. Moi, je suis ta grand-mère, la mère de ton père, ce qui est déjà une performance en soi. »

Bien que je les visse peu, mes grands-parents m'accompagnaient d'une manière dont je prenais tout juste conscience.

Je laissai la couverture sur le lit, étalée de façon à en

admirer la beauté, puis trottinai jusqu'au dojo pour pratiquer mes exercices de méditation. Avec le départ précipité au tribunal et le petit déjeuner surprise de Baba, cela faisait deux jours que j'oubliais mes séances, négligence à laquelle je comptais à présent remédier.

Mon esprit manquait de rigueur et, si je ne me ressaisissais pas, il ne me serait bientôt plus d'aucune utilité.

Je m'inclinai au bord des tatamis, marchai jusqu'au centre de la salle et m'assis en *seiza no kamaé*. J'aurais pu me munir d'un coussin et m'installer simplement en tailleur, ou alors utiliser un banc de méditation pour soulager mes articulations au-delà d'une dizaine de minutes, mais je ne recherchais pas le confort. J'avais besoin de concentration afin de m'élever à un niveau supérieur et de trouver certaines réponses. Et pour cela, j'estimais qu'il n'existait rien de comparable à un *seiza no kamaé* exécuté dans les règles de l'art.

Mon kamidana attira mon attention ainsi qu'il était supposé le faire. Le terme désignait en japonais le dieu ou l'esprit intérieur matérialisé par un autel domestique. Le mien se présentait sous la forme d'un plateau horizontal fixé au mur couleur vermeil de mon dojo. Les Japonais appelaient ce support un *kamiza*, autrement dit un endroit privilégié, mais la plupart des mots de la culture nipponne possédaient une dimension poétique qui en modifiait le sens selon le contexte ou les idéogrammes employés. Ainsi le kamiza pouvait se référer à la place d'honneur d'un invité, à celle de la personne la plus illustre de l'assemblée ou encore renvoyer au réceptacle spirituel de la maisonnée. J'aimais à penser qu'au sein de mon dojo les deux composantes du sanctuaire, le kamiza et le shimoza, cohabitaient : le premier se logeait en hauteur et représentait mon temple shintoïste, le second siégeait au niveau du sol où mon sensei aurait pris place s'il m'avait rendu visite. Jusqu'ici, il avait refusé toutes mes invitations. *Ton dojo est une salle de découverte intime*, disait-il. *Le mien est un lieu d'enseignement pour les élèves méritants comme toi.*

Je joignis les mains en un salut gassho et jurai de faire de mon mieux.

Le kamidana accroché au mur figurait donc un temple miniature. Je l'avais orné de bandes de papier pliées et d'une corde de paille de riz, un shimenawa, pour éloigner les esprits maléfiques et purifier l'espace environnant. Plusieurs offrandes avaient été disposées sur le plan horizontal : du riz, du sel, des plantes, des bougies, de l'encens et un ofuda, talisman composé d'une bande de tissu que m'avait offerte mon maître. Au centre du plateau se dressait un shintai, qui servait d'abri temporaire aux esprits de passage. Les shintais se composaient en général de petits objets : une pierre, une baguette ou, dans mon cas, d'une plaquette en métal de diamètre réduit, astiquée pour acquérir les propriétés d'un miroir, symbole de cœur immaculé et d'exact reflet.

Je me concentrai sur la surface polie en débutant ma prière. « Naître au monde est difficile, maintenant je suis née. Recevoir l'illumination de l'enseignement est difficile, maintenant je la reçois. Si je n'arpente pas à présent le sentier menant à l'illumination, quand l'arpenterai-je ? »

Je poursuivis ma litanie, une phrase après l'autre pour signifier mon engagement, éclaircir mes pensées et dédier mon art au bien universel. Vaste ambition, qui requérait des vœux quotidiennement renouvelés. Par chance, l'investissement payait. Même si jamais encore je n'avais atteint l'illumination, je pouvais constater d'indéniables améliorations dans ma vie.

Le triomphe de la méthode sur le résultat apaisait mon impatience naturelle, mais c'était une entreprise de tous les instants.

Je convoquai la vision que j'avais eue en rêve : Tran au sommet de la falaise, fasciné par l'insondable océan à ses pieds. *Pourquoi es-tu là ?*

Comme il ne répondait pas, j'entamai l'ascension. Réitération de mon rêve : l'escalade devenait de plus en plus périlleuse, jusqu'à ce que je me retrouve accrochée tel un gecko à l'à-pic rocheux, sous un épaulement accidenté qui me paraissait trois fois plus éloigné qu'il n'aurait dû l'être en réalité. Quelle situation ridicule ! Le versant de la montagne était instable, je le savais, et je n'avais aucune raison de croire que Tran brise le silence si je parvenais au point culminant. Il fallait pourtant que je termine ce que j'avais commencé.

Je franchis une première saillie, puis une deuxième avant de m'arrêter. Les conditions avaient changé. Les flancs de l'éminence étaient à présent aussi lisses que de la glace et je me trouvais à plus de trente mètres du sol rocailleux.

Focalisée sur ma tentative, je n'avais pas remarqué l'aggravation de ma position. Au lieu de marquer une pause pour réfléchir et modifier ma trajectoire, je m'étais entêtée à progresser le plus rapidement possible, m'éloignant du but que je m'étais fixé. La sagesse dont j'avais besoin ne viendrait pas de mon maître, de Farmor ou de Bestefar, mais d'un endroit reculé en moi-même.

Ne jamais arpenter un sentier sans être sûr de devoir y cheminer.

26

Une demi-heure plus tard, l'esprit clair et une tasse de darjeeling à portée de main, je menai quelques recherches au sujet de Freddy Weintraub sur le Web. Je tombai sur quelques liens concernant un producteur de films qui avait quarante-sept fictions à son actif, parmi lesquelles *Opération Dragon*, œuvre présumée phare des longs-métrages d'arts martiaux, et *La Malédiction du dragon*, un documentaire sur Bruce Lee. Baba m'avait offert ces deux films pour mon treizième anniversaire, âge où celle qu'il appelait sa « fille ninja » avait déjà remporté un nombre impressionnant de trophées dans les championnats de wushu.

J'étouffai un rire.

Sans avoir conscience de la justesse de ses mots, mon père avait encouragé ma vocation.

Personne n'avait pris conscience à l'époque de la pertinence de ces termes.

S'adonner aux arts martiaux chinois avec des gestes gracieux, habillée de vêtements de soie, différait grandement des entraînements rugueux et salissants auxquels je me prêtais sous la férule d'un Japonais énigmatique. Je ne saisissais pas totalement les implications d'une telle différence mais la distinction ne m'échappait pas. Je pratiquais donc le wushu dans la salle d'entraînement, sans me cacher ni de mes amis ni de ma famille, et apprenais les techniques ninjas dans le parc, quand tout le monde me croyait en train d'étudier à la bibliothèque.

Jusqu'au jour où Rose était morte.

À la suite de ce décès, il ne resta plus de place dans mon cœur pour les vêtements de soie et les trophées. Désormais je me battis pour de bon.

Je bus une gorgée de thé en pensant à Freddy, l'ami de Mia. Je trouvai sa trace en cinquième page du moteur de recherche, enterrée sous d'autres articles évoquant *Opération Dragon*, des critiques de la saga d'horreur des Freddy Krueger, deux nécrologies et un avis juridique concernant un podologue pédophile.

Frederick A. Weintraub travaillait comme responsable de projets au service des transports publics de Los Angeles, le L. A. County Metropolitan Transit Authority, aussi connu sous le nom de Metro.

« Que diable… ? »

J'examinai la carte accrochée au mur, me demandant si je pouvais extorquer un pass illimité pour les bus et le train à l'amant secret de Mia.

Animée d'un regain d'optimisme, je me replongeai dans la biographie de Freddy. Après ses études supérieures à l'université d'Irvine, celui-ci n'avait occupé qu'un précédent emploi, également au service des transports. Sinon, peu d'informations. Il avait tout de même publié une photo de lui, mais comme il posait au milieu de gens plus grands, il ressemblait à un Hobbit parmi une troupe d'elfes. Son visage grassouillet – lunettes rondes, yeux de taupe et petites dents –, surmonté d'une touffe de cheveux aussi épaisse qu'un cache-col autour du dôme luisant de son crâne, accentuait encore cette impression.

La serveuse du Siren Club avait raconté qu'il était plus âgé et plus petit que Mia, du genre normal mais un peu vieux jeu. C'était forcément lui.

Le site de Metro, que je connaissais parfaitement, fournissait davantage de renseignements. Freddy siégeait à la commission d'attribution des projets qui planifiait les nouveaux chantiers et au comité technique, la TAC, qui en évaluait la faisabilité et établissait des recommandations à l'intention du conseil d'administration de Metro. D'après ce que je lisais, les équipes dirigeantes se conformaient systématiquement aux avis de la TAC, ce qui n'était pas très étonnant puisque le comité se composait principalement de maires d'arrondissement et de conseillers municipaux.

Le chéri de Mia fréquentait du beau monde dans les sphères politiques, mais il n'occupait pas une position assez avantageuse, il n'était pas assez sinistre pour fréquenter un individu tel que Tran. Je sondai les réseaux sociaux afin d'obtenir quelques indices sur sa vie privée, mais il n'était inscrit nulle part. Je pus malgré tout dénicher quelqu'un qui parlait souvent de lui sur Facebook et relayait des papiers sur les transports de la ville : sa femme.

Contrairement à son époux, Shannon Weintraub menait une vie florissante sur le Net. Elle aimait partager des recettes, des chroniques sur le quotidien des parents, des photos d'enfants, des vidéos de chats – beaucoup de vidéos de chats – et des articles sur son mari. Elle s'intéressait également à tout ce qui se rapportait à la course à pied. Un casque de cheveux bruns et ondulés adoucissait son visage maigre. Elle possédait une silhouette d'anorexique qu'elle couvrait de robes gitanes et de pull-overs. On pouvait suivre sur son album photo la croissance de sa fille Esther, neuf ans – son prénom et son âge apparaissaient inscrits au sucre glace sur un gâteau d'anniversaire –, ainsi que celle du dernier-né, un nourrisson qu'elle qualifiait de « don du ciel longtemps espéré ».

Troubles obsessionnels, anorexie éventuelle et problèmes de fertilité : les gens faisaient étalage des indiscrétions les plus effarantes sur les sites de partage de photos. Et que dire du nom de leur synagogue gravé au-dessus d'un portail ou de la proximité de leur domicile avec le Pan Pacific Park, que mettaient en évidence de fréquentes balades en poussette. Comble de l'étourderie, Shannon divulguait leur adresse. Oui, elle avait bel et bien posté un cliché haute résolution d'elle et de Freddy devant leur maison, le numéro 115 en évidence sur le mur derrière eux.

J'aurais aimé dire qu'une telle imprudence relevait de l'exception, mais je corrigeais ce genre de bévues tout le temps.

J'avais eu une cliente qui s'était photographiée sur le capot d'une voiture dont on apercevait les plaques ainsi que le nom de son immeuble en arrière-plan. Et pour le cas où un harceleur n'aurait pas saisi la perche qu'on lui tendait, elle avait utilisé cette photo sur tous ses profils. Jamais il ne lui était venu à l'esprit qu'un prédateur puisse se servir des images pour lui nuire.

Hannibal Lecter avait raison : nous convoitons ce que nous voyons.

27

J'avais une heure dix pour trouver le domicile de Freddy, établir une surveillance avant qu'il parte à Metro, et rapporter la voiture avant le début des livraisons au restaurant. Je connaissais le numéro de sa maison, mais pas le nom de la rue où il habitait, ce qui allait réclamer une prospection rigoureuse.

Le Pan Pacific Park voisinait avec plusieurs quartiers, tous à portée d'une virée en poussette. Je privilégiai les trente-deux pâtés de maisons à l'est. Pourquoi ? Parce que les rues perpendiculaires allaient du nord au sud, ce qui signifiait que chacune des seize avenues parallèles au parc était flanquée des mêmes numéros. Je multipliais ainsi mes chances par deux.

Il me fallut tout de même une précieuse demi-heure pour localiser l'adresse de Freddy, au sud de Martel. La façade correspondait parfaitement à ce qu'on voyait sur la page Facebook de Shannon : une allée pavée, du stuc blanc, un toit de tuiles orange, des camélias en pot près de la porte et, bien sûr, le numéro 115 inscrit en diagonale sur le mur.

Je me garai à quelque distance et me hâtai de revenir à pied au 115, quand une femme se mit à crier. Si les disputes matinales étaient une habitude chez les Weintraub, je plaignais les voisins.

Je remontai leur allée à petites foulées, contournai la maison pour apercevoir la chambre – encore une faille de sécurité – et découvrir Shannon dans toute sa splendeur.

« Tu n'as pas voulu emmener Esther à l'école, piaillait-elle, et maintenant je vais être en retard pour mon footing avec les copines dans le parc, ce qui fait que je ne serai pas à l'heure pour emmener Jacob jouer chez Susan. Il fera sa sieste en décalé, résultat, je vais passer une nuit blanche. Encore une. Alors débrouille-toi pour trouver ta chemise tout seul ! » Elle prit ses chaussures de sport et sortit de la pièce. J'entendis sa voix continuer de monter dans les aigus. « Soit elle est dans le panier, soit elle est dans ta penderie. L'argent est dans le tiroir du bureau. »

Shannon portait plusieurs couches de vêtements de yoga trop grands pour elle. Je l'avais vue ainsi attifée sur les photos d'elle au parc, mais Freddy était encore en train de s'habiller pour aller travailler. Vision peu gracieuse. Son ventre pâle – la bedaine de celui qui a mangé trop de muffins – débordait d'un pantalon déboutonné.

« Tu m'as entendue ? » s'écria Shannon depuis la pièce d'à côté.

Évidemment qu'il l'avait entendue, son dos s'était crispé. Seulement il ne voulait pas répondre.

Shannon apparut sur le seuil de la chambre, les poings sur les hanches, le fusillant du regard tandis qu'il fouillait dans ses affaires.

« Pourquoi tu regardes dans l'armoire alors que je t'ai dit dans la penderie ? »

Freddy fit mine de l'ignorer, il dénicha une chemise encore pliée dans son emballage plastique.

« Tu ne peux pas mettre ça, Fred. Il va y avoir des faux plis partout. »

Il lutta avec la protection transparente, sa panse tremblait sous l'effort.

« Oh, pour l'amour du ciel ! » s'énerva sa femme. Elle entra d'un pas excédé dans la pièce, ouvrit la penderie à la volée, dévoilant une rangée de chemises proprement alignées. « Voilà. Maintenant, si tu arrives à te débrouiller, je vais préparer Jacob pour le parc. »

Freddy attendit qu'elle quitte la chambre pour déchirer l'emballage de la première chemise avec une violence inattendue. Le vêtement tomba au sol.

« Et merde. » Il le ramassa pour le fourrer avec les autres chemises dans la penderie. « Faire joujou et m'occuper de la sieste, ronchonna-t-il. Je n'ai pas que ça à faire, bon sang. »

Shannon réapparut dans l'embrasure de la porte, accompagnée cette fois-ci de son enfant qui se tortillait dans ses bras.

« Exact ! Voilà pourquoi tu as besoin d'une chemise repassée. »

Freddy referma la penderie, se dirigea vers l'armoire d'un pas traînant, comme un gamin boudeur.

« La ligne Copper va aller de Chinatown à Cerritos. Toutes sortes de quartiers vont en bénéficier. C'est un chantier crucial. »

Je dressai l'oreille. La ligne Copper ? J'en avais entendu parler : le tracé à venir figurait sur ma carte.

« Je croyais qu'elle n'allait que jusqu'à Huntington ? » fit Shannon sur le ton de la conversation.

Freddy s'empara d'une autre chemise.

« Huntington, c'est la première étape. Tu n'imagines pas

à quel point ces travaux sont importants. À quel point *je* suis important.

– Bien sûr que si. Je n'arrête pas de parler de toi à tout le monde. »

Elle semblait plus accommodante, à présent que Jacob était installé dans sa poussette, prêt pour la promenade sportive au parc.

Freddy n'avait pas l'air convaincu par les éloges de sa femme.

« À tes copines, peut-être.

– Évidemment. À qui veux-tu que je chante tes louanges ? Aux inconnus ? » Elle lui envoya un baiser. « J'y vais. À ce soir. »

Freddy se laissa choir sur le lit. Si je voyais encore une fois sa bedaine trembloter, je serais incapable d'avaler quoi que ce soit pendant un mois. Et puis qu'y avait-il de plus à apprendre ? Freddy faisait bouillir la marmite, Shannon dirigeait la maison. Freddy menait une existence frustrante, Shannon l'infantilisait. Et alors ? Peut-être que le mari entretenait une personnalité un brin passive-agressive, mais était-ce une raison suffisante pour s'offrir les services de quelqu'un comme Tran ?

Vraisemblablement pas.

Freddy s'était cependant ménagé une vie assez sympa : une jolie femme, une chouette baraque, des gosses agréables. Et si Mia l'avait menacé de réduire tout cela à néant ? Avait-il jugé plus commode d'engager un homme de main que d'entrer en conflit ouvert avec son épouse ou sa maîtresse ? Possible.

Je gagnai l'extrémité du pâté de maisons, juste à temps pour voir Shannon s'éclipser en direction du Pan Pacific Park.

J'avais encore une dizaine de minutes devant moi. Je décidai donc de me cacher derrière un bosquet et d'attendre un peu.

Freddy avait de la visite.

Mia Mikkelsen remonta l'allée pavée d'une démarche fière, la poitrine bombée, le ventre rentré. Les bas en dentelles crissaient sur ses jambes bronzées. Elle était prête au combat. Après avoir actionné la sonnette, elle positionna ses attributs féminins de manière favorable. Manque de chance, ses armes naturelles firent long feu lorsque Freddy ouvrit la porte.

« Qu'est-ce que tu fiches ici ? » siffla-t-il en jetant un rapide coup d'œil dans la rue. Il avait fini de s'habiller et, tiré à quatre épingles, semblait déterminé à affronter l'adversité. « Est-ce que tu as la moindre idée de la catastrophe que tu pourrais provoquer ? Qu'est-ce qui se passerait si on te voyait ? » Les mots se bousculaient hors de sa bouche et ses yeux se posaient partout sauf sur Mia. « Va-t'en. » Il tenta de lui faire rebrousser chemin.

Mia mesurait une quinzaine de centimètres de plus que lui et pesait sûrement le même poids. Elle n'allait pas abdiquer si facilement.

« Tu m'as posé un lapin. Je t'ai attendu une heure à l'intersection et tu n'es jamais venu. »

Puis elle éclata en sanglots.

Les épaules de Freddy s'affaissèrent, il baissa la tête et son ventre proéminent étira l'avant de sa chemise bleu marine.

« Pardonne-moi, j'avais l'intention de te rejoindre mais Shannon a voulu que je fasse des courses et… Attends une seconde, comment tu sais où j'habite ? »

La jeune femme afficha une expression de culpabilité assez convaincante.

« Tu m'as suivi ? continua Freddy. Bon sang, on était pourtant d'accord : c'est moi qui viens te voir, pas l'inverse. Pourquoi tu crois que je t'aide à payer ton loyer ? Ça ne va pas du tout. Il faut que tu partes. Maintenant. »

Il était tellement inquiet qu'il ne repéra pas Shannon, qui revenait au bout de la rue. Shannon, en revanche, le vit parfaitement.

Tandis que Freddy continuait à négocier le départ de Mia, j'observais sa femme. Combien de temps lui faudrait-il pour constater que son mari se disputait avec une jolie blonde, et comment réagirait-elle quand elle comprendrait la situation ? Mon attente fut brève.

Shannon marqua un arrêt, considéra la scène qui se déroulait dans l'allée du 115, puis se faufila avec sa poussette derrière une voiture en stationnement. Pendant ce temps, la voix sanglotante de Mia montait d'une octave.

« Jure-moi que tu viendras cet après-midi.

– Je ne peux pas. Arrêtons-nous là.

– Mais j'ai peur.

– Alors déménage. Ou trouve un mec qui te protégera. J'ai une famille. »

Freddy lui claqua la porte au nez sans attendre de réponse. Mia se figea. Son histoire d'amour s'achevait pour de bon et la manne s'évaporait. La superbe blonde venait de se faire plaquer par un employé municipal ventru atteint de calvitie.

Aïe.

J'éprouvais de la compassion pour elle, mais je n'étais pas là pour panser les plaies du cœur. En premier lieu, je devais déterminer si cette rupture aggravait ou diminuait les risques physiques qu'elle encourait ; pour cela il me fallait découvrir qui avait recruté Tran, et pourquoi. En admettant qu'on ait vraiment fait appel à lui.

Alors que je réfléchissais, Shannon sortit de sa cachette. Et même à la distance où je me trouvais, je distinguais son sourire.

28

Quand j'entrai dans la cuisine du restaurant, Baba rongeait son frein sans dissimuler son irritation.

« Enfin ! » Il balança des escalopes cuites dans un plat.

Je vérifiai l'heure : huit minutes de retard. Un coup d'œil en direction de DeAndre, qui préparait les commandes à emporter, garnies de papillotes, de serviettes et de baguettes, m'indiqua que mon manque de ponctualité n'avait décalé aucune livraison. Pourquoi mon père était-il si énervé ?

« Tu as les clefs, Lily ? On a une livraison pour Sony. »

Sa référence à Sony Pictures ne signifiait rien, ils commandaient tous les jours chez nous. En revanche, le fait qu'il m'appelle Lily au lieu de Gourmandise me préoccupait. Baba possédait le caractère typique des natifs du signe du Taureau – toujours d'humeur égale, peu impulsif –, le ton coupant qu'il employait montrait donc qu'il s'inquiétait depuis un moment.

« Excuse-moi, Baba. » Je fis tomber les clefs dans sa main ouverte, il les lança à DeAndre, qui s'en empara, fier comme Artaban. L'employé de dix-huit ans habitait West Adams avec sa mère, un quartier majoritairement latino et afro-américain adjacent à Culver City. Il était métis. Son rêve : ouvrir un jour son propre restaurant. Baba lui donnait autant de tables à servir et de clients à livrer que possible. Il répondait également à son flot incessant de questions.

« Si Lily n'était pas arrivée à temps, est-ce que j'aurais pu emprunter son vélo ? » demanda-t-il.

Je lui donnai une tape sur le bras.

« Pas si tu tiens à la vie. »

Baba fit comme s'il n'avait rien entendu, il ajouta quelques papillotes dans une boîte.

« Tu aurais pris ma voiture, DeAndre. Mais cela n'arrivera jamais parce que Lily n'est vraiment en retard qu'aux réunions de famille. »

Je chipai une papillote, songeuse. Pour peu que Baba fût vexé pour la veille au soir, je n'allais sûrement pas engager la conversation sur ce terrain. J'agitai le papier doré vers DeAndre :

« Tu ferais mieux de te mettre en route si cette commande concerne l'équipe de Sidney. Ils sont de mauvais poil quand on les fait attendre. »

Le jeune homme désigna Baba d'un coup de menton.

« Ce ne sont pas les seuls. »

J'entrevis mon père qui flanquait une giclée d'huile dans le wok. Un grésillement s'éleva tel un essaim d'abeilles furieuses. Le ventilateur balaya des odeurs d'ail jusqu'à moi et j'entendis mon estomac tyrannique gronder malgré les appels à la discrétion.

« Il y a des nouilles sautées sur le comptoir, si tu as faim », rumina Baba en poussant une casserole pleine de champignons coupés dans le four préchauffé. Il ajouta quelques ingrédients dans le wok – des haricots noirs, des échalotes et du poisson –, avant de remuer la préparation avec une cuillère en bois. Mon ventre gronda encore plus fort.

« Tu as cuisiné pour moi ? »

Il m'adressa un regard qui aurait pu signifier n'importe quoi, puis versa une généreuse ration d'alcool de riz dans le wok, suivie d'une pincée de farine de maïs, d'un peu de sauce chili et d'une merluche. Les vapeurs dissimulaient son expression, mais il se servit de la cuillère pour désigner vaguement le comptoir.

« La table trois avait commandé… Comment ont-ils dit, Lee ? »

Le second leva les yeux de la volaille qu'il avait disposée sur sa planche à découper.

« Des nouilles ficelles. » Il trancha la viande d'un coup de lame. Un serveur apparut juste à temps pour emporter le plat en attente et fila dans la salle.

Je montrai le bol rempli de larges nouilles plates – mes favorites –, mélangées à des morceaux de bœuf et des germes de soja.

« C'était pour eux ? »

Lee acquiesça et, pour être sûr que je comprenais, s'exprima dans le dialecte de Shanghai et non dans celui de Pékin :

« *Yúchûn de báirén.* »

Je gloussai.

« Idiots d'hommes blancs, hein ? »

Il fit osciller sa main.

« Nouilles du comptoir meilleures. Je le sais. J'ai préparé. »

Il me jeta une paire de baguettes que je saisis au vol avant qu'elles me frappent le visage. Il se remit à l'ouvrage avec une grimace.

Lee avait la mauvaise habitude de me bombarder d'objets divers. Un jour où il avait failli m'atteindre avec une casserole, je lui demandai s'il connaissait mon maître. Il m'avait répondu par son rictus coutumier, puis avait feint au terme d'un long caquetage d'être gagné par la sénilité, chose que je trouvais amusante car il était en parfaite santé.

J'avais du mal à me figurer comment un cuistot chinois pouvait s'acoquiner avec un Japonais spécialiste des techniques ninjas, mais il ne me paraissait pas saugrenu de penser que mon sensei, par pure malveillance, ait recruté quelqu'un au restaurant pour tester mes réflexes. Il avait d'ailleurs coutume d'affirmer que toutes les occasions étaient bonnes pour s'entraîner.

Lee brandit son couteau en direction du bol de nouilles.

« Tu manges. Ne laisse rien.

– Oui, mon oncle. »

Lee Chang n'était pas un parent à moi, mais comme il travaillait avec mon père depuis le début et que les Chinois surnommaient *oncle* ou *tante* ceux de leur entourage qu'ils considéraient comme des membres de leur famille ou à qui ils entendaient manifester du respect, j'avais toujours appelé Lee ainsi. Dans les premiers temps, les gens avaient pris cet oncle pour l'un des Wong des hôtels du même nom, à Hongkong, parce qu'il ressemblait beaucoup à l'idée qu'ils se faisaient d'un cuisinier chinois : le visage parcheminé à force d'être exposé aux vapeurs et à la chaleur, les brûlures sur les avant-bras, le mauvais caractère et, surtout, l'air asiatique.

Personne n'avait imaginé que Baba puisse être propriétaire des lieux : un Blanc responsable des menus d'un restaurant traditionnel chinois, pensez donc ! Même la communauté asiatique à Arcadia avait été bluffée par les talents culinaires de mon père. Ils dégustaient leurs pattes de poulet à la hongkongaise – c'est-à-dire saisies à la poêle avant de mijoter à feu doux avec des haricots noirs, de l'anis étoilé et du gingembre – sans dissimuler leur plaisir. Je crus qu'ils allaient exploser de colère lorsqu'ils apprendraient qu'un type du Dakota du Nord, au surplus d'origine norvégienne, s'était accaparé leur recette. Pourtant, non seulement ils étaient restés fidèles au Hongkong Inn, mais ils terminaient leur assiette en ne laissant que les parties les plus dures du cartilage.

Baba m'observa du coin de l'œil tandis qu'il déposait le poisson aux haricots noirs dans l'assiette prévue à cet effet.

« Tu t'es exercée, hier ?

– Oui. Pourquoi ? »

Il baissa les yeux sur mes poignets, haussa les épaules. Les ecchymoses dessinaient à présent des contours nets et, si je croisais les bras, on devinait sans peine la trame violette de la corde sur la peau.

« Pour rien, éluda-t-il. Mange les nouilles avant qu'elles refroidissent. Et prends un gâteau de lune tant que tu y es. Tu auras besoin d'énergie demain. »

De quoi parlait-il ?

Plutôt que de réclamer des précisions, je décidai de faire mienne sa maxime préférée : *Ne t'encombre pas des soucis d'autrui.*

Et puis, j'avais déjà une affaire à régler : un triangle amoureux.

Le désespoir avait-il poussé Mia à menacer l'existence rangée de Freddy ? Celui-ci avait-il engagé Tran pour l'effrayer ? Et Shannon ? Quel genre d'épouse réagissait avec autant de calme quand elle découvrait son mari en compagnie d'une belle blonde sur le seuil de la demeure familiale ? Shannon était-elle indifférente, ou avait-elle les moyens de terroriser sa rivale ?

Avant d'avoir pu me forger une opinion, j'entendis une portière claquer… une portière dans la cuisine.

« Qu'est-ce que c'est que ce bruit ? »

Baba désigna avec sa cuillère en bois le portable que j'avais laissé sur le comptoir. L'écran venait de s'allumer, affichant une carte d'Hollywood. Le mouchard que j'avais collé à la voiture de Tran s'était activé.

29

Pour plus de rapidité, je passai par le site de covoiturage. Cet après-midi-là, je fus prise en charge par une sportive rousse prénommée Kansas, qui travaillait comme assistante dans un cabinet d'architecte. La jeune femme me rappelait de façon étrange Joseph Gordon-Levitt. L'acteur avait joué dans un de mes films préférés, véritable bide au box-office américain. Il incarnait un coursier à vélo dingue de vitesse dans les rues de New York

« Tu as vu *Course contre la mort* ? » l'interrogeai-je lorsque nous arrivâmes à destination.

Ma question incongrue la fit hésiter une seconde ou deux, puis avec un sourire :

« C'était toi, la seconde spectatrice ? »

Je détachai mon Merida du rack fixé au hayon et examinai les abords du parc. L'entrée du centre commercial baptisé Hollywood and Highland imitait le plateau babylonien d'*Intolérance*, le film magistral de D. W. Griffith tourné en 1916 : un grand escalier central menait à une galerie composée de boutiques branchées. Les arches démesurées s'ornaient de hiéroglyphes et de créatures mythologiques. Des statues d'éléphants trônaient au sommet de larges colonnes.

Je m'adressai à Kansas :

« Si *Course contre la mort* s'était passé à Los Angeles, Gordon-Levitt aurait tracé sur le Walk of Fame, il aurait monté ces escaliers à vélo avant de redescendre par la place de la fontaine.

– Directement jusqu'au canapé du metteur en scène, s'amusa mon interlocutrice. Pour avoir sa promotion. »

Un faux canapé en fibre de verre apparaissait effectivement sur la place, au bout de l'ironique Road to Hollywood. Il s'agissait d'un chemin sinueux composé de citations attribuées à des professionnels anonymes évoquant leurs débuts dans le cinéma. L'artiste avait conclu son œuvre par le symbole poignant et un peu triste du canapé. À l'époque, on avait apprécié la plaisanterie.

« Eh oui, m'attristai-je, aujourd'hui l'usine à rêves a du plomb dans l'aile.

– Bel euphémisme. »

Nous nous esclaffâmes de concert. J'aurais adoré avoir le temps de discuter un peu plus avec Kansas. Elle avait les mêmes goûts cinématographiques que moi, le même sens de l'humour et, vraisemblablement, le même point de vue sur la société. Mais considérant que Tran rôdait dans Hollywood and Highland depuis une cinquantaine de minutes, je devais me hâter. Dès que j'eus cadenassé mon vélo et mon casque, je fonçai vers la galerie marchande, telle une acheteuse le jour de Noël.

Tran déjeunait dans un restaurant japonais au dernier étage du Colisée, assis près du fond, à proximité du comptoir central. Je passai dans son dos, fis le tour de la longue table élevée et m'installai non loin de l'issue de secours, là où je pouvais observer ma cible en diagonale et filer si la situation se gâtait.

Je commandai un sashimi de sériole, les yeux fixés sur mon portable comme si j'envoyais un message. Pendant ce temps, Tran dégustait un sushi de poulpe accompagné d'une rogue de saumon, choix exotique s'il en est. Les types de son genre, qui mangeaient des *tako* et des *ikura*, qui savaient écrire en coréen, avaient forcément du sang asiatique. J'espérais qu'il n'était pas de Hongkong. Nous nourrissions déjà un amour commun des armes blanches, du sushi et des secrets : ajouter Hongkong à cette liste serait le comble.

« Vous devriez essayer ceci », me dit-il. Je cessai de rêvasser et me rendis compte, à mon grand désarroi, que je le dévisageais.

Au temps pour la discrétion du ninja.

J'eus un sourire forcé. Il fit pivoter la gonade enveloppée dans son algue et prisonnière des baguettes pour me montrer les œufs orange vif de la poche d'ovules. J'essayai d'adopter un ton condescendant :

« Je mange souvent de l'ikura, merci. »

Il prit ma remarque pour une acceptation et commanda un plat pour moi.

« C'est inutile, je vous assure.

– Pour vous peut-être, répliqua-t-il, mais je ne pourrais pas profiter de mon déjeuner en vous regardant manger *ça*. » Il faisait référence à mon sashimi. « J'aurais mauvaise conscience. »

Je ne pus retenir un sarcasme.

« Tiens, je ne vous aurais pas classé parmi les gens travaillés par des problèmes moraux.

– Pourquoi ?

– Eh bien, je ne sais pas. » Je désignai le cuisinier en train de préparer un ikura que je n'avais pas demandé. « Peut-être parce que vous faites ce qui vous chante ? »

Je recommençai à pianoter sur mon téléphone. Sans doute allait-il me laisser tranquille si je l'ignorais.

« À qui écrivez-vous avec tant d'acharnement ? »

Je posai mon appareil, le temps d'avaler une bouchée de riz. Une fois encore, il perturbait mon équilibre interne. J'avais besoin d'une pause pour recouvrer mes esprits et surtout éviter de répondre une ânerie. Je déglutis, le regard froid.

« Si je vous le disais, je devrais vous tuer ensuite. »

Il haussa un sourcil.

« Ce serait intéressant. »

Je sentis mon pouls s'accélérer. *Intéressant comment ?*

Mon maître m'avait mise en garde contre les tactiques trop grossières lorsque l'adversaire était doué. Pourquoi voulais-je provoquer Tran ? J'ignorais quelle mouche me piquait, mais je devais me ressaisir sans tarder. En continuant sur cette voie, j'allais affronter un gars qui ne se contenterait pas de me faire chuter sur un tatami. Quand le cuisinier déposa la rogue de saumon devant moi, j'offris donc à Tran un grand sourire de remerciement hypocrite et, du bout des baguettes, portai le précieux mets à mes lèvres.

Je faillis m'étouffer. Pas à cause de l'ikura, j'adorais ce plat, mais parce que je l'avais mis d'une pièce dans ma bouche et qu'il contenait une grande quantité de riz, d'algues rouges et d'œufs exquis. Un jour, je demanderais à mon sensei comment les femmes au pays du Soleil-Levant surmontaient l'épreuve de cette dégustation. Coupaient-elles l'ikura en plusieurs morceaux ? Se transmettaient-elles des techniques secrètes de mastication ? Quelle que soit leur méthode, j'avais réellement envie de la connaître. Je dissimulai mes difficultés derrière ma serviette. Tran profita de cet instant de faiblesse :

« Je m'appelle J., et vous ?

– K. »

J'avais menti par réflexe. Tran avait fait preuve d'honnêteté pour me tendre un piège, dans lequel j'avais refusé de tomber. Je maîtrisais de nouveau l'art ninja.

« Vous ne voulez pas me dire comment vous vous appelez ? s'étonna-t-il.

– Je viens de le faire. »

Il ignora ma réponse.

« Et pour une invitation à dîner ? »

Pardon ?

M'étais-je égarée dans un univers parallèle, où les assassins lançaient des invitations au lieu d'armes mortelles ?

« Écoutez, votre proposition me touche beaucoup mais je ne sors pas avec des gens comme vous, désolée. »

Il inclina la tête.

« Des gens comme moi ?

– Des gens de plusieurs cultures, animés d'idéaux narcissiques et d'un sens moral fluctuant. »

Son rire profond, guttural, résonna jusque dans mes tripes. Au moment où j'allais prendre ma tasse de thé, une carte de visite vola jusque dans mon assiette.

« Donnez-moi un coup de fil si vous changez d'avis. »

Je baissai les yeux sur le bristol : des lettres grises sur fond noir, un nom, un numéro de téléphone, pas d'adresse. Quand je détachai mon regard, Tran se dirigeait vers la sortie.

Une cliente à la table voisine me sourit.

« Vous devriez le rappeler. Il est vraiment canon.

– Ouais. Je vais sûrement passer mon tour, mais gardons quand même la carte. On ne sait jamais, n'est-ce pas ? »

Elle gloussa.

Lorsque je réclamai l'addition, on m'apprit que Tran avait déjà payé pour moi. J'avais commis une grosse erreur : je n'aurais jamais dû entrer dans ce restaurant, et encore moins initier une joute avec un psychopathe de cet acabit.

Mais était-il réellement un psychopathe ?

Quand je l'avais vu exécuter les Coréens, j'avais cru qu'il n'éprouvait ni empathie ni remords. L'ameublement spartiate de sa maison suggérait également des tendances asociales. Pourtant, il avait réussi en quelques instants à engager la conversation alors qu'il aurait facilement pu m'ignorer. Malgré ma froideur, il avait continué à me parler. Pourquoi tant d'efforts, s'il détestait les contacts humains ?

Peut-être les appréciait-il, mais pas d'une manière habituelle.

Les psychopathes prenaient un malin plaisir à manipuler les autres. Notre duel verbal, simple exercice pour lui, avait sans doute aiguisé ses sens.

Cela me rappelait la chatte de Bestefar : elle adorait plaquer les souris d'une patte au sol et les griffer avec l'autre. Ensuite elle les laissait partir pour les rattraper. Chaque prise affolait davantage le petit rongeur, l'affaiblissait. Les fois où j'essayais de stopper le félin, Bestefar me retenait.

« Non, Lily. Elle vit selon son instinct et tu dois la laisser faire.

– Mais elle est méchante.

– Pas à ses propres yeux.

– Pourtant…

– Arrête. Cette chatte nous rend service, et ce n'est pas à nous de lui dire comment se comporter. »

Tran s'apparentait-il à la chatte de mon grand-père ? S'il me prenait pour une souris, il allait au-devant d'une cruelle désillusion.

30

Je m'appuyai à la rampe et observai les gamins torse nu en contrebas, qui s'ébattaient dans la fontaine de la place. Leur joie insouciante acheva de me miner le moral.

Exactement ce dont j'avais besoin.

Maintenant que Tran m'avait repérée, il n'y aurait plus moyen de passer inaperçue.

Je pris mon smartphone. De jolies icônes s'alignaient sur l'écran. L'une d'elles attira mon attention : un rond dans lequel se découpait le visage souriant de Daniel.

J'ouvris ses messages.

Daniel : *J'ai passé une super soirée.*

Daniel : *Je connais un autre endroit que tu aimerais sûrement. Vendredi soir ?*

Daniel : *Pas d'obligation, bien entendu.*

Daniel : *Au fait, tu danses très bien !*

Quatre textos en quarante minutes ? C'était ce qui s'appelait penser à quelqu'un.

Je songeai à sa manière sensuelle de bouger sur la piste, aux émotions que les mouvements de son corps avaient suscitées en moi. C'était également ce qui s'appelait penser à quelqu'un.

Moi : *Merci. Tu te débrouilles pas mal aussi.*

Daniel : *Salut ! Ravi de te lire !*

Une réaction immédiate. Oh là là ! Est-ce qu'il attendait ma réponse avec son téléphone à la main ?

Daniel : *Et merci du compliment. J'aime beaucoup danser. On devrait remettre ça un de ces quatre.*

Le plaisir était partagé, mais pouvais-je me permettre ce type d'amusement ? Quand je voyais la vitesse à laquelle Daniel m'avait déconcentrée, il me paraissait évident de m'abstenir. Trop de femmes en détresse comptaient sur moi. Je devais choisir.

Daniel : *Tu es toujours là ?*

Moi : *Oui.*

Daniel : *Vendredi ? On n'est pas obligés d'aller en boîte après.* (smiley)

On en était déjà au stade des émojis ?

Moi : *Je peux te dire ça demain ?*

J'ignorais ce que j'allais faire dans les minutes à venir, alors deux jours plus tard…

Daniel : *Évidemment !*

Moi : *Génial, à plus !*

Daniel : (pouce levé)

Je fis glisser sa photo dans un coin de l'écran. Un restaurant, peut-être un film après ? Un programme tellement normal qu'il semblait émaner d'une autre vie que la mienne.

Une vie où je n'aurais jamais perdu Rose.

Les actualités politiques, culturelles et touristiques, locales ou internationales, défilaient sur un bandeau à gauche. À la rubrique locale s'affichait une photo de la station de métro Hollywood and Highland, reconnaissable aux palmiers stylisés en métal ocre et aux pellicules déroulées sur les murs. Je la sélectionnai pour voir quel genre d'information était tombée durant ma pitoyable pause déjeuner en compagnie de Tran.

L'adjointe au maire d'Huntington Park avait donné une interview deux heures auparavant, dans la station située juste sous mes pieds. L'édile expliquait à quel point le métro était important pour une municipalité, et citait en exemple la station Hollywood and Highland, qui selon elle renforçait les liens entre les habitants.

« Tiens tiens. »

Plus tôt dans la matinée, Freddy avait raconté à sa femme que le premier tronçon de la ligne Copper couperait Huntington Park. Est-ce que l'adjointe se référait à ces travaux ? J'étudiai son visage rayonnant, comme s'il pouvait m'apporter un éclaircissement. Derrière l'édile se tenait un homme partiellement dissimulé derrière un pilier. Je ne distinguais qu'une manche de t-shirt noir étirée sur un biceps et une épaule musclés. Le bras ainsi que la carnation correspondaient à ceux de Tran.

« Nom d'un chien. »

Tran était venu en BMW, je savais donc qu'il ne repartirait pas avec le métro. Avait-il fait tout ce chemin uniquement pour espionner la conférence de presse de l'adjointe ? Pourquoi s'intéresser à elle ?

J'empochai mon appareil et me dirigeai vers les escalators. Des réponses, je savais où en trouver.

Onze arrêts plus loin sur la Red Line, j'étais à l'ouest de Chicago Union Station. Cent mille usagers quotidiens transitaient par ce terminal ferroviaire interurbain, le plus important à l'ouest de la ville, et pourtant la circulation à

Los Angeles figurait seulement en deuxième position des préoccupations de la population. Imaginez un peu.

La faute à Hollywood, pensais-je.

Presque tous les films et les téléfilms produits par l'usine à rêves glorifiaient la voiture et décrivaient les rames de métro comme des asiles ambulants pour sans-abri. Cette vision, quoique assez pertinente les nuits où il pleuvait, ne reflétait pas toute la vérité. La mauvaise image de nos transports en commun tenait aussi à un autre facteur : les emprunter relevait du cauchemar.

Dans une mégalopole aussi étendue que Los Angeles, une simple correspondance impliquait souvent plusieurs changements successifs. Il fallait jongler avec les rames, les bus, pour aboutir finalement à des kilomètres de chez soi. On n'en finissait pas, à moins de posséder un vélo. Les usagers disposés à transpirer pouvaient passer d'un point au suivant en deux fois moins de temps que les autres.

Alors pourquoi l'adjointe insistait-elle autant sur la nécessité d'avoir un métro ? Primo parce que la plupart des gens détestaient pédaler, et secundo parce que, comme chantaient les Missing Persons dans les années 1980, personne ne marchait à Los Angeles.

Telles étaient les réflexions qui m'absorbaient quand une main frôla ma hanche. Je songeai d'abord à un geste involontaire dans le convoi bondé. Après tout, je voyageais debout, avec mon vélo sur l'épaule, j'étais donc obligée de me tenir dans le renfoncement en face des portes. Peut-être que le type à côté de moi m'avait touchée sans le faire exprès, déséquilibré par un mouvement de la voiture. Je le regardai : un large sourire illuminait ses traits.

Je saisis la main baladeuse et tordis les doigts en un *take ori* douloureux, si bien qu'il dut se hisser sur la pointe des pieds. Pour le lourdingue du Siren Club, j'avais plié le poignet dans l'autre sens, le forçant à fléchir les genoux. Celui-là, je comptais le faire monter jusqu'au plafond. Direction opposée, résultat identique.

Je lui immobilisai l'autre main pour compléter le tableau et tendis l'oreille vers lui.

« Qu'est-ce que tu as dit ? Je n'ai pas entendu.

– Lâche-moi, connasse. »

J'accentuai lentement la pression et répétai ma question.

Cette fois, il répondit :

« Je vous demande pardon, d'accord ? Maintenant, laissez-moi partir. »

Il avait beaucoup de mal à parler à voix basse.

« Tu es sûr ? Je n'ai pas l'impression que c'était sincère. » Torsion accrue. « Alors ?

– Si, c'était sincère ! »

La sueur perlait à son front.

« Bien. » J'atténuai un peu la prise, sans le libérer. « Parce que je veux que tu te souviennes bien de cette histoire la prochaine fois que tu auras envie de tâter la marchandise. » Je me remémorai l'apprenti violeur au Siren Club, je me remémorai Harvey Weinstein et je me remémorai également tous les salopards de cette ville. Je donnai une secousse à l'articulation, pour être sûre d'avoir toute son attention. « Les femmes ne sont pas sur terre pour que des ordures comme toi les tripotent. »

Il grogna un nouvel assentiment et je le lâchai. Il recula aussitôt. Le message était passé.

31

J'accompagnai le flot des voyageurs jusqu'en haut des escaliers, dans un vaste hall que le soleil tachetait de lumière. Des portes vitrées donnaient sur une place d'inspiration aztèque, aménagée à la manière d'un îlot perdu au milieu d'un fleuve d'autobus, de taxis et de voitures. Je me dirigeai vers le siège de Metro, un immeuble marron clair au bout d'une rue pavée couleur ocre. Avant d'y pénétrer, il me fallait soigner un peu les apparences.

Je ne me déplaçais jamais sans une tenue de rechange dans mon sac à dos. Aujourd'hui, j'avais la jupe adéquate. Son style décontracté s'accorderait avec mon haut de sport et elle serait assez longue pour cacher mon short, inutile par conséquent de dénicher un endroit où me changer. Ses tons aubergine dissimuleraient aussi efficacement qu'un caleçon long les motifs que l'on aurait pu déceler par transparence. Cerise sur le gâteau : le vêtement, une fois enroulé, n'avait pas plus d'épaisseur qu'un cigare et tenait dans la poche du sac. J'aurais dû porter cette jupe au dîner avec ma mère.

Poursuivant ma transformation, j'échangeai mes chaussures de sport contre une paire d'escarpins et attachai mes cheveux en chignon à l'aide de ma fidèle aiguille en bois. Je ne m'attendais pas à rencontrer de difficultés particulières, mais préférais rester sur mes gardes. Afin d'ajouter une touche de raffinement, j'enroulai un foulard en batik mauve et noir autour de ma tête avant de le nouer sur la nuque. Toute l'attention allait se focaliser sur cet accessoire.

Il suffisait de se vêtir d'un article quelque peu exotique pour que tout le monde le remarque. Et si vous le portiez correctement, les gens ne se rappelaient rien d'autre.

Je souris à la réceptionniste dès que j'entrai dans le bâtiment, puis me présentai de manière courtoise et civilisée :

« Bonjour, je m'appelle Trisha. Je rédige une thèse sur... »

Elle dressa l'index pour écouter ce qu'on lui disait au téléphone.

« Navrée de l'apprendre, madame, mais je ne peux rien faire de plus... » Elle secoua la tête. Les tresses au sommet de son crâne, ramenées en arrière par un foulard rouge et jaune, s'agitèrent quand elle reprit la parole : « Eh bien remplissez donc un formulaire de réclamation sur notre site. Oui, madame. La même page que celle des horaires. Tout à fait. Bonjour chez vous. »

Elle raccrocha en pouffant de rire, puis me rendit mon sourire.

« Il n'y a pas de formulaire de réclamation sur le site, mais je vous parie qu'elle n'a jamais consulté les horaires. En quoi puis-je vous aider ?

– Je m'appelle Trisha et...

– Vous rédigez une thèse, j'avais entendu. Comment puis-je vous être utile ? Nous avons déjà énormément d'informations disponibles sur notre site.

– Oh, je sais. Un très beau site. J'ai même téléchargé l'application.

– Vous m'en voyez ravie. »

Je m'inclinai légèrement au-dessus du comptoir.

« À vrai dire, j'espérais interviewer quelqu'un. Un représentant ou un responsable. Un interlocuteur qui donnerait une certaine légitimité à mon travail. » Mon sourire s'élargit. J'attendais de voir si la technique de la bonne élève fonctionnait. Comme la secrétaire tardait à répondre, je me redressai et adoptai un registre plus professionnel. « Je serai diplômée en aménagement urbain cet hiver et j'aimerais beaucoup intégrer Metro. Peut-être en commençant par un stage. »

Voilà, elle mordait à l'hameçon.

« J'aimerais tellement qu'il y ait plus de jeunes de votre trempe, soupira-t-elle, prêts à débuter au bas de l'échelle pour gravir ensuite les échelons. Un diplôme universitaire, ce n'est pas un sésame absolu. On ne peut pas passer devant ceux et celles qui bossent dur simplement parce qu'on a un certificat avec son nom dessus.

– Exact. C'est pour cela que j'ai lu tout ce que je pouvais trouver sur Internet avant de venir vous voir. Je connais même le programme des réunions. Celui de M. Weintraub, par exemple…

– Vous connaissez M. Weintraub ?

– Le responsable de projets, oui. Tous ceux qui veulent travailler pour Metro connaissent son nom. »

Elle acquiesça avec une telle vigueur que ses tresses furent saisies de spasmes frénétiques.

« Vous savez quoi ? Je vous trouve futée. Je vais voir ce que je peux faire.

– Merci. »

Je m'éloignai pour la laisser agir à sa guise. Les employés étaient plus efficaces quand on les valorisait, c'était ce que

Baba me répétait sans cesse, et cette tendance se vérifiait encore plus chez les fonctionnaires.

Moins d'une minute s'était écoulée lorsqu'elle me fit signe de revenir. Grand sourire, clin d'œil.

« Devinez ce que j'ai réussi à obtenir. »

Cinq minutes plus tard, je pénétrai dans le bureau de Freddy Weintraub.

Sa chemise tendue avait acquis un certain nombre de faux plis et d'auréoles de transpiration depuis que j'avais abandonné ma surveillance matinale, mais nonobstant ces imperfections, son apparence s'était considérablement améliorée. Une fois dans son élément, Freddy respirait le dynamisme et l'assurance.

« Alors, que puis-je pour vous, mademoiselle… ?

– Stevens. Trisha Stevens. Je travaille sur l'avenir des transports en commun à Los Angeles, et j'ai ouï dire que Metro allait construire une nouvelle ligne. Vous pourriez me donner quelques éclaircissements sur la façon de gérer les nouvelles orientations ? »

Freddy se redressa sur son siège, gonfla la poitrine.

« Avec plaisir. Vous tombez à pic, nous discutions ce matin même du projet en réunion du comité technique.

– La TAC, n'est-ce pas ?

– Tout juste. Inutile de vous dire à quel point nous sommes excités d'aménager la ligne Copper, qui va aller de Chinatown à Cerritos. Une kyrielle de quartiers va en bénéficier. »

J'approuvai. Il avait fourni les mêmes éléments de langage à sa femme.

« Bien sûr, ajouta-t-il, c'est un projet beaucoup trop ambitieux pour être réalisé en une seule fois. La ligne fera dans les soixante kilomètres, alors on procédera par tranches. La première section reliera Union Station à l'extrême sud d'Huntington Park. Un sérieux gain pour de nombreux quartiers populaires...

– Mais la Blue Line passe juste à côté, non ? »

Le sourire de Freddy se crispa.

« Affirmatif. Toutefois, les besoins sont énormes dans les municipalités alentour. » Je détectai un léger pincement dans sa voix. « Quoi qu'il en soit, c'est déjà financé par la Mesure R, une taxe sur les ventes allouée aux programmes de transports. Dès que la TAC donne son accord, on peut préempter les terrains en surface et sous terre. Ensuite on débute les travaux.

– Tout cela semble tellement simple à vous entendre. Admettons que certains propriétaires refusent de vendre...

– Eh bien, l'État ordonne une expropriation pour cause d'utilité publique. » Il eut un geste de la main comme pour écarter tout malentendu. « Les propriétaires sont quand même dédommagés au prix du marché. Personne n'abuse de la situation, vous voyez. Et les quartiers environnants prennent de la valeur. Plus d'accès, plus de profits. »

Je me gardai de trahir la moindre émotion. Plus de profits pour qui ? Les anciens vendeurs ou les nouveaux acheteurs ? Il me semblait qu'un initié doté d'un sens moral à géométrie variable pouvait facilement se remplir les poches au passage.

« Vous avez déjà soumis des offres aux propriétaires ? »

Il fit non de la tête.

« La TAC n'a pas encore voté. Mais j'ai bon espoir qu'elle valide la proposition. » Nouveau sourire forcé.

« Vous paraissez soucieux.

– Évidemment. Il faut lancer l'opération, l'enjeu est important.

– Parce que la ligne va profiter à de nombreux quartiers ? »

Il laissa échapper un soupir, soulagé à l'idée que je comprenne l'ampleur du défi.

« Tout juste. »

Je décidai d'arrêter de l'asticoter et le laissai vanter les mérites de la ligne Copper. En passant par Santa Fe Avenue avant d'obliquer au sud-est, vers la zone plus modeste de Cerritos, elle toucherait toutes les couches sociales, qu'il jugea utile d'énumérer. Quand enfin son enthousiasme retomba, je rangeai mon stylo et tendis la main pour prendre congé.

« Merci infiniment, monsieur Weintraub, Je comprends beaucoup mieux la réalité des choses, maintenant. »

32

Avec ma jupe aubergine pliée dans le sac à dos, j'étais de nouveau libre de mes mouvements. Je mis le cap sur le centre-ville à travers les embouteillages. Le trafic n'était pas plus dense qu'à seize heures sur Spring Street, mais circulation ou non, je devais quand même abattre onze kilomètres à la force des mollets.

Je slalomai environnée de musique rap et de coups de klaxon. Les odeurs d'œillets en provenance du marché aux fleurs se mélangèrent un instant aux habituels effluves de transpiration et d'urine, submersion olfactive à laquelle j'étais heureuse d'échapper rapidement. Quand les rues devinrent plus larges et les immeubles moins grands, je pus de nouveau réfléchir aux tenants et aux aboutissants de ma journée.

Réfléchir aux tenants et aux aboutissants était une autre expression de Bestefar. Il aurait été content de savoir que je l'utilisais, même s'il ne songeait probablement pas à de séduisants tueurs asiatiques et à des expropriations pour cause d'utilité publique quand il parlait de tenants et d'aboutissants. Il disait aussi qu'un fermier devait se contenter des moissons que Dieu lui permettait de récolter. Était-ce ma faute si l'Être suprême m'attribuait un improbable mélange de graines ? D'une certaine manière, oui.

Je me mis en danseuse, pesant de tout mon poids sur les pédales, et franchis une intersection à l'orange.

Deux Coréens fanfarons et morts figuraient à l'actif de cette récolte. D'une façon générale, je n'aimais pas les fanfarons. Il aurait été malvenu de ma part d'avoir des griefs contre les gens qui voulaient simplement réussir, mais les hâbleurs, les vantards désiraient souvent monter en grade sans en payer le prix. Si les gens n'aimaient pas leur situation, il fallait se retrousser les manches. S'élever sans effort n'avait aucune valeur.

Je passai un nouveau croisement juste avant le feu rouge.

En quoi la ligne Copper différait-elle des autres projets ? Et pourquoi ceux que j'approchais semblaient-ils tous liés à ce programme ? Qu'est-ce qui pouvait expliquer qu'un responsable se justifie de la sorte, qu'il défende la proposition avec une telle vigueur face à une vulgaire étudiante nommée Trisha Stevens ? Est-ce que Freddy croyait réellement que cette opération était « un enjeu important » ?

Je donnai un coup de frein pour éviter une collision, me faufilai entre deux pare-chocs pour longer le trottoir.

Mon instinct me disait qu'en répondant à ces questions je saurais pourquoi on avait agressé Mia.

De toute évidence, un individu lié à cette sale affaire avait engagé Tran pour terroriser la jeune femme, mais j'avais du mal à soupçonner Freddy. Quoiqu'un chef de projet eût accès à des informations confidentielles, Weintraub ne m'avait pas paru jouir du train de vie d'un fonctionnaire corrompu, et puis je doutais qu'il fût assez perfide pour monnayer ses renseignements. Au contraire, j'avais plutôt l'impression qu'il pâtissait de la situation.

Qui pouvait lui accorder assez de prestige pour menacer sa maîtresse ?

Son rôle dans l'administration lui permettrait peut-être d'influencer la commission d'attribution des projets, mais sûrement pas le comité technique. La TAC était composée d'une trentaine de membres. Quelle que soit la force de conviction de Freddy, il lui était impossible de rallier à lui seul une majorité de suffrages.

Sauf s'il n'était qu'un acteur parmi d'autres, qui conjugueraient leurs efforts pour faire pencher la balance.

Mon téléphone émit une sonnerie à laquelle j'étais particulièrement attentive. J'activai le Bluetooth.

« Salut, Aleisha, quoi de neuf ?

– Est-ce que par hasard tu serais dans les environs de Leimert Park ?

– Je peux m'en approcher. Que se passe-t-il ?

– Yolanda Burch a appelé. Benny a remis ça. Elle a peur.

– Tu lui as dit de se tirer ?

– Bien sûr, mais tu la connais. Je crois qu'elle ne fera rien.

– Mmh, tu as sûrement raison. Redonne-moi l'adresse.

– Exposition Boulevard, à l'embranchement de Rodeo.

– Je vois. L'immeuble gris sur la droite ?

– Tout à fait.

– C'est noté. J'effectue un crochet par chez elle pour voir si tout va bien.

– Merci, Lily. Sois prudente. »

Je raccrochai. Cramponnée à mon guidon, j'empruntai Jefferson à contresens pour m'engager sur la promenade Trousdale et sa piste cyclable, principale artère du campus de l'université de Californie du Sud. Je suivis la route piétonne en pavés beiges jusqu'à Exposition Boulevard, d'où je comptais rejoindre l'extrémité de Rodeo Road. Deux pâtés de maisons avant la bifurcation, j'entendis une détonation.

Je fonçai vers le petit immeuble gris, montai sur le trottoir, freinai d'un coup sec. Benny se tenait sur la galerie du patio, bordée d'une rambarde en bois au-dessus des garages de la copropriété. Il agitait une arme à feu et criait après quelqu'un que je ne voyais pas.

« Pourvu que ce soit Yolanda », grognai-je pour moi-même en cachant mon vélo dans un bosquet. Si Benny vociférait contre sa femme, ça voulait peut-être dire qu'elle était encore en vie. Mais ce ne serait pas le premier mari violent à poursuivre de ses hurlements une épouse déjà morte. J'avais assisté à des crises très dures en travaillant pour Aleisha.

Je composai le 911 puis rangeai le téléphone dans ma poche avant d'escalader le mur. En un bond, j'atteignis les garages et, de là, une gouttière par laquelle je me positionnai en dessous de la galerie. Je pus ainsi observer la scène à travers les lattes de la rambarde.

J'avais rencontré Benjamin Burch un an auparavant, quand Aleisha m'avait demandé de raccompagner Yolanda chez elle au terme d'un court séjour au refuge. Benny avait promis de changer, il s'était efforcé de faire bonne impression. Aujourd'hui, il avait revu ses ambitions à la baisse. En débardeur blanc et en caleçon, il ressemblait à la brute épaisse qu'il n'avait jamais cessé d'être : le dos large, les jambes poilues, et des poings de la taille de mes genoux. Il appuyait un poing sur sa hanche, l'autre brandissait un semi-automatique, tandis qu'il braillait des accusations d'adultère ; accusations qu'il entrecoupait d'obscurs commentaires sur le parc d'attractions de Valencia, Six Flags Magic Mountain, et de déclarations d'amour.

Non seulement Yolanda vivait encore, mais, folle furieuse, elle s'était emparée d'un couteau de cuisine. La situation pouvait s'envenimer très rapidement, et pas uniquement pour eux. La dernière fois que j'étais intervenue dans une dispute conjugale, la femme que j'essayais de sauver avait envoyé une chaise qui s'était brisée juste au-dessus de ma tête.

J'en avais tiré trois leçons : premièrement, ne jamais prendre pour acquis qu'une personne agressée veut être secourue ; deuxièmement, la plus faible n'était pas obligatoirement la moins dangereuse ; et dernièrement, nul n'était vraiment inoffensif tant qu'il ne reposait pas à la morgue.

Je sautai par-dessus le garde-fou, me réceptionnai en douceur sur la coursive. De là où j'étais, l'imposant Benny me dissimulait aux yeux de Yolanda. Je ne voulais pas qu'elle me remarque avant que je ne me sois débarrassée de son mari, car je ne pouvais pas me permettre d'affronter à la loyale un cinglé qui faisait deux fois mon poids. Pour survivre à cette journée, je devais agir avec ruse, rapidité et discrétion.

Au moment où Benny entamait une nouvelle tirade, je bondis dans son dos, frappai l'arrière de ses genoux de la pointe du pied, et, les doigts repliés comme des serres, lui griffai les yeux. Cette double attaque le fit basculer en arrière, les mains – et donc l'arme – en l'air. Je me campai au sol, les ongles encore plantés dans la chair, et envoyai sa tête percuter le sol.

Dès que j'eus récupéré le semi-automatique entre ses doigts devenus mous, je reculai par sécurité. Benny gémit. Il roula sur le flanc, tenta de se relever, la tête ballante.

« Restez à terre, conseillai-je, ou je vous tire une balle dans la jambe. »

Il nota soudain ma présence.

« C'est quoi ce bordel ? »

J'entendais beaucoup ce genre d'expressions. Se faire rosser par une femme constituait déjà une expérience déplaisante pour la virilité de ces messieurs, mais par une femme de ma taille et de mon poids, cela frisait la castration symbolique.

Yolanda se précipita à son secours avec un cri.

Je reculai pour les avoir tous les deux en ligne de mire. Elle avait encore son couteau et je n'excluais pas que Benny s'en empare. Autant éviter de me faire poignarder.

« Pas de geste brusque et tout ira bien. » Je lançai un regard appuyé au mari. « Compris, Benny ? »

Il considéra l'arme à feu pointée sur sa cuisse et hocha la tête.

« C'est Aleisha qui m'envoie, dis-je à Yolanda. Elle m'a prévenue que vous aviez besoin d'aide. Vous l'avez contactée, n'est-ce pas ? Vous lui avez expliqué que Benny recommençait ? »

L'intéressée posa les yeux sur moi, puis sur son époux, puis sur la ville au loin. Des sirènes approchaient. Il ne me restait plus beaucoup de temps pour convaincre la victime d'abonder dans mon sens.

« Voilà pourquoi je suis là, parce que vous aviez besoin d'aide. Le flingue que j'ai dans la main, c'est celui de Benny, vous vous souvenez ? Il a tiré une première fois, je l'ai empêché de tirer à nouveau. »

Les sirènes se turent. Des portières de voiture claquèrent. Yolanda opina finalement, ravalant ses larmes. Elle ne s'était toujours pas débarrassée du couteau. Les forces de l'ordre seraient déjà assez nerveuses en voyant un pistolet, alors si elles apercevaient une arme blanche en plus…

« Posez le couteau par terre, d'accord ? Tout va bien se passer. »

Les flics déboulèrent dans l'appartement, Yolanda cria, lâchant son arme. Benny, lui, implora qu'on vienne à son secours.

Je levai les mains. Le pistolet pendait au bout de mon index, uniquement retenu par le pontet. Je priai mentalement pour qu'aucun agent n'ait l'idée d'ouvrir le feu.

33

J'échappai à l'arrestation, mais on ne m'adressa aucun remerciement. Les autorités appréciaient modérément les interventions citoyennes, spécialement dans les disputes avec armes. Je comprenais leur point de vue, mais sans moi l'altercation aurait pu se conclure au cimetière. Un minimum de gratitude ne m'aurait pas déplu.

Jusqu'ici, la journée se révélait aussi aventureuse que Baba l'avait prévu.

Penser à lui, c'était également penser à la nourriture. Mon estomac se serra. Pas à cause de la faim mais de l'inquiétude. Je n'avais pas vu Mia depuis sa rupture matinale avec Freddy. Avait-elle surmonté l'épreuve ? Allais-je la retrouver la tête au fond d'un sachet de beignets ? Et surtout, était-elle toujours en sécurité ?

Le mouchard sur la voiture de Tran aurait envoyé un signal s'il s'était approché d'elle. Je vérifiai quand même mon portable et constatai que le tueur se trouvait dans la vallée, assez loin de son domicile. Je pouvais être chez elle en une demi-heure si je me dépêchais. Ce crochet d'une dizaine de kilomètres m'éloignerait encore plus du restaurant. Peu importe. Je ne serais pas tranquille tant que je ne l'aurais pas vue.

Mia buvait une bière sur son balcon lorsque j'arrivai au guidon de mon vélo. Elle secoua la tête dès qu'elle m'aperçut, manière de signifier son mécontentement.

« Qu'est-ce que tu fiches ici ? J'étais persuadée que tu m'avais laissée tomber.

– Qu'est-ce qui te fait croire une chose pareille ?

– Tu n'as pas donné de nouvelles depuis hier. Comment veux-tu me protéger si tu n'es jamais là ? »

Mia ignorait que j'avais assisté à sa séparation ce matin même, et elle n'aurait pas été ravie de l'apprendre.

« Impossible d'être avec toi vingt-quatre heures sur vingt-quatre, me justifiai-je. Mais je ne t'oublie pas. Ni toi ni aucun de ceux qui sont impliqués dans cette affaire. Comment tu te portes ? »

Elle eut un haussement d'épaules.

« On fait aller. Je ne suis pas morte, c'est déjà ça.

– Formidable, je vois que tu vas très bien. » Mon trait d'humour tomba à plat. « Tiens bon, Mia, rien n'est définitif. Je t'assure que la situation va s'améliorer. »

Elle eut un petit rire amer, le regard perdu dans le lointain. Le soleil couchant baignait son visage d'une lumière dorée qui exacerbait à la fois sa beauté et sa tristesse. Elle regagna l'appartement sans un mot.

Bien qu'en sécurité et en bonne santé, la jeune femme m'inquiétait. Elle avait le moral au plus bas et les dépressifs adoptaient souvent des conduites irrationnelles, en particulier lorsqu'ils considéraient qu'ils n'avaient plus le choix. J'allais devoir la surveiller étroitement, ce qui me fit songer à Kateryna. Je soupirai. La journée n'était pas finie.

Je remontai en selle et pris la direction opposée. À cette heure, Kateryna était probablement allée chercher son fils à l'école. Elle devait être en train de lui préparer un goûter, de l'aider à faire ses devoirs. Ces activités routinières avec sa mère constituaient probablement des instants heureux pour Ilya. Avec son père, ce devait être une autre histoire.

Dmitry avait un emploi du temps fluctuant, mais les soirs de semaine il restait en général à la maison, planté devant son écran extra large au rez-de-chaussée. Quand tout allait bien, Ilya s'installait à ses pieds avec son cahier de coloriages. Sinon l'enfant se cachait dans sa chambre, tandis que sa mère allumait toutes les pièces.

J'aurais préféré moins de lumière, mais aujourd'hui la maison des Romanko brillait comme un palais des sports un soir de finale, signe de danger : Dmitry était de mauvais poil.

J'ôtai mon sac à dos d'un mouvement d'épaules et enfilai ma tenue de camouflage : un blouson aux couleurs du crépuscule, dont l'étoffe lisse permettait de se faufiler sans accrocs dans les passages étroits. Je glissai mon smartphone éteint dans une poche fermée. S'il y avait une chose que je redoutais, c'était bien de voir l'écran scintiller tandis que je me fondais dans les ténèbres. Ultime préparatif : je récupérai mon karambit, que je tins manche en avant de façon que la lame recourbée repose sur mon avant-bras, prête à jaillir. Le cas échéant, je me servirais de la poignée à la façon d'un kubotan pour frapper les points vitaux et les centres nerveux de l'ennemi. L'anneau de sécurité à l'auriculaire pourrait également faire office de poing américain.

J'aimais cette arme au moins autant que j'aimais la nourriture.

Munie de tout l'attirail nécessaire, je me glissai donc dans le jardin. Comme la fois précédente, ils avaient laissé la baie vitrée ouverte afin d'aérer, mais rabattu la moustiquaire pour éviter l'afflux d'insectes sur l'écran géant de la télévision. Ilya était assis sur un haut tabouret de la cuisine, à gauche du comptoir granitique en forme de U. Penché sur le plan horizontal, il coloriait ou s'exerçait à écrire. Kateryna, debout entre les deux branches du U, découpait des légumes face à la baie vitrée. Dmitry, lui, se tenait devant le réfrigérateur. Il remplissait son verre de glaçons. Les cubes transparents cliquetaient dans un silence complet.

Des trois membres de la famille, seul Dmitry agissait avec assurance. L'enfant et sa mère bougeaient au minimum, courbaient l'échine. Ils ne purent retenir un sursaut quand Dmitry posa avec rudesse son verre sur le comptoir.

« Ils continuent à me mépriser, dit-il en se versant une généreuse dose de vodka. Combien d'opérations je dois réaliser pour eux avant qu'ils me respectent ? »

Kateryna haussa les épaules par réflexe.

« Quoi ? Tu leur donnes raison ? »

Elle s'immobilisa totalement. Je savais d'expérience qu'elle luttait pour éviter de secouer la tête. Surtout, ne pas lui fournir un prétexte.

« Évidemment que tu leur donnes raison, ricana la brute. Tu es trop bête pour comprendre à quel point je leur rends service. »

Il se posta dans son dos, posa son verre et l'enlaça. Elle regardait droit devant elle, le couteau à la main, tandis qu'il se pressait derrière elle. Ses yeux s'agrandirent de peur quand il flaira son cou, son oreille, sa tempe.

« Je n'entends rien. Ta cervelle de moineau s'est mise en veille, j'ai l'impression. Qu'est-ce que tu en dis ? »

Elle frémit.

« Oui, c'est exactement ça, en veille. Ne la rallumons pas. » Il s'empara de sa vodka, s'accorda une lampée d'alcool, puis agita son verre en direction d'Ilya. « Et toi, je parie que ton cerveau fonctionne très bien, non ? Continue à faire tes devoirs et tu n'auras pas besoin d'aller dans une fac minable comme ta mère et moi en Ukraine. Tu intégreras illico n'importe quelle université américaine. Plus besoin de piston, plus besoin de pots-de-vin si tu veux faire du droit aux États-Unis. » Il donna une tape sur le bras de son épouse, qui faillit se couper. « Pas vrai, chérie ? Notre fils pourra avoir tout ce qu'il veut s'il travaille dur ? »

Kateryna posa le couteau avant de se raviser.

Bien joué, pensai-je. Dans la même situation, moi aussi j'aurais récupéré l'arme. J'avais déjà assisté à ce type de scène, je n'ignorais pas à quelle vitesse les choses pouvaient dégénérer. J'avais envie de foncer dans la maison, mais Kateryna avait pris sa décision. Et à moins qu'elle ne change d'avis et n'appelle à l'aide, je ne me battrais pas à sa place.

Sauf si son mari touchait au gosse. Alors là, Dieu ait pitié de lui.

Kateryna recommença à couper ses légumes, procédant avec mesure au cas où son mari la bousculerait encore. Une prudence que je ne pouvais qu'approuver. Dmitry ne l'aurait pas par surprise une seconde fois. Ilya, en revanche, ne fit pas attention à son père quand il s'approcha de lui.

Je sentis mes muscles se tendre. Au moindre signal, je m'élancerais à travers la moustiquaire, le manche du karambit s'enfoncerait dans le vilain petit nez de Dmitry. La voix de mon sensei m'apaisa. *Patience, Lily-chan. Le moment viendra.*

J'avais hâte.

Dmitry s'inclina au-dessus de l'épaule de son fils, un rire méprisant aux lèvres.

« Qu'est-ce que c'est ? Comment tu veux avoir de bonnes notes si tu passes ton temps à gribouiller ? » Il froissa la feuille que coloriait l'enfant, jeta la boulette de papier sur Kateryna. « Et les livres que tu lui achètes tout le temps ? Celui en carton épais, pour apprendre à lire, il est où ? C'est des livres comme celui-là qu'il doit étudier ! »

Sa femme ne répondit pas.

« J'écoute ? » aboya Dmitry.

Elle murmura quelques mots, trop bas pour que je puisse les entendre, mais qui déplurent à Dmitry.

« Tu vois ce que je disais ? Tu es complètement idiote. » Il donna une chiquenaude vicieuse sur l'épaule de l'enfant, qui grimaça. « Va travailler dans ta chambre jusqu'à ce qu'on mange, allez. »

Ilya sauta de son tabouret et fila avec empressement.

Son père se versa une nouvelle rasade de vodka.

« Je vais regarder le match à la télé. Appelle-moi quand c'est prêt. »

J'entrai dans la lumière du jardin dès qu'il s'absenta et agitai la main jusqu'à ce que Kateryna me remarque. Elle se figea. Le pouce et l'auriculaire dressés, je lui fis signe d'appeler en cas de besoin puis m'évanouis dans la nuit avant que Dmitry n'entre au salon. Peut-être que Kateryna me contacterait. Peut-être pas. Mais au moins savait-elle à présent que je serais là si elle revenait sur sa décision.

34

Comme la plupart des restaurants de Culver City, le Hongkong Inn vivait au rythme de la clientèle d'affaires qui le fréquentait. À l'heure où, enfin, je fis rouler mon vélo par l'entrée de service, la cuisine était déserte à l'exception de mon oncle et de DeAndre. Ces deux-là étaient toujours les premiers arrivés et les derniers partis. Mon oncle parce qu'il se prenait pour le propriétaire des lieux, et DeAndre parce qu'il espérait l'être un jour.

Je marquai une pause dans l'ombre d'un renfoncement, en compagnie des seaux et des serpillières, et regardai les hommes fermer boutique.

« Tu n'as plus besoin de rien ? s'enquit DeAndre en accrochant la dernière casserole à sa barre de crédence.

– Rentre chez toi, ronchonna mon oncle. De quoi j'aurais besoin, venant de toi ? »

DeAndre sourit comme s'il avait reçu un compliment, ce qui était peut-être le cas. Avec mon oncle, il était difficile de se prononcer.

« D'accord. À demain, alors. »

Lee émit un grognement et fit signe à DeAndre de partir. Il en profita pour me jeter une poignée de haricots secs, qui rebondirent sur le casque que, prévoyant l'attaque, j'avais mis en bouclier devant moi. Il ne fallait jamais baisser la garde avec mon oncle.

DeAndre, lui, nota ma présence en tressaillant, tandis que les haricots s'éparpillaient au sol.

« Bon sang, Lily. Je ne t'avais pas vue entrer. » Il se pencha pour récupérer un sac-poubelle et remarqua les grains par terre. « Bon sang, je ne les avais pas vus non plus.

– Laisse, dit mon oncle.

– Tu es sûr ?

– Quoi ? Tu habites ici, maintenant ? Allez, ouste !

– Il a raison, appuyai-je, vas-y. Lee passera un coup de balai. » Je lançai un regard à l'intéressé. « N'est-ce pas, mon oncle ? »

Il renifla.

« Tu es en retard. »

Il traitait mon invitation à ramasser les haricots avec une telle désinvolture que j'examinai le plancher pour m'assurer que je n'avais pas rêvé.

« Je t'aime également, ironisai-je.

– Tu parles trop d'amour, répliqua-t-il, et pas assez de respect. » Il désigna un plat emballé sur le comptoir. « Mange. »

J'étouffai un rire. Mon oncle ou Baba accommodait régulièrement les restes à mon intention. Parfois l'assiette m'était réservée sur le comptoir, d'autres fois je la trouvais au réfrigérateur. Mais j'avais toujours de quoi me restaurer.

« Je l'emporte là-haut, précisai-je. Je la réchaufferai au micro-ondes.

– Pas la peine. C'est meilleur froid. Je le sais. J'ai préparé. »

Cette fois-ci j'éclatai d'un rire franc. Tout ce que préparait mon oncle était « meilleur ». À Shanghai, il gagnait péniblement sa vie comme second de cuisine dans un véritable bouge. Dès l'instant où Baba avait goûté à ses crevettes sautées, il avait su qu'il l'embaucherait. Mon oncle avait saisi sa chance de partir aux USA. Vingt-quatre ans plus tard, Lee Chang possédait une petite maison, avait la nationalité américaine et était marié.

« Pas de micro-ondes, souris-je, c'est enregistré. »

Il approuva d'un air bougon et prit sa veste pour partir.

« N'oublie pas d'éteindre. Tu gaspilles toujours de l'électricité. »

Il franchit le seuil du restaurant, formulant à voix basse et en mandarin mille reproches à l'intention des jeunes Angelinos, bien moins intelligents et disciplinés selon lui que leurs homologues shanghaïens. Il n'en pensait pas un mot, bien sûr. Ces provocations, c'était sa manière à lui de me prouver qu'il tenait à moi. Le seul Chinois qui m'adressait des compliments directs était Gung-Gung. Et comme il ne le faisait que lorsque Ma se trouvait à portée de voix, je le soupçonnais de flatter ma mère plutôt que moi.

Je chassai ces préoccupations de mon esprit. Ce n'était pas le moment de réfléchir aux subtilités de la culture asiatique. Place à la détente ! J'accrochai mon vélo à son support mural et montai discrètement avec mon assiette. Je préférais si possible regagner mon antre sans attirer l'attention de mon père, dont j'avais repéré la voiture encore garée à l'extérieur.

Je marchai sur la pointe des pieds pour éviter de faire grincer le plancher. Ainsi que je m'y attendais, Baba avait laissé la porte de son bureau ouverte. Dans d'autres circonstances j'aurais rejoint l'appartement sans qu'on me remarque, mais ce n'était pas mon jour.

« Apporte ton dîner, proposa-t-il, viens manger avec moi. »

Il avait parlé sans lever la tête de ses papiers, il m'était donc impossible de lui adresser un simple signe de la main avant de poursuivre ma route. Même sans les commentaires désobligeants de Lee à propos de la jeunesse occidentale, je me serais sentie coupable d'inventer une excuse.

« Tu restes tard… constatai-je.

– J'expédiais quelques factures, expliqua-t-il en me regardant par-dessus ses lunettes à fine monture. Et je t'attendais. »

Merveilleux.

Il rédigea quelques lignes sur son écran. J'observai les ombres derrière lui. Mieux valait ne rien répondre, je risquais d'aggraver mon cas. L'obscurité du bureau s'accordait à mon humeur.

Cette pièce servait également de débarras. On y entreposait des chaises supplémentaires, des tables inutilisées, des caisses remplies de râpes et de couteaux, tout un fatras qui composait des formes quelque peu monstrueuses dans l'arrière-plan ténébreux. Les bruits du lave-vaisselle et du sèche-linge ajoutaient au caractère lugubre de la scène.

Je savais que je projetais mes sombres pensées sur mon père et sur le lieu qu'il occupait. Ni les motifs marron du divan contre les tables, ni les meubles éraflés, ni son fauteuil grinçant n'étaient sinistres. Et encore moins mon père, cet ourson. La seule chose cafardeuse dans tout le bâtiment, c'était moi.

Et le silence.

Il ne m'avait toujours pas expliqué pourquoi il m'attendait et, le connaissant, il ne me fournirait pas plus de précisions. Il se contenterait de patienter jusqu'à ce que cette donnée fasse son chemin et que je réagisse. Si je prenais la tangente, je donnerais raison à Lee et passerais le reste de la nuit à m'en vouloir. Si je restais, je serais obligée d'avoir une conversation déplaisante.

Dans tous les cas j'y perdrais. Belle conclusion pour une journée calamiteuse.

Les coussins du divan de Baba étaient tellement usés que l'on plongeait sitôt assis. Je me juchai à une extrémité dans l'espoir de ne pas m'enfoncer, et posai mon assiette sur la table basse. Comme Baba s'obstinait à lire son écran, je pris mes baguettes et commençai à manger. Les aubergines étaient exquises et les pâtes à la sauce piquante m'éclaircirent les idées. C'était si bon que je me moquais bien de savoir si mon père allait se retourner ou non. Il pivota finalement dans son fauteuil au moment où j'enfournais une grande bouchée de tofu grillé.

Je déglutis.

Il croisa les mains sur sa panse rebondie. Le dossier du siège émit un petit craquement. Je piochai un fleuron de brocoli, que j'entrepris de grignoter comme un gastronome peu pressé et nullement inquiet.

Un son s'échappa d'entre ses lèvres, murmure monosyllabique qui pouvait signifier n'importe quoi. Ce soir-là, pourtant, j'étais presque certaine que mon père voulait dire : *Tu ne t'en tireras pas aussi facilement.*

Je plaçai mes baguettes sur la table.

« D'accord, qu'est-ce qui te tracasse ?

– Rien. Je voulais juste savoir comment ça roulait.

– Comment ça roulait pour qui ?

– Pour toi.

– Parce qu'il faut absolument que ça roule ? »

En général je trouvais les expressions désuètes de mon

père charmantes, elles étaient caractéristiques du Dakota du Nord. Mais là, je n'étais pas d'humeur.

Il fronça les sourcils tandis que je mâchouillais le bord d'un autre fleuron.

« Non, ce n'est pas obligatoire, mais c'est quand même préférable. Tu étais plus expansive avant, tu sais.

– Ben voyons.

– Je t'assure. Même quand tu pratiquais le ninjutsu en secret dans le parc. »

Je posai le morceau de brocoli dans mon assiette.

« Hein ? Tu savais ?

– On le savait tous les deux, ta mère et moi.

– Maman aussi ! Pourquoi on n'en a jamais discuté ? Pourquoi elle m'a laissée continuer ?

– Qu'est-ce qui te fait croire qu'elle s'oppose toujours à toi ? » soupira-t-il.

Je secouai la tête. Aucune réponse ne me vint à l'esprit, puis :

« Comment tu peux dire que j'étais plus expansive alors que je menais des activités clandestines ?

– Je parlais de tes sentiments, de tes craintes. Tu n'hésitais pas à venir vers moi, Gourmandise, à me demander de l'aide. » Il retira ses lunettes, se frotta les yeux. « Depuis que ta sœur a dispa…

– Rose a été assassinée, coupai-je. Tuée. »

Ses traits frémirent. Mes mots le meurtrissaient plus durement qu'une blessure au karambit.

« Excuse-moi, je ne voulais pas dire ça.

– Nous avons tous une manière différente d'exprimer notre douleur. Ta mère s'est absorbée dans le travail et, d'une certaine façon, tu l'as imitée. Sauf qu'il y a un petit problème. » Il se pencha en avant, les coudes sur les genoux, et me regarda droit dans les yeux. « J'ignore en quoi consiste ton travail. »

Nous restâmes ainsi, immobiles, durant un temps impossible à estimer : lui dans son fauteuil, réclamant une réponse ; moi sur le divan, le dernier endroit où je souhaitais être. Si je voulais préserver notre relation, ce que j'avais de plus cher au monde, je devais m'expliquer. Je pris une grande inspiration et priai pour ne pas commettre une erreur irréparable.

« Que veux-tu savoir ? »

35

Mon père me connaissait bien : il se doutait qu'une question trop vague amènerait une réponse imprécise, aussi prit-il soin de réfléchir à sa demande. Quand il eut trouvé ses mots, il me regarda franchement :

« Est-ce que tu risques ta vie pour sauver d'autres personnes ? »

Bingo ! Il était bon !

J'aurais pu tergiverser, lui expliquer quels dangers spécifiques je courais quand j'escaladais des bâtiments, quand j'espionnais des tueurs en puissance et même quand je désarmais des maris violents, mais je ne pouvais nier que j'avais simplement failli y passer en protégeant Kateryna Romanko. Il n'y avait pas trente-six manières de voir les choses lorsqu'une brute ukrainienne tentait de vous ouvrir le crâne avec une hachette. Baba avait posé la bonne question.

« Oui. »

Il laissa échapper un long soupir.

« Merci. » Son souffle ressemblait à une prière exaucée, mais je ne pouvais dire s'il rendait grâce à sa fille ou au Tout-Puissant. « Tu as commencé après le décès de ta sœur ?

– Neuf mois plus tard, oui. »

Durant ce laps de temps, j'avais arrêté les compétitions de wushu et abandonné la fac pour me consacrer entièrement aux enseignements de mon maître. Ma mission prioritaire consistait à trouver l'assassin de Rose. Je voulais le livrer aux autorités, je voulais qu'il paye pour son crime; pas nécessairement dans cet ordre. Mon sensei me comprenait et m'entraînait en conséquence. Un parcours épuisant, périlleux.

« Le soir où tu es rentrée avec une coupure au front, dit-il, c'était à cause de tes exercices ?

– Non. »

Mes deux parents avaient l'habitude des blessures sportives. Il arrivait que je m'entaille la jambe avec une des larges épées qu'on utilisait dans le wushu ou que je commette une erreur d'appréciation lors d'un combat avec mon sensei, mais le sang n'avait jamais coulé aussi abondamment que ce soir-là. Il m'avait fallu neuf points de suture pour réparer les dégâts occasionnés par le pied-de-biche.

Mon père hocha la tête.

« Comment décides-tu qui sauver ?

– La fois où tu m'as vue blessée, j'avais secouru une femme molestée devant sa maison. Un hasard. »

Je ne mentionnai pas le nom d'Aleisha Reiner, ni le fait que la maison en question servait de refuge pour femmes battues, ainsi que je l'appris plus tard. Je ne voulais pas que mon père puisse retrouver sa trace.

« En ce moment, continuai-je, je travaille pour une association à but non lucratif qui aide les victimes de violences conjugales. » Quand il m'observa par-dessus ses lunettes je complétai : « Je leur rends simplement... quelques services. »

Mon père joignit les mains, ses doigts formant une pyramide contre sa bouche. Je songeai aux femmes que j'avais soustraites aux abus, à l'assistance inestimable que procurait le refuge tenu par Stan et Aleisha, et surtout à l'assassin, au violeur de ma sœur, qui était demeuré libre toutes ces années. À combien de filles s'était-il attaqué ? Combien de vies détruites avant qu'il choisisse la mauvaise proie ? Même si je pensais avoir mis un terme à son parcours destructeur, je n'étais sûre de rien car sa mort restait hypothétique. Alors oui, il existait encore une probabilité qu'il soit dans la nature, à chasser.

« Ce que je fais est important, Baba.

– Je n'en doute pas, mais il existe des lois pour protéger les gens.

– Les lois ne peuvent pas tout. »

Le système judiciaire prenait le problème au sérieux, très au sérieux, et la police de Los Angeles se hissait au rang des plus compétentes, mais elle fonctionnait en sous-effectif. Il y avait des limites à ce que l'on pouvait obtenir avec des budgets trop serrés, un personnel mal déployé. Les nouvelles recrues n'étaient pas affectées aux bons postes et les anciens voyaient leur point d'indice gelé. De nombreuses affaires demeuraient non résolues, des coupables glissaient entre les mailles du filet, et quand certains se faisaient prendre, il n'était pas rare que la justice transige pour épargner le contribuable. Pas rare non plus qu'elle ne puisse – ou ne veuille – rendre un verdict équitable.

« J'ai la capacité et le courage nécessaires pour agir, je suis suffisamment déterminée. Des vies peuvent être sauvées. Tu ne peux pas me demander d'arrêter. »

Mon père m'avait inculqué une certaine éthique,

volontairement ou non. S'accommoder de demi-mesures, refiler le boulot à quelqu'un d'autre, très peu pour lui.

Il lâcha un nouveau soupir.

« D'accord. Est-ce que je peux t'aider d'une manière quelconque ? »

Je souris. Voilà qui ressemblait davantage à mon père.

Son soutien m'était trop précieux pour que je puisse l'exprimer avec de simples mots. Et quand il se pencha et prit ma main, je sus qu'il comprenait.

« Fais attention à toi, d'accord ? »

J'opinai. Il réfléchit une seconde et ajouta :

« En cas de besoin, n'hésite pas. Tu promets de venir me trouver ? »

Jamais je n'avais autant aimé mon père qu'à cet instant-là. Il se faisait un sang d'encre pour ma sécurité, ignorait pratiquement tout de mes activités, et pourtant il continuait de m'accorder sa confiance et veillait sur moi.

« Promis. »

Il se détendit, soulagé.

« Formidable. Alors je pense que c'est réglé. »

L'espace d'une minute étrange, nous nous regardâmes avec une tendresse émue, l'air emprunté.

Il s'éclaircit finalement la voix :

« Bien, j'ai encore des papiers à remplir avant de rentrer à la maison. »

Je souris en silence et, mon assiette à la main, fis le tour de la table basse pour déposer un baiser sur son crâne. Je sentis le contact soyeux de sa chevelure blonde contre mes lèvres.

« Je t'aime, papa. »

Il m'enlaça pour une accolade chaleureuse.

« Moi aussi, Gourmandise. Énormément. »

36

Le lendemain matin, je m'éveillai plus sereine que depuis des années. Bien que Baba ne puisse aucunement m'aider et que ma confession soit susceptible d'avoir des effets indésirables, j'avais soulagé mon cœur d'un poids. Il m'était impossible d'avouer toute la vérité à mon père – personne ne méritait de porter les fardeaux qu'on s'imposait à soi-même –, mais je me sentais moins seule.

Je réchauffai mes paumes sur la tasse de thé fumant. Ce serait encore une journée d'août caniculaire, mais tant que le soleil n'était pas assez haut pour frapper mon balcon, l'appartement restait frais. Je sirotai mon Dragon Well en parcourant les informations sur mon écran d'ordinateur.

Grâce à mon entretien avec Freddy Weintraub la veille, j'en savais un peu plus sur la ligne Copper, en particulier sur le découpage prévu au cours des travaux successifs. D'abord Huntington Park sous Santa Fe Avenue, puis en diagonale à travers Cerritos, royaume des petits magasins et des zones d'activité commerciale. Ces aménagements favoriseraient l'emploi et donneraient un coup de fouet à l'économie, en admettant qu'ils obtiennent l'aval du comité technique.

J'ouvris le site de Metro pour voir qui siégeait à la TAC en dehors de Freddy. Les votants, une trentaine, comptaient de nombreux représentants des services publics dans leurs rangs, tous services confondus. Huit d'entre eux appartenaient à la communauté d'agglomération de Californie, trois officiaient au conseil municipal, deux occupaient des fonctions de maire. Je notai également la présence de la première adjointe d'Huntington Park, celle-là même qui avait donné une interview à Hollywood and Highland, juste avant mon désastreux repas avec Tran.

Intéressant.

L'édile avait semblé folle de joie à l'idée d'avoir une station dans sa ville. Tran lui avait-il inspiré cet enthousiasme débordant ? Était-ce la raison pour laquelle il la surveillait durant la conférence ? Ou bien travaillait-il simplement pour elle ?

Je procédai à un rapide examen de sa situation. Rien de suspect à première vue, aucune tragédie, aucun fait notable ne marquait la vie de cette femme. Elle occupait le siège de première adjointe depuis peu de temps et ne jouissait pas, d'après mes constatations, d'une position très influente. En surface, l'habit faisait le moine : elle secondait le maire d'une petite agglomération qui entendait profiter des retombées économiques d'une ligne de métro.

Retour à la liste des membres. J'écartai les acteurs de terrain mineurs – représentants d'associations de cyclistes, de piétons et autres groupes d'influence négligeables – afin de me concentrer sur les personnalités plus consistantes. Deux politiciens émergeaient car ils pouvaient rallier un nombre important de votes. Exerçant à un niveau plus élevé, ils protégeaient les intérêts de populations concernées par les travaux.

D'abord Evelyn Young. Elle effectuait son deuxième

mandat de maire à Cerritos – point d'aboutissement de la première tranche des aménagements – et était d'origine chinoise, ce qui lui donnait un poids considérable au sein de la communauté asiatique, très présente dans le commerce de détail. Note importante : elle assurait actuellement la présidence de l'Association des maires de Californie. Étant donné que huit municipalités étaient représentées à la TAC, on pouvait dire qu'Evelyn Young avait le bras long. Neuf votes sur trente lui étaient acquis, de quoi la rendre vulnérable.

Ou suspecte.

J'envisageai un instant cette dernière possibilité. Young ressemblait davantage à l'une de mes tantes communistes qu'à un génie du crime organisé. J'avais déjà du mal à l'imaginer chiper un petit gâteau dans un buffet, alors engager un tueur comme Tran pour escroquer tout le monde, n'en parlons pas. D'une façon ou d'une autre, il était toujours question d'argent. Pourtant j'aurais plutôt rangé la première magistrate dans la catégorie des victimes potentielles.

En creusant un peu j'appris que sa filleule, Julie Stanton, avait récemment trouvé la mort au cours d'une randonnée dans les monts Santa Monica. Un accident, d'après les journaux. La jeune femme de vingt ans avait glissé en s'écartant de la piste de Mishe Mokwa, avant de faire une chute de quinze mètres.

Si je n'avais pas entendu parler de Mia, ni de Tran, ni de Freddy, ni de Metro, j'aurais peut-être attribué ce décès à l'imprudence, comme l'avaient fait les enquêteurs. Et puis Julie n'était pas à proprement parler une parente d'Evelyn Young. Rien ne suggérait qu'on eût exercé un chantage ou une pression quelconque.

Par contre, quand on ajoutait l'agression de Mia à

l'accident de Julie, le doute commençait à s'installer. Evelyn Young et Freddy Weintraub occupaient des postes prépondérants en matière de votes au comité. Ils avaient tous les deux des conjoints, des enfants à protéger, et de graves mésaventures frappaient des proches qui n'appartenaient pas à leur famille.

Existait-il un lien entre les deux affaires ?

Tran avait-il supprimé Julie Stanton et effrayé Mia Mikkelsen pour menacer ces deux personnages ?

Possible. J'avais vu avec quelle efficacité, avec quelle sauvagerie il s'était débarrassé des crétins coréens.

Je ne pouvais malgré tout tirer une généralité de deux faits isolés. J'étudiai de plus près le cas du second votant qui m'intéressait : Henrique Vasquez, conseiller municipal du quatorzième district.

Il siégeait aux assemblées de Los Angeles depuis sept ans. Né à East L. A., il avait épousé son amour de lycée, avec qui il avait eu trois garçons. On le disait charismatique et sur le point de briguer le poste de maire, avant de se porter candidat au mandat de gouverneur. Aussi incroyable que cela puisse paraître, il succéderait au seul Latino-Américain ayant occupé cette fonction à ce jour : Romualdo Pacheco, en 1875. Sans compter que sa carrière politique ne s'arrêterait pas là. « Vasquez, président ! » Il avait ses chances ; en tant que Latino présidentiable, l'argent affluerait si vite sur son compte de campagne qu'il aurait besoin d'un des tractopelles de Bestefar pour transporter les billets à la banque.

Il avait le pouvoir, il avait l'argent, et pour couronner le tout il soutenait sans réserve les transports en commun, spécialement par rail. Je le savais car il vantait l'expansion du métro dans toutes ses interviews. Union Station se situait au beau milieu de son district. Y adjoindre la ligne Copper constituerait un joli coup d'éclat.

Ce politicien avait donc un mobile et des moyens. Mais cela ne prouvait pas qu'il avait embauché Tran pour orienter le scrutin en faveur de la nouvelle ligne. En réalité, son influence et son ambition faisaient plutôt de lui une cible. J'explorai la Toile à la recherche d'une tragédie récente ou d'un problème concernant une personne dont Vasquez se serait soucié, un individu proche de lui mais en même temps assez éloigné pour ne pas éveiller les soupçons, comme la filleule de Young ou la maîtresse de Weintraub.

Rien.

Je bus une gorgée de thé. Il avait refroidi, comme la piste sur laquelle je m'étais lancée. Les seules choses dont j'étais certaine, c'était que Metro jouait un rôle central et que Shannon Weintraub n'était pas liée à l'agression de Mia Mikkelsen. Pour le reste, je naviguais dans un flou total.

Comment débrouiller cette affaire si chaque réponse engendrait davantage de questions ? Evelyn Young et Henrique Vasquez avaient tous les deux beaucoup à gagner avec la ligne Copper. Alors pourquoi Tran faisait-il pression sur eux ? Avaient-ils l'intention de voter contre ?

Je me demandais également pourquoi Freddy avait paru si contrarié par les travaux, qu'il désirait pourtant lancer. Y avait-il d'autres projets qui méritaient de bénéficier de la Mesure R ? Des projets concurrents, mieux ficelés et plus juteux ?

Et les deux petites frappes coréennes que Tran avait éliminées ? Avaient-elles, par le plus grand des hasards, un rapport avec ce dossier ?

Je vidai ma tasse dans l'évier et débranchai l'ordinateur.

Il fallait prendre du recul, s'aérer l'esprit et se dépenser pour évacuer la frustration. Sandstone Peak me semblait approprié. Peut-être que la filleule d'Evelyn Young y avait laissé un indice.

37

Il existait deux options pour se rendre à Sandstone Peak : on pouvait tenter la montée abrupte droit jusqu'au sommet, ou s'engager sur la route plus pittoresque qui effectuait une boucle de dix kilomètres à partir du sentier Mishe Mokwa. Apparemment, Julie Stanton avait opté pour l'itinéraire touristique. Selon sa notice nécrologique, cette piste faisait partie de ses chemins préférés. Moi-même, j'avais parcouru ce circuit des dizaines de fois et je comprenais l'attirance qu'il exerçait sur les promeneurs.

Le sentier Mishe Mokwa traversait toutes sortes de paysages californiens : des panoramas désertiques aux zones boisées en passant par les escarpements de roche ocre et les vallées luxuriantes. Il offrait d'époustouflantes perspectives sur le lac Malibu et l'océan Pacifique, le point culminant étant les monts Santa Monica. Si j'avais dû choisir une dernière randonnée avant de mourir, je me serais sans doute décidée pour celle-là.

Julie Stanton, elle, n'avait probablement pas eu le loisir d'y réfléchir. Les journaux indiquaient qu'elle s'était aventurée trop près du bord avant de chuter : soit qu'elle eût glissé, soit que le terrain se fût dérobé sous ses pieds.

Je ne croyais à aucune de ces hypothèses.

La jeune femme ne me faisait pas l'effet d'une casse-cou.

Son compte Instagram dévoilait une existence au grand air mais sans excès, dénué de selfies périlleux qui auraient pu la désigner pour les Darwin Awards, récompense sarcastique attribuée sur Internet aux personnes mortes à la suite d'un comportement particulièrement stupide. Julie n'était pas du genre à tenter de faire l'arbre droit au sommet d'un immeuble. Elle aimait la nature et en d'autres circonstances elle aurait vécu assez longtemps pour faire découvrir ses sentiers favoris à ses petits-enfants.

En d'autres circonstances.

J'éprouvais un besoin, un besoin impérieux de comprendre les raisons de son décès.

J'avais localisé quelques points de repère sur les photos des articles en ligne. Julie était tombée près du sommet, à la fin de la boucle. J'aurais pu m'y rendre plus rapidement en coupant par les layons accidentés et redescendre ensuite, mais je préférais emprunter la piste principale.

La marche débutait par une large chaussée échelonnée de traverses, destinées à former des degrés sur le sol érodé, avant de se poursuivre dans les lacets rocailleux de l'éminence. Le chemin s'incurvait lorsque l'on arrivait à l'épaulement, et j'entamais la descente du versant opposé, en direction de Mishe Mokwa. L'endroit que j'avais repéré se situait un ou deux kilomètres plus loin. Il s'agissait d'un promontoire où je m'étais déjà arrêtée lors de randonnées précédentes, et j'imaginais sans peine pourquoi il plaisait à Julie.

Sa position dominante, associée à la chute fatale de la jeune femme, rendait les pics lointains et la vallée plus poignants que d'ordinaire. En d'autres occasions, j'aurais longuement admiré le paysage, mais il me fallait scruter sans tarder le sol à la recherche de preuves.

Il s'était écoulé trop de temps – plusieurs semaines – pour que je puisse déceler dans les nombreuses traces de pas laissées par les visiteurs une danse mortelle similaire à celle du palefrenier Westley et du capitaine Montoya dans l'un de mes films préférés, *Princess Bride*. Je ne désespérais pas cependant de dénicher dans la poussière ou dans quelque anfractuosité de la roche un élément ayant échappé aux enquêteurs. Peut-être allais-je même retrouver le portable égaré de la jeune femme ?

Je n'eus pas cette chance, bien entendu. J'approchai du bord.

L'à-pic opérait un dévers avant de plonger à la verticale presque jusqu'en bas. Impressionnant mais assez stable : pas de pierre descellée, aucun changement visible dans la coloration des strates géologiques, rien qui suggère une fragilisation récente. Il n'y avait même pas une racine ou une pierre susceptible de faire trébucher la randonneuse. On se sentait plutôt en sécurité sur cette petite plate-forme.

Comment avait-elle pu perdre l'équilibre ?

J'examinai de nouveau le précipice. Une saillie rocheuse apparaissait cinq ou six mètres en contrebas. Possible que Julie l'ait heurtée en tombant. Cette avancée n'était pas assez large pour stopper une chute, mais les buissons qui s'y accrochaient pouvaient déchirer des vêtements, voire abriter un smartphone.

Il n'existait pas trente-six manières de vérifier.

Si quelqu'un m'avait vue ramper à reculons, plaquée contre la paroi, il aurait sans doute appelé les secours. Quand je parvins enfin à la saillie partiellement recouverte de broussailles, je regrettai presque que personne n'ait composé leur numéro.

Quelle galère !

Le rebord où j'avais pris pied semblait relativement fiable, j'avais des prises puisque de l'herbe à poux et du chaparral avaient poussé dans les aspérités, mais je n'en demeurais pas moins perchée au-dessus d'un abîme d'une quinzaine de mètres, avec juste assez de place pour poser mes fesses. En cas de dégringolade, je pourrais toujours ralentir la chute en m'accrochant aux herbes et aux reliefs, mais je finirais par percuter un angle et m'écraser sur les blocs de pierre en bas, blessée, paralysée ou morte.

Je commençais à me sentir dans la peau de l'une des gagnantes potentielles aux Darwin Awards que j'avais raillées peu de temps auparavant. Après tout, quand le vin était tiré, il fallait le boire.

Je fouillai les buissons et les crevasses à ma portée, en quête d'une trace de Julie. Un détail me suffirait pour confirmer qu'elle avait bien frappé la bordure lors de sa culbute. Rien. Je me penchai au-dessus du vide : si je trouvais un objet inaccessible, au moins pourrais-je le photographier.

Je discernai alors un éclat métallique niché dans un bosquet de sauge côtière, un mètre en dessous de moi, et décalé d'une trentaine de centimètres par rapport à la maigre corniche.

Je me baissai, les genoux pratiquement remontés jusqu'au menton, de nouveau plaquée à la falaise pour plus de sécurité. *Ne fais pas ça, Lily, ne te comporte pas comme une idiote !* Quels que fussent les avertissements que je m'adressais mentalement, je savais que je ne les écouterais pas. Tant qu'il existait une chance de récupérer ce que je croyais être le téléphone disparu de Julie Stanton, fût-ce au péril de ma vie, il était hors de question d'abandonner.

Je levai la tête pour voir si des randonneurs se baladaient en hauteur.

« Il y a quelqu'un ? criai-je. Commencez à filmer parce que ça devient intéressant. » Je secouai la tête et murmurai pour moi-même : « La vidéo fera sûrement le buzz. »

J'ôtai mes souliers puis mes chaussettes, et entrepris d'accomplir la chose la plus stupide qui soit.

Depuis toute petite, j'adorais prendre des objets avec mes orteils : des mouchoirs, des crayons, des livres de poche... J'étais devenue si habile que Baba me traitait de chimpanzé. Après avoir vu un documentaire sur une manchote qui utilisait ses pieds à la place des mains, je m'étais mis en tête d'écrire avec mes orteils. Maman me regardait, excédée par cette nouvelle lubie : saisir des stylos et tracer mon nom. Je me moquais bien de ce qu'elle pensait. Je m'étais exercée jusqu'à ce que ma signature puisse tromper mes professeurs, puis je m'étais lassée.

J'espérais que je n'avais rien perdu de ma dextérité.

Je me collai à la paroi rocheuse et broussailleuse afin de progresser à plat ventre, les pieds nus. Les épines s'accrochaient à mes vêtements, m'écorchaient les cuisses. Je les laissai faire. Si je m'arrêtais maintenant, je ne repartirais jamais. Je me suspendis à flanc de falaise, les jambes tendues comme des espars, et lorsque j'eus atteint la limite de mes possibilités, cramponnée à ce que j'espérais être une touffe d'herbe solidement implantée dans la roche, j'envisageai une dernière fois de revenir à la raison, d'abandonner ce projet insensé, et de retourner sur la route pour contacter le bureau du shérif dès que j'aurais du réseau.

Le front appuyé contre le versant escarpé, je pris le temps de respirer, soulevant des nuages de poussière, puis songeai que le dossier Stanton était clos, personne d'autre que moi ne voudrait s'en occuper. Je mis donc un terme à mon tête-à-tête avec les fourmis, chassai la poussière de mon front, et poursuivis ma séance de stretching.

Mon Dieu, s'il vous plaît, ne me laissez pas m'écraser en bas ou ma mère sera furieuse.

Une pierre pointue me labourait les côtes, j'avais du mal à respirer. Dommage pour moi, j'étais pile au-dessus du portable. Un seul mouvement pour trouver une position moins inconfortable et je perdais l'appareil de vue, ou pire, je le faisais tomber du buisson qui le retenait.

« Allez, petite guenon, grognai-je, ta maîtresse a besoin d'un nouveau téléphone. »

Quand mes orteils établirent le contact avec une surface étonnamment douce, je sus que je touchais au but. Je calai l'appareil entre la pointe d'un pied et les orteils de l'autre. Au prix de quelques contorsions et d'une bonne crampe, j'assurai ma prise et exerçai une traction des bras, m'éraflant la poitrine et le ventre contre les pierres à mesure que je remontais, les jambes comme un poids mort à ma suite.

Je posai le coude sur le rebord caillouteux juste au moment où l'arbuste que j'empoignais céda. Avec les jambes libres, j'aurais pu m'aider des genoux pour rejoindre facilement la corniche, mais considérant qu'il me fallait conserver le portable, je dus me hisser à l'unique force des bras. Je roulai enfin sur le dos, épuisée. L'appareil reposait encore entre mes orteils, en sécurité. Je contemplai les nuages.

Lorsque j'eus repris mon souffle, je remis mes chaussettes, mes chaussures, et glissai le smartphone dans la poche avant de ma tenue, l'écran protégé contre ma cuisse. L'appareil était certes muni d'une coque, mais avec tout le mal que je m'étais donné, je préférais éviter qu'il soit bêtement esquinté. Je devais encore parvenir au promontoire.

La distance aurait dû me paraître plus courte à présent que je me tenais debout ; elle ne l'était pas, elle semblait même très importante et j'avais l'impression que la paroi ne possédait pas plus d'aspérités qu'une plaque de verre.

Un sentiment aussi désagréable que familier m'étreignit.

J'étais déjà venue en rêve dans un endroit similaire. Je revoyais Tran, indécis au bord de la falaise. Sauf que j'étais dans la réalité, pas dans mon lit en train de me battre avec mon subconscient. Aujourd'hui, aucun Tran ne m'attendait au sommet, afin de m'expliquer pourquoi il avait envahi mes pensées et instillé le doute en moi.

J'étais dans les monts Santa Monica, perchée sur une petite corniche à quinze mètres de hauteur. Si je me cassais la figure, la couverture de ma grand-mère ne serait pas là pour m'accueillir. Il y aurait de la douleur, des blessures, peut-être même pire.

On ne pouvait pas faire plus réel.

Je chassai les souvenirs oniriques de mon esprit et entamai l'ascension. Mes mains et mes pieds trouvèrent des prises par automatisme, chaque traction s'accompagnait toutefois de visions funestes : Ma ouvrait la porte à deux policiers, la mine sombre ; papa pleurait devant son wok ; mon oncle laissait une assiette de nouilles au bœuf sauté sur ma tombe... Je n'avais pas le droit de leur infliger pareille souffrance. Mètre après mètre, je progressai en direction de la plate-forme, affrontant la périlleuse déclivité, puis je me retrouvai finalement au sommet, étalée sur le dos, tremblante et à bout de souffle.

Je m'éloignai ensuite du bord et me juchai sur un bloc de

pierre pour admirer la vue. Lorsque, chez moi, après avoir échoué à résoudre le mystère de la ligne Copper, j'avais voulu prendre l'air pour m'éclaircir les idées, je n'avais pas envisagé une méthode si radicale.

Une fois encore, je pensai à Tran.

Il était entré dans ma vie pour une raison précise, j'en étais certaine. Mais laquelle ? Pourquoi mon ego aurait-il sciemment attiré à lui un individu qui briserait l'équanimité, romprait l'équilibre intérieur, et m'amènerait à m'interroger sur les vices et les vertus de ma nature profonde ?

Questions effrayantes.

Dans mon rêve, Tran partait avant que j'arrive en haut de la falaise. J'avais attribué sa disparition symbolique à un refus, une frustration ou bien une chose sans importance. Désormais, son absence prenait une connotation plus étendue.

Peut-être qu'il n'y avait jamais eu de Tran.

Juste moi, depuis toujours.

38

Je dévalai la pente, filai le long de la route presque sans toucher les freins. Penchée dans les tournants, je distançai rapidement la voiture derrière moi. Je dépasserais sans doute les autres véhicules jusqu'à la Pacific Coast Highway, s'il y en avait et à condition que je ne dérape pas sur des graviers ou ne percute pas un pick-up en sens inverse. En partant du principe que chaque seconde d'entraînement comptait, alors celles que je passais sur ma selle en descendant Yerba Buena Road en valaient des centaines.

Il fallait simplement que je reste en vie pour en récolter les bénéfices.

On aurait pu estimer qu'en une matinée j'avais épuisé mon quota de risques pour la semaine, mais c'eût été mal me connaître. La haute vélocité m'unissait au moment présent, elle m'apaisait à la façon d'une séance de méditation active. C'était comme m'exercer avec mon sensei ou pratiquer de la voltige urbaine : je devais rester concentrée. À la vitesse où je roulais, je n'aurais pas le temps de réfléchir si un automobiliste débordait de sa voie : ce qui se produisit quand une fourgonnette de FedEx apparut au détour d'un lacet.

J'avais pris la corde et longeais le mont, mais dès que

j'entrevis le logo du transporteur, je m'y maintins une fraction de seconde en plus au lieu de me déporter en sortie de virage, comme je l'aurais normalement fait, ce qui me permit de passer à ras de la fenêtre du livreur stupéfait au lieu de m'encastrer dans son pare-brise. Je poursuivis ma course avec à peine une légère suée.

J'avais réduit ma vitesse de moitié lorsque je m'engageai sur le parking du Neptune's Net, le fameux restaurant de fruits de mer de Malibu, chez qui s'arrêtaient les sportifs – cyclistes ou surfeurs –, ainsi que ceux qui empruntaient ce tronçon bucolique pour rejoindre Santa Barbara. Théoriquement, cet arpent de campagne se situait dans le comté de Ventura, mais en pratique, comme il occupait les dernières parcelles constructibles avant l'océan, le code postal correspondait à celui de Malibu. Il était pourtant clair aux yeux des gens que l'endroit ne cadrait pas avec l'image que l'on se faisait du secteur.

La cité balnéaire entretenait la réputation erronée d'être comparable à Beverly Hills, le surf en plus : des boutiques chics, de grandes villas sécurisées, des voitures luxueuses... Cela reflétait certes un des aspects de la ville, mais il y existait aussi des mobile homes installés sur des terrains vagues, des agriculteurs qui vendaient directement leur production sur le bord des routes et des clubs de motards qui mettaient les gaz sur l'autoroute. Des ranchs opulents et des propriétés monumentales de célébrités, il y en avait à foison près de Los Angeles. Néanmoins, à l'intérieur des terres, les chaussées se réduisaient à deux voies et l'existence devenait plus tranquille. Les autochtones aimaient voir les étoiles du firmament. Ils apercevaient parfois des ratons laveurs depuis leurs fenêtres, les chemins de randonnée débutaient quasiment sur le pas de leur porte. Ils se moquaient bien des voies express et des activités trépidantes du centre.

Dans une autre vie, j'aurais adoré résider dans un cadre pareil.

J'attachai mon Merida à côté d'une Harley-Davidson rutilante, modèle Fat Boy, puis m'installai à une table de pique-nique devant les portes-fenêtres de l'établissement. Mon portable n'affichait que deux barres de réseau. Pas étonnant quand on connaissait la couverture notoirement mauvaise de ce bout de territoire. J'espérais avoir assez de signal pour réclamer un covoiturage. À ma grande surprise, je reçus une réponse presque immédiate de Kansas, la femme qui m'avait emmenée à Hollywood and Highland. Elle passerait me chercher dans cinq minutes.

Je délaissai mon propre téléphone et m'intéressai de plus près à celui pour lequel j'avais joué ma peau. Appartenait-il à Julie Stanton ? J'espérais bien !

Une première difficulté apparut : la coque et le film transparent sur l'écran avaient protégé l'appareil de sa chute, du brouillard et de la rosée, mais pas du déchargement de la batterie. Je devrai attendre. J'en profitai pour vérifier les déplacements de Tran sur mon portable.

Le point lumineux sur la carte indiquait qu'il se dirigeait vers l'est sur la 101, cap sur le centre-ville. Se rendait-il au siège de Metro, ou à la mairie pour intimider un autre membre du comité ? Dans ce cas, j'avais encore le temps de m'y rendre pour le prendre la main dans le sac.

Je scrutai la route, imaginant que le véhicule vert olive de Kansas viendrait de Los Angeles, au lieu de quoi je vis la jeune femme tourner depuis la plage de l'autre côté de la chaussée. Sa rapidité s'expliquait : elle était déjà sur place.

Elle émergea de sa voiture avec un large sourire, désormais familier.

« Salut, Lily, comment ça va ? »

La baignade et le vent avaient emmêlé ses cheveux roux.

« Je ne m'attendais pas à te retrouver si tôt », dis-je.

Elle désigna le bord de l'océan.

« Je surfais.

– J'avais compris. Je t'ai vue faire demi-tour sur la plage.

– Prise sur le fait, s'amusa-t-elle. Il faut dire qu'il n'y a pas énormément de femmes au volant d'une citadine équipée d'un porte-vélos. Tu avais quand même des chances de tomber sur moi. »

Elle marquait un point. À Los Angeles il y avait moins de quarante pour cent de conductrices sur les sites de covoiturage. J'avais choisi l'application qui offrait le plus gros pourcentage. Le site publiait également les photos des profils et autorisait les usagers à personnaliser leurs demandes. Comme je militais pour que chaque femme puisse travailler et réussir en sécurité, et comme je sortais rarement sans mon Merida, je réclamais toujours une voiture avec un porte-vélos. En cas d'urgence j'étais néanmoins prête à monter dans une soucoupe volante pour arriver plus vite.

« Qu'est-ce qui t'amuse ? demanda-t-elle alors que nous nous installions dans le véhicule.

– Rien. Je pensais juste aux dingues que j'ai rencontrés sur les sites de covoiturage. Pas celui où je suis inscrite aujourd'hui, évidemment.

– J'espère bien », s'esclaffa-t-elle.

Chaque fois qu'elle riait, elle ouvrait grand la bouche et ses yeux disparaissaient presque, comme sur un émoji. Je n'aurais pas classé la jeune femme dans la catégorie des dingues, mais c'était une des conductrices les plus fascinantes que j'aie croisées.

« D'où vient ton pseudo ?

– D'une colocataire de fac, parce que je venais de Wichita. J'ai décidé de le garder. En réalité je m'appelle Petunia, vas-y, moque-toi. Qui voudrait d'un tel prénom ? » Elle rectifia aussitôt pour ne pas me vexer, car *lily* signifiait lys en anglais : « Pourtant je ne déteste pas les noms de fleur. Mais Petunia, franchement… »

J'eus un geste raisonnable.

« Je comprends, les noms sont importants, ils nous représentent.

– Exact. Cela dit, tu n'as pas grand-chose d'un lys. »

J'exhibai mes bras couverts de poussière, mes mains zébrées d'éraflures.

« Comment ça ? Je ne ressemble pas à une petite fleur délicate ?

– Vraiment pas !

– Toutes les femmes du côté de ma mère ont des noms de fleur, mais mon père me surnomme Gourmandise. »

Elle éclata encore une fois de rire, et moi aussi. La douceur des sucreries contrastait avec mon aspect dur et sec. Sorti de son contexte, Gourmandise n'était pas plus approprié que Lily. Mais les gourmandises et moi possédions une chose en commun : nous avions des ressources cachées.

39

Non seulement j'appréciais Kansas, mais il s'avéra qu'elle avait dans sa voiture un chargeur de portable parfaitement adapté au modèle que j'avais récupéré.

En naviguant sur le smartphone de Julie Stanton, je trouvai les icônes correspondant aux principaux réseaux sociaux ainsi que deux applications pour les sites de rencontres. La dernière était particulièrement révélatrice. Son profil indiquait qu'elle venait de décrocher une place d'adjointe dans une boîte de vêtements discount, un magasin plutôt branché. Elle avait en outre récemment coupé ses longs cheveux blonds au carré, et annonçait non sans fierté qu'elle était bien partie pour atteindre son but : perdre quinze kilos avant la fin de l'année. On apprenait aussi qu'elle aimait les promenades au bord de la plage, les couchers de soleil sur l'océan et les margaritas à la mangue. Sans rire. Il ne manquait plus qu'un joli cliché où on l'aurait vu cajoler un chiot.

Pourquoi une jeune femme aussi séduisante et intelligente que Julie ressentait-elle le besoin de se livrer à un tel racolage sur un site de rencontres ? Cela me dépassait. Pour aggraver son cas, elle n'avait eu qu'une réponse : un certain T-Rex, qui avait choisi un dinosaure du jurassique comme photo de profil.

T-Rex : *Ça tient toujours pour samedi ?*

Julie : *Absolument !* (smiley)

T-Rex : *Super, alors on se voit à 9 heures, à l'entrée du GR de Yerba Buena.*

Julie : *Merveilleux !* (smiley, soleil rieur, pouce levé) *J'ai hâte !* (visage rougissant)

T-Rex : *À demain.*

J'observai Kansas.

« Tu as déjà utilisé des sites de rencontres ? »

Elle m'adressa un regard perplexe.

« Ma foi, non. Pourquoi ? Tu envisages d'essayer ?

– Non. Je lisais simplement le mot d'une amie qui avait obtenu un premier rendez-vous.

– Avec un mec rencontré sur Internet ? Un peu dangereux comme technique.

– C'est rien de le dire.

– J'espère au moins qu'ils feront connaissance dans un lieu public, avec beaucoup de gens autour. »

Je fixai l'émoji en forme de visage rougissant et soupirai : « Si seulement. »

J'ouvris l'album photo de Julie tandis que Kansas se frayait un passage à travers la circulation. J'espérais voir à quoi ressemblait T-Rex pour avoir la confirmation qu'il s'agissait de J. Tran. Il était peu probable qu'il eût consenti à ce que la jeune femme braque l'objectif sur lui, mais Julie aurait pu prendre une image à la dérobée.

Si j'obtenais la preuve que Tran accompagnait Julie sur la piste de Mishe Mokwa le jour fatal, j'établirais une connexion entre la mort de la randonneuse et le vote de la TAC concernant le projet de construction de Metro. En revanche, si je dénichais un charmant portrait de Julie en excursion avec un type quelconque, vêtu d'un t-shirt à l'effigie d'un dinosaure, je devrais envisager d'autres hypothèses. D'une façon ou d'une autre, je comptais sur l'album pour m'apporter quelque lumière.

Les photos étaient classées de la plus récente à la plus ancienne, et la première que je vis représentait des épines et des feuilles. La deuxième montrait des rochers flous, la troisième un selfie raté et la quatrième était prise en mouvement. Peut-être que Julie réglait son appareil à ce moment-là. Le dernier cliché, c'est-à-dire la première photo que Julie avait prise, consistait en un splendide paysage montagneux. Je repassai la série dans l'ordre chronologique avec l'impression d'assister au résumé de la balade : la promeneuse immortalisait le panorama, changeait les paramètres de son portable pour prendre un selfie, ratait sa pause et laissait tomber l'appareil dans le vide. Dans le cas d'une maladresse, on ne pouvait exclure qu'elle ait chuté à son tour en tentant de rattraper le smartphone.

Mais si T-Rex marchait avec elle, pourquoi se photographier seule ?

Possible qu'elle l'ait invité à la rejoindre et qu'il l'ait poussée à ce moment-là. L'appareil aurait glissé de sa main, déclenché une prise de vue brouillée en rebondissant sur les pierres, puis une autre en tombant dans le buisson.

On pouvait envisager les deux options, mais la question demeurait : Julie Stanton arpentait-elle le chemin en solitaire, ou en compagnie de quelqu'un ?

J'examinai plus attentivement la photo floue. Un élément sombre, décalé, attira mon attention. Je zoomai. Dans le coin de l'image apparaissait la pointe d'une botte noire à semelle plate. Pas une chaussure de randonnée, plutôt un de ces modèles luxueux disponibles dans les magasins européens, dont la clientèle se composait de sportifs aux poches pleines et aux goûts raffinés. Tout à fait le genre de bottes pour évoluer discrètement dans un parking souterrain de Koreatown.

Un sourire se dessina sur mes lèvres. J'éteignis le téléphone : j'avais trouvé le lien qu'il me fallait.

40

Allez, Mia, décroche.

Les drames défilaient dans mon esprit à mesure que le téléphone sonnait dans le vide. J'imaginais Mia gisant à terre, l'écume à la bouche, en pleine overdose. Mia désarticulée sur le trottoir, son corps sans vie glissé dans une housse mortuaire. Mia…

« Un souci ? s'inquiéta Kansas à mes côtés. Tu sembles préoccupée.

– Non, ce n'est rien. » Je recomposai le numéro.

Cinquième sonnerie.

« Allô ?

– Mia, pourquoi tu ne répondais pas ?

– Je me douchais, j'ai le droit ? »

Je poussai un soupir de soulagement. Riposte cinglante et propreté. Mia reprenait du poil de la bête.

« Bien sûr que tu as le droit.

– Je suis en train de tout tremper. Qu'est-ce que tu veux ?

– Te tenir au courant. Tran est peut-être lié à une affaire d'escroquerie en bande organisée. Il t'a sans doute attaquée pour envoyer un message à l'une des personnes impliquées.

– Qui ?

– Je préfère ne pas m'avancer à ce stade, mais si j'ai vu juste, Tran ne s'en prendra plus à toi. »

Je ne mentionnai pas Freddy pour la bonne et simple raison que, connaissant Mia, elle aurait couru à son bureau pour faire un scandale, au risque de les mettre tous les deux en danger. Et puis Freddy avait une famille. Moins la jeune femme pensait à lui, mieux ce serait.

« Et si tu te trompes ?

– Alors je m'occuperai de lui. Pour l'instant, reste prudente. Je te rappelle dès que j'ai du nouveau.

– Ben voyons, prends ton temps. Ce n'est pas comme si j'avais une existence à mener. »

J'écourtai l'échange avant que les vilaines railleries de Mia ne me fassent regretter qu'elle soit toujours en vie.

« Ça va ? demanda Kansas quand j'eus raccroché.

– Je vais bientôt le savoir. »

Je sélectionnai le numéro de la personne suivante à contacter et fermai les yeux au moment d'appuyer sur le bouton vert.

« Salut, répondit Daniel. J'attendais ton appel. Alors, tu es libre demain soir ?

– Je ne sais pas encore.

– C'est la date ou le rendez-vous qui bloque ? »

En vérité ? Les deux. Mais comme les femmes ninjas n'hésitaient pas à affronter leurs peurs, je dis :

« La date. Possible que j'aie un empêchement. Je ne suis pas sûre d'avoir résolu le problème d'ici là.

– Et samedi soir, ton problème sera résolu ?

– Ça se pourrait, m'amusai-je.

– Adjugé vendu, se réjouit-il. Je te note dans mon agenda pour samedi.

– Moi aussi », souris-je.

Nous raccrochâmes avec la promesse mutuelle de nous rappeler le lendemain.

Kansas m'adressa un sourire en coin.

« Maintenant, je sais que ça va.

– Oh, mêle-toi de tes affaires.

– Ma voiture, mes affaires.

– Reine d'un jour, reine toujours.

– Tu l'as dit. »

Sa Majesté Kansas monta le son de l'autoradio.

Il fallut deux heures pour parcourir soixante-dix kilomètres. En quittant Malibu une heure plus tôt, nous en aurions mis trois. Et les jeudis étaient moins catastrophiques que les vendredis, quand tout le monde quittait le travail en avance. De toute manière, quel que soit le jour de la semaine, l'heure de pointe à Los Angeles tenait du cauchemar. Sans compter que la situation empirait dans le centre-ville.

Nous devions nous rendre au dernier endroit où j'avais localisé Tran, à trois pâtés de maisons d'une adresse que je connaissais bien.

« Tu peux m'arrêter près de la mairie ? demandai-je à ma conductrice.

– Un politicien véreux ? ironisa-t-elle.

– Peut-être. Mais ce n'est pas ce que je cherche. »

Elle désigna mon portable connecté à la géolocalisation.

« Tu es détective privée ?

– Quelque chose comme ça », éludai-je. Kansas me plaisait, elle était attentive, futée et piquante. « Ça te gêne si je te téléphone directement pour un prochain covoiturage ?

– Non. Préviens-moi un peu avant pour que je tourne dans ton quartier et si je suis libre, c'est bon. Dans le cas contraire… » Elle haussa les épaules. « Inutile de te faire un dessin.

– D'accord, je t'appellerai.

– Super. Et si tu as envie d'une copine pour partir en randonnée ou pédaler, n'hésite pas. Je suis toujours motivée pour de nouvelles aventures. »

Nous nous séparâmes avec l'assurance de nous retrouver bientôt, ayant au préalable échangé nos numéros respectifs.

Le parking souterrain de l'hôtel de ville était réservé aux élus, aux employés et aux cyclistes malins. Tran s'était garé au parc de stationnement visiteurs, à quelques rues de là, assez loin. J'avais une idée assez précise de sa destination. En une demi-heure, il n'aurait pas le temps de marcher jusqu'à la mairie, de traverser ce bâtiment inspiré du mausolée d'Halicarnasse et de rencontrer la personne qu'il était venu voir. Selon toute vraisemblance, il était encore dans les murs, mais peut-être plus pour longtemps.

Je me hâtai de gagner le premier niveau, d'attacher mon vélo à un pilier, puis fonçai en direction des ascenseurs et des escaliers qui reliaient les quatre niveaux du parking aux vingt-huit étages de bureaux très officiels au-dessus de ma tête. Les services de districts se trouvaient au quatrième. Parmi eux, celui du conseiller Henrique Vasquez. Si Tran comptait exercer des pressions, voilà sans doute où il se rendait.

Je délaissai les ascenseurs pour la cage d'escalier. Bien sûr, je devrais m'expliquer avec le tueur si nous nous croisions, mais au diable ! Après tous les dangers que j'avais bravés aujourd'hui, l'éventualité d'une rencontre malheureuse au détour d'une volée de marches n'affolait pas mon radar à menaces. J'estimais par ailleurs que je l'entendrais facilement arriver et que j'aurais le temps de rebrousser chemin ou de m'esquiver par une porte.

Les sons portaient encore plus loin que je ne le pensais.

Au moment où je posai les pieds sur le ciment du palier, des vociférations en provenance des niveaux inférieurs attirèrent mon attention. La voix ne ressemblait pas à celle de Tran, mais l'inconnu pouvait parfaitement crier après lui. Je croyais détecter un accent hispanique. La faconde et l'arrogance d'un professionnel de la politique. Le conseiller Henrique Vasquez ?

« Je ne sais pas à quoi vous vous attendiez, mais on ne me la fait pas ! J'ai des relations, vous comprenez ? » Il étouffait littéralement de colère. « Quand j'appelle, ça décroche. On prend ce que je donne et on ferme sa gueule. » Plus il s'énervait, plus il s'éloignait du registre politicien pour verser dans celui de la gouape des quartiers défavorisés de Los Angeles.

Je descendis d'un niveau à pas de loup et, accroupie derrière un mur, j'explorai le bas des marches. Si jamais on regardait dans ma direction, je ne voulais pas être repérée à une hauteur normale.

L'homme qui s'époumonait se tenait sur le seuil de la cage d'escalier. Je ne distinguai pas son interlocuteur. S'agissait-il de Tran ? On ne pouvait écarter cette hypothèse. En revanche, le fier-à-bras était bien Vasquez, aucun doute là-dessus.

Je reculai hors de vue, sortis mon portable. Peut-être allais-je assister à une échauffourée ou entendre des propos compromettants. Je tenais à filmer l'échange. Activant l'enregistrement, j'orientai l'appareil vers Vasquez.

« Vous n'avez pas à me dicter ma conduite ! C'est l'inverse, vous m'entendez ? Des types de votre acabit, j'en ai dix à la douzaine et ils ne feraient qu'une bouchée de vous. »

L'autre ne répondit pas, mais si c'était bien Tran, le conseiller lançait peut-être sa dernière bravade. Le silence se prolongea. Je commençais à m'inquiéter. Est-ce que Tran irait jusqu'à trancher la gorge de l'insolent ? Vasquez allait-il se vider de son sang au pied des escaliers ? Je me penchai légèrement, mais stoppai net quand je perçus le bruit d'une porte de garage qui pivotait. Vasquez conclut l'entretien :

« Ne revenez jamais, compris ? Je ne joue pas à ce petit jeu et je ne veux plus vous voir. »

Les pas du conseiller s'éloignèrent dans le parking. Le battant claqua. Est-ce que Tran le suivait ? Je n'avais entendu que l'élu, mais l'autre chaussait des bottes à semelles plates. Il pouvait monter sans un bruit.

Il était temps de déguerpir.

Je remis le téléphone dans ma poche et me dépêchai de grimper au niveau supérieur. Mes pas à moi faisaient un boucan d'enfer, du moins en avais-je l'impression. Tran, à l'affût d'un témoin potentiel, ne manquerait pas de détecter ma présence.

J'adoptai un style de respiration *futae ibuki*. Inspirer, expirer, expirer. Inspirer, expirer. Puis inspirer, inspirer, expirer. Ce schéma répétitif m'occupa l'esprit, m'aida à stabiliser mon souffle et à progresser plus silencieusement, plus harmonieusement. Au palier suivant, là où les degrés tournaient, je fis une pause derrière le mur et aventurai mon regard de l'autre côté. Tran. Je me plaquai à la paroi avant qu'il me vît, réfléchissant aux options qui s'offraient à moi.

Je pouvais sprinter jusqu'en haut des marches, mais il m'entendrait et s'élancerait à ma poursuite. Je pouvais continuer mon ascension précautionneuse et à ce moment-là il me rattraperait. D'une manière ou d'une autre, je n'atteindrais pas le premier niveau. J'allais devoir l'affronter, au risque de culbuter dans les marches. Il avait plus d'allonge, plus de force que moi, et probablement une meilleure technique. Mes chances de survie étaient minces.

Il avait également la possibilité, plus simple, de me balancer dans les escaliers et laisser le ciment m'achever. Monter n'était pas une bonne idée, descendre non plus. Certes, je pouvais lui sauter dessus ou tenter une attaque directe, mais mon poids plume jouerait contre moi. Dans le cas le plus optimiste, nous chuterions tous les deux, et j'étais pratiquement sûre qu'il se réceptionnerait mieux que moi.

Mes réflexions ne durèrent qu'une poignée de secondes. À moins que je ne veuille débattre avec Tran de la façon la plus efficace de s'écraser au bas des marches – dialogue que je préférais éviter –, il fallait que je passe à l'action.

J'écoutai le murmure de ses bottes sur les degrés puis adoptai une posture *ichimonji*, mon centre de gravité localisé sur la jambe arrière. Quand il fut sur le point d'apparaître, j'assenai de toutes mes forces un *zempo keri*, un coup de pied frappé. L'impact associé à son propre élan nous ébranla tous les deux. L'espace d'un instant, je fus incapable de déterminer qui gagnait la première manche. D'un côté moi, le pied en l'air ; de l'autre Tran, les bras écartés comme un funambule essayant de conserver l'équilibre. Nos regards se croisèrent. Le hoquet de surprise qu'il laissa échapper fit pencher la balance et il partit à la renverse.

Je me rattrapai quant à moi au coin du mur et fus donc dans l'incapacité de voir s'il se rompait le cou ou un bras. Je distinguai néanmoins le bruit sinistre du choc au bas des marches.

Devais-je aller vérifier ? Appeler une ambulance ? Décamper avant qu'on me surprenne ? Ces solutions contradictoires me figeaient sur place. Son gémissement détermina mon choix : il n'avait qu'à se débrouiller seul.

Je gravis dare-dare les marches, ouvris la porte à la volée, me préoccupant peu du claquement métallique contre le mur. Plus le temps de soigner sa révérence. Tran avait sans doute repris ses esprits, peut-être s'était-il lancé sur ma trace. Quand j'entendis un second claquement métallique dans mon dos, je redoutai le pire.

Slalomant entre les voitures stationnées, je gagnai l'extrémité du parking où j'avais cadenassé mon vélo. Je n'avais pas vu d'arme à feu, mais Tran pouvait très bien dissimuler un holster sous sa veste. Je devais filer de ce bâtiment avant qu'il ne transforme la zone en stand de tir.

Je pris ma chaîne, coiffai mon casque – sans rattacher aucun des deux – et montai en selle tandis que le Merida roulait déjà, avant de franchir la rampe et de me jeter dans la circulation.

Je m'arrêtai dans un endroit sûr une fois que la mairie eut disparu de mon horizon, et appuyai la bicyclette contre un mur. J'attendis que mon rythme cardiaque s'apaise, réfléchissant à ce que j'avais vu.

Tran avait fâché Henrique Vasquez, mais le politicien ne semblait pas effrayé. De deux choses l'une : ou le conseiller était une victime inconsciente du danger, ou il appartenait à la catégorie des employeurs mécontents.

Je visionnai la vidéo sur mon portable, attentive aux formulations de l'élu : « Vous n'avez pas à me dicter ma conduite ! C'est l'inverse, vous m'entendez ? Des types de votre acabit, j'en ai dix à la douzaine et ils ne feraient qu'une bouchée de vous. »

Vasquez avait-il embauché l'une de ses fameuses connaissances pour terminer le travail de Tran ? S'agissait-il d'un complot plus vaste, parce qu'à ce stade-là Vasquez ressemblait méchamment à l'homme à la cigarette de *X-Files* ?

Je m'ébrouai. On n'était pas dans une série de science-fiction. Il n'y avait sans doute aucun complot. Tout ce que je tenais pour acquis, c'était qu'une nouvelle ligne de métro devait traverser la circonscription de Vasquez, et que cet aménagement constituerait un beau tremplin pour sa carrière de futur maire de Los Angeles.

Le conseiller voulait obtenir les suffrages de la TAC, et il voulait un nouveau tunnel de métro qui le mènerait tout droit jusqu'au siège de gouverneur : raisons suffisantes pour s'offrir les services de Tran. Mais en avait-il les moyens ?

La Cité des Anges payait ses élus mieux que n'importe quelle ville, cependant 178 000 dollars par an ne pesaient pas lourd dans une métropole comme L. A., surtout avant imposition. Et puis Vasquez avait une famille à nourrir. Même avec les primes il n'aurait pas assez d'argent pour maintenir son train de vie et enrôler un assassin.

Ou alors quelqu'un payait l'addition pour lui.

Je rangeai mon téléphone, massai mes hanches douloureuses. Mes voûtes plantaires me mettaient également à la torture. Cette affaire commençait à me casser les pieds, au propre comme au figuré. Après avoir monté puis descendu Yerba Buena, escaladé une falaise au péril de ma vie et échappé de justesse à Tran, cogiter davantage sur cette fichue ligne Copper était au-dessus de mes forces.

Il me fallait plus d'informations. J'avais besoin de quelqu'un qui s'y connaisse en finance et sache comment les fonds transitaient sous les radars. J'avais besoin de ma mère.

41

« Tu es adorable, Lily », me félicita ma mère avec une note de surprise dans la voix.

J'essayai de ne pas me formaliser de son étonnement et de prendre le compliment du bon côté. Ma était contente. Un partout, la balle au centre.

J'avais troqué mes nippes de sport abîmées contre la tenue avec laquelle je m'étais présentée au bureau de Freddy Weintraub, le foulard en batik mauve et noir excepté. Je venais de la station d'Arcadia. Bien qu'avec la robe le trajet en vélo jusque chez mes parents fût un tantinet délicat, je m'en étais honorablement tirée. Les détails pratiques m'importaient peu, mais j'avais besoin pour cette entrevue de paraître féminine et à mon avantage ; la parfaite jeune femme asiatique.

« Merci, maman, toi aussi, tu es très belle. » Pas de surprise de mon côté. Ma incarnait toujours la beauté classique. Ce soir, elle portait un chemisier en soie ivoirine et un fourreau qui s'accordaient parfaitement au bracelet de jade à l'effigie des quatre gardiens qu'elle avait toujours au poignet.

On se fit la bise. J'aurais pu me servir de ma clef pour entrer, mais je préférais m'annoncer en sonnant. Je crois que Ma appréciait cette attention qui lui donnait le temps de soigner son maintien. Je sais que moi, en tout cas, je trouvais ça agréable. Le domicile familial avait cessé de représenter un havre pour moi le jour de la mort de Rose. Trop de douleur, de colère et de tristesse s'y attachaient désormais, accentuées par le souvenir des jours heureux. Prévenir mes parents de mon arrivée m'aidait à me sentir dans la peau d'une amie de passage et à garder ainsi mes émotions à distance.

Ma referma derrière moi, interrompant et mes réflexions et le courant d'air frais en provenance de l'extérieur.

« Une tasse de thé ?

– Oh oui, merci. »

Ma voix se répercuta sur les murs du large vestibule, composé d'une galerie à l'étage, assez longue pour que deux fillettes de neuf ans fassent six flips avant d'affilée. Je le savais parce qu'une copine et moi avions tenté l'expérience après un entraînement de wushu. Nous nous étions d'ailleurs fait gronder.

« Quelque chose t'amuse ?

– Je me souvenais des acrobaties dans la galerie.

– Aiya. Tu n'as pas l'intention de réessayer, dis-moi ?

– Pour encourir tes foudres ? Sûrement pas ! »

Ma gloussa et, tandis qu'elle s'éloignait, j'aurais juré l'entendre marmonner :

« Tant mieux. »

La villa ressemblait à un fer à cheval : un bureau et un séjour à gauche, une salle à manger et une autre de réception à droite, une gigantesque cuisine au fond. Un escalier central conduisait à l'étage supérieur, où la galerie distribuait cinq chambres à coucher.

Pendant la crise immobilière des années 1990, en Californie, Ma s'était débrouillée pour que son père achète une propriété de deux mille mètres carrés à vil prix. Sa valeur avait octuplé depuis : on estimait désormais ce bien à plus de trois millions de dollars. Gung-Gung, mon grand-père maternel, devait offrir la maison à ma mère à titre de dot, mais avait oublié de signer d'acte de cession, ce qui faisait que la villa appartenait toujours à la Hongkong International Finance. Comme ma mère défendait les intérêts de la HKIF sur le sol américain, elle conservait l'usufruit de la demeure, seulement je n'avais aucune idée de ce qui se passerait si elle démissionnait. Gung-Gung avait un caractère versatile.

Arrivée dans la cuisine, Ma alluma la bouilloire électrique, puis sortit une boîte en fer-blanc que protégeait une banne tressée.

« Un Jin Xuan, ça ira ? »

J'opinai. Jin Xuan signifiait Lys d'or, et c'était ma variété de thé oolong préférée. Je tirai un tabouret et m'installai au comptoir.

« Comment refuser une décoction qui porte mon nom ?

– Cela n'a rien à voir avec ton nom : tu aimes ce thé parce qu'il a un goût de lait. »

Je souris. Elle n'avait pas tort. Quand Rose et moi étions petites, le Jin Xuan – aussi connu sous le nom d'oolong lacté – était la seule infusion que nous buvions. Je me souvenais que nous grimpions sur les hauts tabourets couleur crème, puis nous nous accoudions sur le plateau horizontal en granit pailleté et regardions Ma servir les boissons. Nous posions nos menottes autour des tasses en céramique fumantes et laissions la vapeur parfumée étuver nos visages. Même maintenant, le Jin Xuan s'apparentait encore à un chaleureux câlin.

« Tu en prends lorsque je ne suis pas là ? demandai-je.

– Pas vraiment. J'en garde parce que je sais que tu aimes ça. »

Je la considérai tandis qu'elle prélevait une cuillérée de brins dans la boîte. Combien de petits égards ma mère avait-elle pour moi sans que je le sache ? Peut-être que mon père avait raison : je croyais déceler des tensions où il n'y en avait pas. Je chassai cette idée inconfortable de mon esprit. Il serait toujours temps d'y songer durant une séance de méditation, plus propice à la réflexion qu'une discussion dans la cuisine de ma mère.

Ma haussa ses sourcils dessinés à la perfection.

« Alors ? Que me vaut l'honneur de ta visite ? »

Elle versa l'eau chaude dans la théière, disposa deux tasses assorties à côté du récipient. Je notai la présence des motifs en forme de tigre sur la céramique. Ma se préparait à un échange intense.

« J'ai besoin de renseignements sur les financements de campagne et les investissements immobiliers », annonçai-je.

Elle eut un rire mêlé d'incrédulité et de soulagement. Nul doute qu'elle s'attendait à un duel mère-fille, et pas à un entretien d'affaires. Je la vis se détendre. Son apaisement soulignait à quel point elle était nerveuse avant de connaître le mobile de ma visite. Une fois encore, je me demandai dans quelle mesure j'étais responsable de nos problèmes relationnels.

« Pourquoi cet intérêt soudain ?

– Daniel a abordé des sujets un peu techniques pendant notre dîner, expliquai-je avec nonchalance. J'aime bien savoir de quoi on me parle. »

Je ne mentais pas, mais je ne disais pas l'exacte vérité non plus. Je devais avouer que j'avais plusieurs fois décroché au cours du repas au République, notamment quand Daniel avait insisté sur les transactions immobilières qu'il effectuait avec son père. Je ne m'étais pas sentie larguée mais le sujet ne me passionnait guère. Si nous avions parlé des magouilles que j'avais découvertes aujourd'hui, la conversation m'aurait sans doute intéressée.

Ma fit pivoter les tasses de manière à ce que les tigres fussent symétriques.

« Cette préoccupation signifie que ta soirée s'est bien déroulée », décréta-t-elle. Sa désinvolture feinte masquait à peine la joie secrète qu'elle éprouvait. « Il y en aura une autre ?

– De soirée ? J'y réfléchis. »

Elle versa le thé avec un sourire.

« Les campagnes électorales en Amérique, ce n'est pas vraiment mon rayon. Je sais que les candidats doivent publier la liste de leurs contributeurs et que les dons sont plafonnés. On peut facilement obtenir plus de précisions, mais je n'ai jamais ressenti le besoin d'approfondir la question. Aucun de nos clients aux États-Unis n'apporte sa contribution aux politiciens d'ici, ou s'ils le font, ils ne passent pas par la HKIF. Quant à nos clients hongkongais… » Elle gloussa. « Un après-midi ne suffirait pas à démonter les rouages compliqués de la politique sur l'île. »

J'acquiesçai. Certains échanges avec Gung-Gung au téléphone me revenaient en mémoire.

« Et les investissements immobiliers ?

– Aiya, ta question est trop générale. Précise-la. »

Je bus une gorgée d'oolong, ignorant par où commencer. Autant débuter par les fondamentaux.

« En combien de temps un commerce prend-il de la valeur ?

– Tu veux parler de l'inflation ou d'un autre phénomène ?

– D'un autre phénomène, une construction. Par exemple une station de métro dans un quartier. Une fois publiée l'annonce officielle, les prix montent à quelle vitesse ? Y a-t-il un délai minimum pour revendre avec une plus-value ? »

Elle pianota le granit pailleté du comptoir avec ses ongles vernis, pensive.

« Ce n'est pas un problème de délai, plutôt un problème de prêt : est-ce qu'une banque est disposée à te suivre sur la base de ce que tu comptes gagner. Pour une ligne de métro qui favoriserait les créations d'entreprises, la valeur prévisionnelle grimperait dès l'annonce.

– Même avant le premier coup de pioche ?

– Évidemment. Les instances gouvernementales ne se lancent pas à l'aveuglette, la procédure est déjà bien avancée quand elles font leur déclaration : plusieurs étapes sont validées, elles disposent des budgets nécessaires. Les annonces antérieures ne concernent que des réunions, des négociations. Toi, tu parles d'un engagement ferme, n'est-ce pas ?

– Je suppose. J'essaye de comprendre comment un spéculateur pourrait tirer un bénéfice rapide de l'opération. »

Ma fronça les sourcils.

« Daniel compte se lancer dans ce type d'investissement ?

– Oh non, enfin je ne crois pas. Il m'expliquait simplement comment des petits malins capitalisaient sur d'importants chantiers urbains. En vérité, je n'ai pas suivi la moitié de ce qu'il racontait.

– Cela ne m'étonne pas, ce sont des domaines complexes. » Elle se pencha vers moi. « Voilà en gros comment ça marche : l'investisseur doit avoir le nez creux et proposer d'acquérir des biens avant qu'on devine leur potentiel. Pour y parvenir, il a besoin d'avancer un certain capital. »

J'opinai. Ma avait déjà évoqué ce point technique plusieurs fois en ma présence.

« C'est ce qu'on appelle un dépôt fiduciaire, non ? L'acheteur bloque certains fonds tandis qu'il procède aux vérifications d'usage ?

– Bravo, Lily. Et, oui, tu as raison, il y a toujours des précautions à prendre dans ce type d'opérations.

– Pour se prémunir par exemple d'un recours inopiné ou d'une malfaçon qui provoquerait un effondrement après la cession.

– Bon, rien d'aussi dramatique, peut-être, mais les clauses sont essentielles. Il y a beaucoup de paramètres à vérifier. En ce qui concerne les locaux commerciaux, les vérifications peuvent durer une semaine, trois ans... Tout dépend de la difficulté des dossiers. »

J'esquissai un sourire. Les pièces du puzzle commençaient à s'emboîter.

« Tant que le dépôt fiduciaire est ouvert, le vendeur s'engage à effectuer la transaction, pas vrai ? »

Approbation de Ma.

« Jusqu'à la date spécifiée sur le formulaire de retrait d'urgence, oui. C'est une mesure de protection qui permet à l'acheteur de se retirer pendant une période donnée. Quand la date expire, soit il se lance et débloque les liquidités, soit il déclare forfait et le vendeur remet son bien sur le marché.

– Noté. Mais considérons que l'acheteur ait besoin d'un délai supplémentaire ? »

Une lueur traversa les yeux noirs de ma mère, je vis un sourire malicieux se peindre sur ses traits.

« Ha ! Dans ce cas-là, il doit libérer le vendeur de ses obligations et prier pour redresser la situation avant la revente. S'il y parvient, tant mieux. S'il n'y parvient pas, non seulement le local convoité lui échappe, mais il peut aussi dire adieu à son acompte. »

Son explication m'amusa. Non pas la procédure en elle-même, mais la jubilation avec laquelle elle la décrivait.

« Le terrain est plutôt glissant, dis-je.

– Pas si l'acheteur est certain de signer. En revanche, s'il a emprunté l'argent du dépôt… » Elle secoua la tête en levant les mains, un peu à l'exemple des chats en plastique de Little Tokyo, munis de bras mobiles. « On est au-delà du glissant. »

Elle parlait gros sous et fonds de garantie avec autant de gourmandise que si nous échangions des potins sur les people de Hongkong. Peut-être qu'à ma prochaine visite j'évoquerais les fonds de pension.

Je poursuivis ma réflexion :

« L'acheteur ne court pas uniquement un risque avec un report de délai, pas vrai ? Mettons que le commanditaire, Metro, par exemple, annule les travaux…

– Une annulation n'est pas toujours un problème. Cela dépend du timing. » Elle laissa encore infuser un peu de thé en me détaillant les subtilités des actifs immobilisés et de la spéculation. « De tels chantiers ouvrent de larges horizons, mais investir de l'argent qu'on a emprunté, c'est comme essayer de se protéger d'un typhon en s'abritant dans une maison de papier. » Elle souffla bruyamment. « L'investisseur peut tout perdre. »

Voilà qui ressemblait à un mobile.

« Pourquoi ces questions ? » s'enquit-elle.

Je ne pus dissimuler mon embarras. Peut-être en avais-je trop dit, mais puisque j'étais lancée il fallait aller jusqu'au bout. Ma attendait une réponse.

« À cause d'un meurtre. » L'étonnement se lut sur son visage. Je précisai : « Comme dans une série policière, tu sais. »

Elle eut un petit rire. Sans doute imaginait-elle que je plaisantais.

« Eh bien, inutile de te dire que ton grand-père et moi déconseillons ce genre de pratique à nos clients.

– Je n'en doute pas. »

Nous échangeâmes un clin d'œil complice. Ma ouvrit alors un paquet de chips artisanaux, qu'elle versa dans un grand bol. Avait-on pénétré dans une autre dimension où maman, d'un goût si raffiné, se gavait de pommes de terre frites et de sel ? Je n'en croyais pas mes yeux.

« Ferme la bouche, Lily, c'est malpoli. » Elle prit une rondelle du bout de ses doigts manucurés et poussa le bol dans ma direction. « Tu en veux ? »

42

Je m'éveillai le lendemain matin allongée sur mon canapé, tandis qu'à la télévision on diffusait un épisode de *Star Trek*. Un jeune William Shatner demandait à Scotty de le téléporter depuis une planète stérile. Son émetteur ressemblait drôlement à l'ancien téléphone sans fil de mon oncle. Je pointai la télécommande sur l'écran et le capitaine Kirk fut dissous aux frontières de l'infini. J'aimais ce pouvoir de désintégration immédiate. La journée commençait bien.

Après une longue douche chaude qui apaisa mes courbatures, je m'habillai sans recherche particulière d'un polo en lycra bariolé, d'un simple pantalon et d'une veste. Quant aux souliers, j'optai pour une paire de bottes noires à semelles plates qui n'étaient pas sans rappeler celles de Tran. Où qu'elle aille, quoi qu'elle projette de faire, une femme ninja devait toujours se tenir prête.

Femme ninja, ou kunoichi. Qui aurait pensé que j'en deviendrais une un jour ?

Je laissai échapper un rire bref. Mes parents avaient de toute évidence pressenti ma vocation.

Je n'arrivais toujours pas à croire qu'ils aient su la vérité, ou plutôt que ma mère l'ait su. Dire que pendant tout ce temps, j'avais été persuadée qu'elle y opposerait son veto.

Comme je me trompais. Non seulement elle avait fermé les yeux sur mes entraînements au parc, mais de surcroît elle avait laissé sa fille d'origine chinoise sous la supervision d'un homme qui enseignait un art martial nippon. Cette simple idée me stupéfiait. À douze ans, je connaissais déjà l'aversion à peine dissimulée de Ma et de ses proches hongkongais pour les Japonais. Ils ne partageaient aucunement la proximité que les Américains leur supposaient. Les Hongkongais n'aimaient pas non plus être assimilés aux Chinois, pour ne pas mentionner les autres populations asiatiques.

Je me préparai un thé puis, assise à mon bureau, plaçai la tasse à une distance raisonnable de mon bloc-notes. *On ne mélange pas les choux et les carottes, maman, ils sont trop différents.* Quelle petite idiote j'étais ! Mais ne continuais-je pas à me comporter de la sorte ? Je compartimentais tout dans mon existence, mes amis ne se connaissaient pas. Ils avaient peut-être entendu parler les uns des autres mais ne se fréquentaient pas. En tout cas pas réellement. *Ça n'accrocherait pas entre eux, maman.* Vraiment ? À présent que Baba était au courant des aspects les plus confidentiels de mon existence, peut-être pourrais-je lui présenter Aleisha et Stan ? Les inviter à manger à Arcadia un samedi soir ?

Bon, mieux valait se laisser le temps de la réflexion.

Je balançai plusieurs mails à la corbeille, m'abstins de consulter les alertes du SMG qui me prévenaient de la tenue de procès ou d'arrestations… J'avais de quoi m'occuper avec Mia Mikkelsen, inutile d'en rajouter. Pour l'instant, il me fallait plus d'informations sur Henrique Vasquez. Ceux qui finançaient sa course à la mairie figuraient en tête de liste des premiers suspects. Je fermai ma boîte aux lettres et lançai le moteur de recherche pour connaître les noms des donateurs.

Plus facile à dire qu'à faire.

Comme le conseiller n'avait pas officiellement déclaré sa candidature, les contributions n'apparaissaient pas encore sur le site de la Commission d'éthique, chargée de contrôler les pratiques des fonctionnaires ou des élus. Cela compliquait la formulation des requêtes.

J'entrai les mots « corruption » et « Henrique Vasquez Metro ».

Une bonne moisson d'articles, de nombreuses vidéos. Le tri fut rude. Je trouvai néanmoins un début de piste, loué soit Hardington, directeur d'une chaîne de petits magasins à prix discount. En quoi cette piste était-elle prometteuse ? Eh bien, Hardington possédait quatre établissements dans le quatorzième district, un dans Huntington Park et deux à Cerritos.

Le site de la ville me confirma qu'Hardington avait déjà soutenu financièrement Vasquez par le passé, soit pour des élections, soit pour divers projets immobiliers. Les sommes engagées justifiaient largement l'embauche de Tran.

Je secouai la tête. Si l'affaire devait aller devant les tribunaux, il me faudrait plus que des magouilles politiques et de vieilles histoires de collusion. La procureure et moi nous connaissions depuis assez longtemps : sans preuves solides, elle ne bougerait pas et je pourrais remballer mes théories fumeuses. Comme je n'avais pas plus le temps que les compétences ou les moyens de vérifier qu'il puisse y avoir des détournements de fonds, je devais m'y prendre autrement.

43

Je dénichai l'espèce de fourgon amélioré qui servait de bureau à Magnum Immobilier de l'autre côté d'un embranchement de chemin de fer. Il s'agissait d'un local de plain-pied muni de fenêtres en PVC et recouvert de peinture ocre. N'importe quel agent employé par une boîte aussi minable devait être aux abois. Il serait peu regardant sur la véracité de mon histoire et ne me demanderait pas de pièces justificatives.

Un carillon tinta lorsque j'ouvris la porte. L'homme assis à sa table de travail, un type manifestement influencé par les années 1980 et le groupe Wham, leva les yeux du burrito qu'il était en train de manger. Il s'essuya la bouche d'un revers de main poilue et se leva pour me saluer.

« Bienvenue dans les agences Magnum Immobilier. » Il employait le pluriel comme s'il y avait plusieurs bureaux. « Je me présente, Ed Baker. En quoi puis-je vous aider ? »

On voyait comme le nez au milieu de la figure qu'il se trouvait dans une situation désespérée, cela expliquait sans doute les auréoles de transpiration sur sa chemise bleu pervenche. Quelqu'un aurait dû lui conseiller de s'en tenir aux couleurs sombres. Je baissai les yeux sur la main qu'il me tendait, considérai le burrito, puis à nouveau la main.

« Je déjeunais », précisa-t-il pour toute explication. Il replia le papier aluminium sur son burrito et le déposa au bord de la table. « Vous savez ce que c'est quand on est débordé, on mange comme on peut. » Il se frotta les paumes sur son pantalon rose et tendit derechef la main.

J'acceptai son salut, un sourire figé aux lèvres pour cacher mon écœurement.

« Trisha Stevens, enchantée de vous rencontrer, monsieur Baker. »

J'avais déjà utilisé ce pseudonyme lorsque j'avais rendu visite à Freddy.

« Trisha Stevens », répéta-t-il en me broyant les phalanges.

Les hommes se sentaient-ils si vulnérables qu'il leur faille montrer les muscles à toutes les femmes qu'ils croisaient ? Pensaient-ils nous impressionner ? J'avais un scoop pour eux : leurs démonstrations de force n'éblouissaient personne. Deux secondes plus tard il me lâcha, sans savoir qu'il avait manqué de finir aux urgences.

« Prenez place, sourit-il, je vous en prie. »

Je m'installai sur une chaise bordeaux identique à la sienne. La teinte jurait avec la veste coupe-vent qu'il avait suspendue au dossier. Je posai mon séant très en avant, de manière à toucher le moins de surface possible.

Baker, pour sa part, s'étalait. Son échine appuyait si lourdement sur le siège que les charnières protestaient.

« Vous cherchez à acheter ou vous désirez vendre ? »

Il entrecroisa ses doigts boudinés sur sa panse. Vraisemblablement, il estimait qu'après m'avoir prouvé son dynamisme et sa virilité, il pouvait se détendre un maximum. On aurait juré qu'il n'avait pas besoin de clients supplémentaires pour boucler ses fins de mois.

Je lui adressai un nouveau sourire forcé.

« Acheter. Je représente une multinationale hongkongaise et je souhaiterais procéder à quelques acquisitions foncières à Huntington Park. Des commerces bon marché appelés à se développer, des investissements rentables, vous saisissez ? »

Il écarquilla les yeux.

« Vous avez frappé à la bonne porte !

– C'est ce que je me disais.

– Vous avez des préférences ? Boutiques, stations de lavage, biens résidentiels ?

– Je pensais que vous pourriez me donner un petit aperçu de ce que vous avez au catalogue.

– Les dernières propositions ? Attendez une minute. »

Il pianota sur son clavier d'ordinateur et tourna l'écran vers moi. Celui-ci affichait une carte de la ville parsemée de petites icônes rouges à l'effigie du dollar. Chacune d'elles indiquait les premiers chiffres d'une estimation pour laquelle on obtiendrait, selon toute vraisemblance, davantage de renseignements en cliquant dessus.

Huntington Park avait une drôle de forme qui me rappelait celle d'un train à vapeur ; du côté gauche la locomotive, et à l'avant le chasse-buffles. Freddy Weintraub affirmait que la ligne Copper passerait en dessous de Santa Fe Avenue, l'une des cinq artères principales de la ville. Je pensais évidemment trouver plus de propositions dans ce quartier-là, mais je me trompais. La plupart des icônes rouges se situaient le long de Pacific Boulevard, huit rues plus à l'est.

Je fis pivoter l'écran pour que nous puissions tous les deux voir le plan. J'indiquai Pacific Boulevard.

« Elle a quoi de spécial, cette rue ? »

Baker tendit le cou.

« C'est une zone commerciale importante, toutes les grandes enseignes y sont installées. Vous l'ignoriez ? L'affluence a peut-être été une conséquence du tunnel de métro qui devait passer dans le coin. L'histoire avait fait tout un foin.

– Tout un foin, vraiment ? »

L'agent eut un geste vague, l'œil posé sur son déjeuner entamé.

« Oh, ça n'a pas duré bien longtemps, mais certains investisseurs se sont emballés, persuadés qu'on allait bâtir une station de métro. Et puis la compagnie a changé son fusil d'épaule. Tant que ce n'est pas officiel, les déclarations ne valent rien. Qui sait où ils vont construire leur fichue ligne maintenant, et surtout quand ? Même pas sûr que le projet voie le jour. C'est difficile d'avoir de la visibilité avec les budgets et les aides du gouvernement. »

J'approuvai d'un signe de tête. Mon petit doigt me disait que Baker aurait dû se montrer plus attentif.

L'agent désigna l'écran.

« Plusieurs magasins veulent plier bagage, je peux vous obtenir des bons prix si ça intéresse votre boîte. »

J'examinai le maillage urbain. Santa Fe Avenue descendait au sud depuis Union Station. Des rames circulaient déjà à Watts, un kilomètre à l'ouest. La ligne Copper aurait été plus utile en respectant le tracé originel, celui de Pacific. Je me penchai vers Baker :

« Vous avez un plan plus détaillé des biens mis en vente ?

– Dans le secteur d'Huntington ? » L'agent s'était dressé comme un cabot à l'heure de la promenade. « Rien de plus facile. » Il entra quelques instructions et une nouvelle carte apparut.

J'indiquai trois icônes sur Santa Fe Avenue, des commerces moins chers que ceux de Pacific. Chacun d'eux se situait à une grande intersection : le premier à Slauson, le deuxième à Gage et le dernier à Florence. Je pouvais presque entendre le conducteur de rame annoncer : *Slauson Street, Huntington Park. Prochain arrêt : Gage.*

« Vous pouvez me donner plus de détails sur ces trois-là ? »

Baker cliqua sur Slauson et fronça les sourcils.

« Désolé, ça a été retiré de la vente. Essayons Gage. » Il cliqua sur l'icône suivante. « Bizarre. Voyons voir. » Un clic sur Florence. « Bon sang, mon ordinateur doit planter. Les trois locaux ont disparu du marché en deux jours. »

Je dressai l'oreille.

« Une fiducie ?

– Possible.

– Il y a un moyen d'en avoir la confirmation ?

– Seulement si notre agence réalise la transaction. Et même dans ce cas-là, ce ne serait pas très professionnel de ma part de divulguer cette information.

– Je m'en doute. Je me disais juste que si les propriétaires changeaient d'avis ou que le contrat était annulé, un bon agent immobilier saurait tirer profit de la situation. »

J'attendis qu'il morde à l'hameçon. Comme il ne réagissait pas, je lui adressai un clin d'œil complice. Il finit par comprendre le sous-entendu.

« Oh, je peux toujours contacter les propriétaires pour leur demander si les locaux sont encore disponibles. »

Je pointai l'index sur lui, comme s'il était le type le plus futé du monde. Pendant qu'il passait ses coups de fil, je cogitai sur la répartition des icônes.

Et si le mystérieux employeur de Tran n'essayait pas

d'influencer les décisions du comité en faveur des nouveaux aménagements ? Mettons qu'il veuille que le tunnel passe par Santa Fe, où les commerces demeuraient meilleur marché… Freddy affirmait que la ligne Copper traverserait cinquante kilomètres de zone urbaine. Il y aurait des dizaines de biens dont on pourrait retarder la vente le long de ce trajet, des dizaines de biens dont la valeur monterait en flèche après l'annonce.

« Slauson et Florence sont en fiducie, annonça Baker. Le propriétaire de Gage ne parlait pas anglais, il est coréen. Enfin, disons qu'il ne parlait *plus* anglais lorsque je lui ai demandé s'il comptait toujours vendre.

– Coréen ? »

Les deux fanfarons que Tran avait tués dans le parking me revenaient en mémoire.

Baker haussa les épaules.

« C'est ce que j'ai cru comprendre. » Pour éviter de froisser ma susceptibilité, il s'empressa d'ajouter : « Il n'était pas chinois en tout cas. Je connais la différence. »

Mon nez se plissa quand je m'obligeai de nouveau à sourire.

« J'en suis sûre. Et les deux autres, ils discutaient sans problème ?

– Ils semblaient intéressés quand j'ai raconté que j'avais un acheteur potentiel. Aucun d'eux n'avait confiance dans l'avocat fiscaliste qui proposait de prendre leurs biens en dépôt. Il les avait contactés en passant par leurs courtiers. Une espèce de vautour…

– Attendez une seconde : le même fiscaliste pour les deux propriétaires ?

– Mmh. Ce salaud n'y est pas allé par quatre chemins, il

leur a fait miroiter une offre alléchante pour court-circuiter les courtiers.

– Donc ce serait le même acheteur pour les deux magasins ? »

Il soupira, façon de dire que j'étais à côté de la plaque.

« Pas forcément. Un mandataire travaille souvent pour plusieurs personnes.

– Mais pourquoi les vendeurs ont-ils évoqué ces négociations ? Ils auraient pu craindre que vous fassiez capoter l'affaire. »

Baker grogna :

« J'ai l'impression qu'ils s'inquiétaient plutôt du contraire. Ils voulaient tous les deux savoir ce que je pensais de ce type. Je n'en avais jamais entendu parler, et pourtant je connais tous les gars qui bossent dans le secteur, d'Huntington à South Gate. » Il frappa son bureau du plat de la main pour appuyer son propos, puis fit un geste du menton vers l'ordinateur. « Vous voulez continuer ?

– Pas dans l'immédiat, merci. » Je me levai. « La conjoncture me semble hasardeuse. Mais je reviendrai vers vous si je me décide. »

Il engloba la petite pièce d'un large mouvement des bras.

« Magnum Immobilier. » Puis fit jouer ses biceps. « Les cracks des bonnes affaires. »

J'accompagnai mon sourire d'un pouce dressé, afin de montrer combien j'étais réceptive à ses arguments. Il désigna alors une pile de cartes de visite.

« Appelez-moi quand vous voudrez. »

Et sans attendre il déplia la feuille de papier aluminium pour terminer son burrito. À présent que ses espoirs d'avoir une cliente sérieuse s'évanouissaient, il préférait que je débarrasse le plancher au plus vite pour qu'il puisse manger en paix. Comment lui en vouloir ? Moi aussi, j'avais envie de débarrasser le plancher. Je piochai une carte.

« Au fait, quel est le nom de cet avocat fiscaliste ? Je préférerais me tenir loin de lui. »

Il cessa de mâcher un instant.

« Bonne idée. Un vautour, vraiment. Il s'appelle Dmitry Romanko. »

44

Dmitry Romanko.

Si je m'attendais… Bien sûr, maintenant que je repensais au journal que j'avais vu dans la chambre de Kateryna, qui comportait un article sur Mia, le lien me sautait aux yeux. Dmitry avait évidemment des intérêts à défendre dans le procès de Tran, mais je l'ignorais à ce moment-là ; raison pour laquelle j'avais cru à un signe du destin quand le SMG m'avait prévenue de l'audience préliminaire. Il ne m'avait jamais traversé l'esprit que Romanko puisse être impliqué dans l'agression de Mia.

Ce qui me rappelait qu'il était temps de prendre des nouvelles de la jeune femme.

Moi : *Comment ça va ?*

Mia : *Ça ne va nulle part. Je n'ai pas bougé du divan.*

J'étouffai un rire et envoyai à Mia un émoji pour signifier que la plaisanterie m'amusait.

Après avoir rangé mon téléphone, je m'interrogeai sur l'opportunité d'aller manger mexicain au restaurant d'en face, un établissement baptisé Paco's Tacos, où Baker, l'agent immobilier, allait sans doute acheter ses fascinants burritos. Je n'avais rien eu à me mettre sous la dent depuis le pain cantonais que j'avais chipé dans le cuit-vapeur de

Baba, une heure auparavant. Mes méninges avaient besoin de carburant.

L'endroit s'avéra plutôt chaleureux : des tables en plastique orange, des chaises jaune vif et turquoise, ainsi que l'inévitable ex-voto de la Vierge à l'Enfant. La cuisine semblait exiguë mais bien rangée. Le responsable, un homme de petite taille, portait un tablier blanc propre et une cravate jaune que Baba aurait approuvés.

« *Hola, señorita*, que désirez-vous ? »

Paco – du moins supposai-je que j'avais affaire à lui – continua à couper ses légumes tandis que j'examinais le menu. Mon estomac grondait. Tous les plats semblaient délicieux. Je me décidai finalement pour un steak, un sirop d'orgeat et un tamal dont je raffolais. Je m'installai près de la fenêtre pour réfléchir à mon aise.

Quel rôle l'époux de Katerina jouait-il dans le mystère entourant Mia Mikkelsen ?

Quelqu'un avait embauché Tran pour menacer les membres du comité technique. En intriguant pour acquérir de la pierre le long de Santa Fe Boulevard, Romanko travaillait-il pour le même employeur ? Était-ce Vasquez ou bien un autre ponte, qui finançait par la même occasion la campagne du conseiller ? Dernière option : Vasquez se rangeait parmi les victimes, au même titre que Freddy Weintraub et Evelyn Young, maire de Cerritos.

Je m'emparai de mon téléphone afin de procéder à une recherche supplémentaire. J'avais sommairement enquêté sur les drames qui auraient pu frapper des proches de Vasquez, mais n'avais pas poussé mes investigations très loin car les propos échangés avec Tran dans la cage d'escalier m'avaient induite en erreur. La colère dont il avait fait preuve évoquait davantage à mes yeux les mauvaises manières d'un politicard véreux que les emportements d'un père de famille vulnérable. En vérifiant plus attentivement, je découvris alors l'existence d'un meurtre.

Magdalena Chavira, quarante ans, professeure des écoles, avait pris sa voiture pour se rendre à Downey, où elle comptait acheter une vieille table basse, et n'était jamais revenue de son expédition. Un cycliste avait trouvé son corps deux jours plus tard au fond d'une impasse. Le fait-diversier parlait d'une « petite annonce fatale ». En fin d'article, noyée dans un paragraphe que personne ne lirait, figurait une mention : Magdalena Chavira avait été l'ancienne petite amie de Vasquez à la fac.

Je m'adossai à ma chaise. Cette histoire n'avait donc rien à voir avec une magouille politique pour lancer une future carrière de gouverneur latino-américain, voire de président. C'était une combine immobilière.

Je repensai à la façon dont Vasquez s'était énervé : *Des types de votre acabit, j'en ai dix à la douzaine et ils ne feraient qu'une bouchée de vous*. J'avais présumé qu'il menaçait Tran de le remplacer par quelqu'un de plus compétent, mais à ce qu'il semblait, il envisageait plutôt de le faire éliminer. *Ne revenez jamais, compris ? Je ne joue pas à ce petit jeu et je ne veux plus vous voir*.

Ma théorie tenait la route. Henrique Vasquez avait une femme et trois enfants, Evelyn Young un mari et une fille, Freddy Weintraub une épouse et un bébé. Tous les trois occupaient des postes-clefs à la TAC, tous les trois avaient vécu un drame intime – dans le cas de Freddy, disons un quasi-drame – suffisamment clair pour transmettre un message, mais trop vague pour que les autorités établissent un rapprochement. Je m'ébrouai. Vasquez ne se disputait pas avec Tran à cause d'une négligence professionnelle, mais parce qu'il avait menacé sa famille.

Paco interrompit mes réflexions en déposant sur la table un merveilleux steak, un tamal et des tortillas en bonus, emballées dans du papier sulfurisé, le tout accompagné d'un délicieux orgeat dans un verre doré.

« Autre chose ?

– Non merci, ça ira.

– D'accord. Je suis à la cuisine si vous voulez un dessert. Je prépare des churros. »

Je pouffai de rire. Tous les bons cuisiniers avaient la même devise : aimer nourrir les gens qui aimaient manger. J'avalai un bout de steak avec un soupir de contentement. Peut-être que Paco accepterait de m'adopter.

La porte d'entrée s'ouvrit sur deux types et Paco se dépêcha d'aller les accueillir. Il s'essuya les mains sur son tablier, les invita d'un geste à consulter la carte.

« Que puis-je vous préparer, mes amis ? »

Je le laissai à sa clientèle et attaquai mon tamal. Le maïs flattait tellement mon palais que je faillis ne pas entendre la commande des nouveaux venus.

« Une douzaine de tacos et l'argent du tiroir-caisse. *Comprendes*, papi ? »

L'homme avait donné ces ordres l'air de rien, sans tapage, comme s'il ne doutait pas qu'on lui obéirait docilement. Considérant le ton déférent sur lequel Paco répondit, j'imaginai qu'il allait être exaucé.

Je fis semblant de continuer à manger tandis qu'à travers le reflet de la vitre je cherchais à voir ce qui se passait dans mon dos et sur ma droite. Deux types, effectivement : un

Noir et un Latino, pas beaucoup plus grands que Paco, disons entre un mètre soixante et un mètre soixante-dix. Tous deux paraissaient avoir moins de trente ans et tenir la forme. Ils portaient des pantalons taille basse, des maillots de corps et des chemises à carreaux ouvertes. Glabres tous les deux, également bruns, la coupe en brosse. Je connaissais assez bien les spécimens, mais séparés l'un de l'autre ou habillés autrement ils auraient pu passer inaperçus. Pire, on aurait pu les croire inoffensifs.

L'un d'eux pourtant était armé.

Le Latino, à droite, inclina son flingue vers Paco.

« Tu en veux une dans la tête ? Magne-toi de donner le fric.

– Et les tacos, ajouta son camarade. N'oublie pas les tacos, mon pote, j'ai la dalle.

– Ouais, file-nous aussi des churros. »

Il baissa son pistolet avant de s'accouder au comptoir. L'autre ne semblait pas armé. Ils ne faisaient pas attention à moi et, de mon côté, je me demandais comment réagir. Première option : je ne m'en mêlais pas. Les types mettaient les voiles et Paco perdait la recette de la journée. Seconde option : j'intervenais, la situation tournait à l'aigre et Paco risquait d'y passer. Cela dit, il pouvait également mécontenter ses agresseurs par un geste volontaire ou accidentel, et on reviendrait au même point. On pouvait même envisager que le type avec le flingue presse la détente un peu trop fort et tue Paco sans le vouloir. Il y avait trop de possibilités, la plupart mortelles.

Ils étaient deux, j'étais seule. Ils avaient une arme, il m'en fallait une.

Je trouvai mon bonheur dans le coin près de la porte.

Les genoux pliés, la tête toujours au même niveau, j'ôtai

mes fesses de la chaise. Les braqueurs me tournaient le dos et se souciaient de moi comme de l'an quarante. Une fois encore, je tirais avantage de ma petite taille et de ma féminité. Il fallait juste que ma chance se prolonge pendant que j'effectuais six pas discrets vers la porte.

Parvenue à destination je me baissai pour m'emparer du balai. Si les voleurs se retournaient maintenant, il ne me resterait qu'à nettoyer le parquet. De deux choses l'une : ou ils me prendraient pour la femme de ménage, ou ils passeraient à l'offensive. Heureusement pour moi, ils étaient beaucoup trop occupés à martyriser Paco.

Je m'approchai d'eux en tapinois, munie du long manche, et adoptai une posture *gedan no kamae*. Dans cette position de combat – le poids sur la jambe d'appui, la brosse dirigée vers les malfaiteurs et le manche en arrière, loin du corps –, je savais que je pouvais les frapper l'un après l'autre à une distance raisonnable.

Lorsque celui de droite brandit de nouveau son pistolet, je sus qu'il était temps d'agir.

« Dépêche-toi, gronda-t-il à l'intention de Paco, on n'a pas toute la journée. »

Je le pris au mot. Plongeant en avant, je ramenai le manche au-dessus de la cuisse et percutai son poignet. Le flingue valdingua au bout de la salle sans provoquer la moindre détonation. Son propriétaire poussa un gémissement, empoignant son avant-bras meurtri. J'en profitai pour toucher son complice au visage.

Deux coups en deux secondes.

Restait à finir le travail.

Le premier se lançait déjà à l'attaque. J'effectuai un mouvement tournant autour du manche, logeai le bois rigide sous son aisselle et, usant d'une technique de projection *ganseki nage*, l'envoyai trébucher contre son comparse. Si j'avais joué ce vilain tour à mon maître, il aurait repris sa stabilité sans effort. Mais ces zigotos ne possédaient pas le même sens de l'équilibre. Ils s'écroulèrent l'un sur l'autre dans la plus parfaite confusion.

J'enfonçai la pointe du manche dans le dos de celui du dessus, les clouant à terre tous les deux. Paco fit le tour du comptoir, se répandant en un torrent de jurons espagnols ; du moins le supposai-je car il parlait tellement vite que je ne comprenais rien. Je reconnus finalement le mot *policía*.

« Vous les avez appelés ? dis-je en appuyant un peu plus fort sur le manche.

– *Sí*, évidemment. Dès que vous avez botté le *trasero* du premier. »

Dans son affolement il mélangeait les langues, cependant le sous-entendu était clair : je devais mettre les voiles.

« Vous avez une corde, un filin, quelque chose pour les attacher ?

– *Sí*, des colliers de serrage.

– Formidable, allez les chercher. »

Les braqueurs commencèrent à se débattre, je fus donc contrainte de les frapper durement à la tête, à la suite de quoi Paco et moi leur liâmes les poignets et les chevilles. Ils reposaient à présent tous les deux à plat ventre, prêts à être embarqués par les flics.

« Bon, je dois filer, Paco. Ils ne devraient plus vous ennuyer, mais s'ils font quand même du grabuge, n'hésitez pas à utiliser la poêle à frire.

– Ne l'écoute pas, beugla l'un des prisonniers. On reviendra te faire ta fête.

– Vraiment ? » grinçai-je en pressant mon genou sur la colonne vertébrale du protestataire. Je lui tirai la tête en arrière. « Regarde bien à quoi je ressemble, parce que si je te revois, je ne donne pas cher de ta peau. » Je fis glisser mon genou jusqu'aux reins. « *Comprendes ?* »

Sans attendre de réponse, j'envoyai son front cogner contre le plancher. Il avait saisi le message, mais par prudence je lui chipai son portefeuille, vérifiai le permis de conduire, que je laissai tomber sous son nez.

« Un voisin, hein ? Ne m'oblige pas à te rendre visite. »

Enfin je me redressai, m'ébrouant comme un chien mouillé pour me calmer les nerfs. Les gens honnêtes comme Paco, qui vouaient leur existence au bien-être gustatif de leurs contemporains, incarnaient l'âme de ma ville. Hors de question que deux idiots lui piquent la caisse et le menacent.

Je me tournai vers lui.

« Ça va aller ? »

Il acquiesça avant de disparaître dans la cuisine. Je ramassai mon sac à dos, piochai un dernier morceau de viande dans mon assiette. Je n'aurais pas le temps de finir mon repas : un gaspillage que je détestais, mais je préférais éviter de m'expliquer devant les policiers.

Paco me tapota l'épaule au moment où j'ouvrais la porte pour m'éclipser.

« *Señorita.* » Il me tendit un sac en papier rempli de nourriture emballée. « Ma porte sera toujours ouverte pour vous. Tamales à volonté, ou tout ce que vous voulez. »

J'acceptai son présent. Le sac contre ma poitrine dégageait autant de chaleur que son cœur.

« *Muchas gracias.* »

Il me suivit à l'extérieur.

« Comment vous appelez-vous ?

– Gourmandise pour les amis. »

Le sobriquet l'amusa.

« Un beau nom. *Hasta luego*, Gourmandise. J'espère vous recroiser un jour.

– Comptez sur moi. Ah oui, tant que j'y pense, Paco : les types qu'on vient de neutraliser n'iront jamais raconter qu'une fille leur a mis une trempe. Dites simplement aux flics qu'un bon Samaritain est passé par là.

– C'est clair. »

Il m'adressa un clin d'œil et retourna dans son restaurant pour surveiller les malfaiteurs réduits à l'impuissance.

La police arriva cinq minutes plus tard. Je vis leur voiture foncer tandis que, adossée à la palissade d'un terrain vague, je terminais mon troisième tamal. Mon nouvel ami avait un don pour la cuisine. Quand je lui disais qu'il pouvait compter sur moi, je ne plaisantais pas. Nous nous reverrions bientôt.

Mais pour l'instant j'avais d'autres chats à fouetter : une nouvelle pièce venait d'apparaître dans le puzzle que j'essayais de résoudre : Dmitry Romanko. Et qui disait Romanko disait mafia ukrainienne de Los Angeles. Je fermai mon sac de nourriture. Cette perspective me coupait l'appétit. Non seulement Romanko bossait pour la mafia, mais je savais qu'on l'avait fait venir en Californie pour qu'il y étudie le droit. À quelle université avait-il postulé ? Celle de Cerritos.

Je commençais à détester cette banlieue de Los Angeles.

La ligne Copper, Evelyn Young, Dmitry Romanko : tout menait à Cerritos. Si je ne me trompais pas, Romanko avait son cabinet à la limite du comté. Seul Tran ne cadrait pas avec le tableau.

Pourquoi les Ukrainiens engageraient-ils un étranger, avec tous les hommes de main dont ils disposaient ?

Je repensai à la brute vêtue d'une chemise disco, qui m'avait frappée avec une corde nouée. Il n'avait pas la stature pour mettre la pression à des fonctionnaires ou à des élus haut placés. Mais était-ce le cas du reste des troupes ?

Je balançai le sac dans une poubelle et enfourchai mon vélo. *Allons vérifier.*

45

Le cabinet de Romanko se situait à une vingtaine de kilomètres et m'obligeait à traverser à vélo des quartiers très moches aux noms paradoxalement très poétiques – Fruitland pour les Terres fruitières, Maywood pour le Bois des aubépines, et le Mild River San Gabriel Trail pour le Chemin de randonnée de la rivière douce. L'appellation de « chemin de randonnée » se révélant particulièrement trompeuse.

Je l'avais entièrement parcouru quelques années auparavant : trente-cinq kilomètres de broussailles et de forêt touffue, des montagnes jusqu'à l'océan. Toutefois la portion que j'empruntai aujourd'hui longeait la partie nord de Cerritos sur cinq kilomètres, et consistait principalement en un aqueduc de béton, beaucoup de poussière, des pylônes électriques et une piste cyclable en asphalte. Mais je n'avais encore rien vu. Dès que j'eus quitté le chemin, je me trouvai successivement sur les territoires des gangs asiatiques, philippins et mexicains, sans parler de quelques rues qui appartenaient à une organisation criminelle transnationale. Cerritos formait un U majuscule, et ce fut un miracle de passer d'un jambage à l'autre sans me retrouver au cœur d'une fusillade.

Il fallait tout de même préciser que le comté ne se composait pas entièrement de coupe-gorge. Cerritos jouissait aussi d'une certaine réputation dans l'art, les manufactures et le marché cosmétique. Des maisons paisibles, des écoles et des commerces légaux se côtoyaient malgré la violence et le crime. Des gens élevaient leurs enfants et menaient une existence honnête dans un métissage de bon aloi, typique de Los Angeles.

Dans la Cité des Anges, on ne pouvait pas parler de melting-pot, mais plutôt de dispersion d'individus amenés à se fréquenter. La proximité se révélait parfois explosive, d'autres fois cocasse, mais les habitants abordaient cette contrainte avec fierté, comme si elle constituait le socle de leur identité collective. Ils ne formaient pas une communauté exotique, plutôt une mosaïque. Dès que l'on reculait, le dessin se matérialisait et l'on saisissait la cohésion de l'ensemble. Vu de près, en revanche, cela ne ressemblait qu'à une myriade de points isolés. Une petite fraction de cette myriade représentait la mafia locale, et l'un de ces points Dmitry Romanko.

L'adresse de son cabinet me mena au cœur d'une zone industrielle composée d'entrepôts grisâtres à l'usage indéterminé, érigés autour d'une grande aire de stationnement commune. Son bureau se situait dans l'un des bâtiments du fond, équipé d'un parking autonome et d'un quai de transbordement.

On pouvait s'interroger sur l'utilité d'un quai de transbordement pour un avocat fiscaliste, mais pas sur le parti que l'organisation criminelle à laquelle il appartenait pouvait en tirer.

J'attachai mon vélo devant les locaux d'une entreprise voisine, spécialisée dans les installations sanitaires. Après avoir glissé mon téléphone dans ma poche, je fixai mon karambit à la ceinture. Romanko ne m'avait jamais vue, je pouvais donc jouer à la fille égarée, en quête d'un plombier. Par contre je devrais me comporter en ninja et improviser si l'excuse ne prenait pas.

Blanc et sobre, le hall ne correspondait pas à ce que j'attendais d'un cabinet juridique. L'entrée mesurait une quarantaine de mètres carrés et se terminait par une porte en acier renforcé nantie d'une lucarne, toutes deux fermées. Les dimensions du bâtiment excédaient de beaucoup la modeste superficie de l'accueil, ce qui me laissait à penser que l'essentiel se situait derrière cette porte. J'apercevais par une baie vitrée le bureau assez cossu de l'avocat, et c'était sans doute la seule chose que l'on désirât montrer aux visiteurs.

Le mobilier du bureau ne cadrait pas avec la blancheur stérile du hall, mais correspondait plutôt à celui d'un club sélect : gros fauteuils en cuir, canapé à accoudoirs chromés, épais tapis, parquet ciré. La vaste table de travail formait un L géant. On avait disposé plusieurs armoires et une table basse en bois de rose dans le coin détente. Quelques accessoires en cuivre ou en céramique agrémentaient l'ensemble. On aurait cru contempler un modèle d'exposition. Peut-être ne fallait-il pas chercher ailleurs la raison d'être d'un tel décor.

Pas âme qui vive. Je décidai d'approfondir mon inspection.

Je commençai par le bureau, adoptant un déplacement *shinobi-ashi*, marche élémentaire des ninjas, assez discret pour me permettre d'entendre d'éventuels bruits suspects derrière la porte métallique ou en provenance de l'entrée. Poser d'abord le petit orteil, puis transmettre le poids au gros. Le plus léger grincement ne m'échapperait pas, j'étais à l'affût.

L'attention que je portais à mes mouvements, à ma respiration, éveillait tous mes sens. Je notais des détails qu'en temps normal je n'aurais pas remarqués, par exemple la licence professionnelle et le diplôme accrochés sur la gauche, parfaitement alignés avec une photo de Romanko en toge de l'université de Cerritos. Un second cliché le montrait en costume cravate, sa tenue professionnelle. Des paysages boisés ou marins ornaient les autres murs dans une harmonie parfaite. L'unique discordance provenait d'un calepin jaune canari oublié sur le bureau. Je décidai naturellement d'y jeter un coup d'œil.

La première page contenait des adresses, des numéros de téléphone, de brèves descriptions de biens immobiliers dans différents quartiers. Il avait coché les cinq premières lignes : des offres que l'on trouvait aux alentours de Bellflower et d'Artesia. Les coordonnées suivantes, une douzaine, comportaient toutes un point d'interrogation. Il s'agissait de foncier à South Gate et à Paramount, deux quartiers entre Huntington Park et Cerritos, que la ligne Copper devait traverser. Aucune des adresses ne correspondait à celles que j'avais vues chez Magnum Immobilier.

Je demeurais attentive aux bruits extérieurs. Une portière claqua sur le parking, un moteur ronronna. Rien ne bougeait derrière la porte en acier.

Admettons qu'Ed Baker ait vu juste, me dis-je, et que Romanko convoite les deux commerces d'Huntington Park : l'avocat détenait forcément des documents officiels, des contrats. Je les dénichai avec bien d'autres papiers, sous l'intitulé *Ligne Copper*, entre deux intercalaires métalliques dans une armoire de classement. La section consacrée aux aménagements du métro comportait une vingtaine de chemises, chacune d'elles se rattachait à une SARL différente et six rabats portaient la mention *Abandon d'offre conditionnelle*, une renonciation aux mesures de protection pour accélérer la transaction.

Ma m'avait dit que les dépôts fiduciaires engageaient le vendeur, mais comportaient des risques pour l'acheteur s'il ne parvenait pas à conclure dans les temps. Les sommes que j'avais sous les yeux se chiffraient à plus de deux millions.

Je laissai échapper un petit sifflement. Un tel montant pouvait facilement pousser une organisation criminelle à commettre l'irréparable.

Au moment où je cueillais mon téléphone pour prendre quelques photos, l'écho de voix étouffées interrompit mon geste. Des pas résonnèrent, une porte se ferma.

Je rabattis le tiroir de l'armoire, considérant les possibilités qui s'offraient à moi. Je pouvais m'en tenir au plan de départ : me poster dans l'entrée et jouer à la nana perdue qui cherchait des renseignements. Maintenant que j'avais découvert les dossiers, cette stratégie m'apparaissait assez périlleuse. Si Romanko procédait à des investissements pour la mafia, ils verraient d'un très mauvais œil une visite inattendue. Et puis le type qui m'avait attachée à un échafaudage pouvait très bien avoir pris quelques clichés de moi pendant que j'étais dans les vapes. Il les aurait montrés à Romanko, qui à son tour les aurait communiqués à ses employeurs. Les esclaves sexuelles d'origine asiatique avaient-elles la cote en Ukraine ? Évitons les risques inutiles.

Je contournai le bureau en vitesse, me glissai sous le plan horizontal, à l'endroit où Romanko avait installé son ordinateur. Les genoux sous le menton, je priai pour qu'il n'ait pas l'idée farfelue de faire le ménage dans ses mails.

J'écoutai les voix, les bruits de pas afin de me faire une idée plus précise de la situation. L'un des hommes avait le timbre rauque d'un fumeur invétéré, un fort accent ukrainien. Il parlait d'une voiture ou d'une toiture, je ne saisissais pas exactement. Son interlocuteur demeurait silencieux, sauf pour approuver d'un bref grognement. À l'oreille, je distinguais trois sortes de souliers tandis qu'ils déambulaient sur le carrelage du hall : de lourdes bottes, des chaussures à talonnettes et des mocassins à semelles rembourrées.

Celui qui portait les bottes marchait d'un pas si lourd que je sentais les vibrations jusque sous mon postérieur. Il fit halte près de la porte. L'homme aux mocassins se dirigea vers ma cachette d'une démarche souple. Le bureau bougea légèrement lorsqu'il s'appuya dessus.

Le dernier, chaussé de talonnettes, se déplaçait avec nonchalance. Son pas lent claquait sur le plancher. Je l'imaginai en train d'examiner le diplôme ou la licence, à moins qu'il n'admire un cheval en bronze posé sur une étagère. Le claquement se mua en chocs étouffés quand il passa sur l'épais tapis pour s'installer sur le cuir moelleux du canapé. Les coussins émirent un chuintement quand il remua pour trouver une position confortable. La voix rauque reprit : « Pose l'emballage sur la table basse, Kostya. Je veux que Dmitry voie ce que je lui apporte.

– Oui, monsieur Zherdev. » Cette voix-là, celle du dénommé Kostya, provenait de l'entrée, où s'était posté l'homme aux bottes. J'entendis un raclement, comme s'il manipulait quelque chose d'encombrant, suivi d'un pas lourd et de l'impact d'un objet posé avec fermeté sur le plateau horizontal. Kostya retourna ensuite vers l'entrée.

Je supposais que le troisième larron était Romanko.

Je percevais le mouvement nerveux de l'un des mocassins cognant contre une section du bureau. Si je m'étais cachée à cet endroit-là, la légère trépidation m'aurait sans doute empêchée d'entendre le changement dans l'intonation de Zherdev. Comme j'avais trouvé refuge sur le côté du meuble, je distinguai sans peine la menace qui émanait du personnage :

« Je pense que tu vas aimer. Mais ne regarde pas maintenant. Il faut d'abord qu'on discute. On a plusieurs sujets à aborder, par exemple le petit problème que tu sais. Est-ce que tu l'as résolu ? »

Le mocassin cessa de s'agiter.

« Oui. J'ai engagé quelqu'un de très efficace. Très discret aussi. Il est de l'extérieur, alors on ne remontera pas jusqu'à l'organisation. » Romanko, ainsi que je le pensais. « L'itinéraire de Santa Fe sera confirmé la semaine prochaine, pas d'inquiétude. Les valeurs vont monter, bénéfice garanti. »

Zherdev grogna sans qu'on sache s'il approuvait ou exprimait son scepticisme.

« Tu as réparti les investissements ?

– Oui, chaque dossier est rattaché à une SARL différente. »

Zherdev se racla la gorge, bruit qui n'était pas sans me rappeler les régurgitations d'un lion que j'avais vu sur Discovery Channel. Après avoir dévoré sa proie, le félin recrachait les os et les poils. Le toussotement se prolongea, si bien que je commençai à croire qu'il s'étouffait. Il finit par prendre une grande inspiration puis évacua les glaires dans ce que j'espérais être un mouchoir.

« Tu as fait ce qu'il fallait pour l'argent ? demanda-t-il enfin.

– Propre. Tout a été blanchi deux ou trois fois. J'ai emprunté une partie de la somme au nom du cabinet, je rembourserai quand la mairie aura fait son annonce. À ce moment-là, j'aurai doublé la mise.

– Et en ce qui nous concerne ? Tu as engagé un type meilleur que mes hommes pour faire le job, l'argent des dépôts a transité plusieurs fois et je rentrerai dans mes frais, c'est entendu, mais qu'en est-il de ce que nous avions convenu ? »

Romanko se tortilla contre le bureau, je sentis le meuble osciller. « L'affaire sera bientôt réglée, je vous assure. J'aurai votre argent avec les intérêts, comme prévu.

– Ce que nous avions prévu, c'était un prêt à court terme. Six jours maximum. Tu étais sûr de toi. Quel jour sommes-nous, Kostya ?

– Vendredi, monsieur Zherdev.

– Tu vois, Dmitry ? Vendredi. Et tu as touché les fonds samedi. Combien y a-t-il de jours entre un samedi et le vendredi suivant, Kostya ? »

Il y eut une longue pause pendant que le lieutenant se livrait à ses calculs.

« Six, monsieur Zherdev.

– Exactement. Six jours. Bénéfice garanti.

– Je sais, plaida Romanko, je suis désolé du retard. Il y a eu un contretemps avec des Coréens... enfin bref, il n'y a plus d'obstacle. Le prêt sera remboursé, il me faut juste un jour de plus. À la fermeture des banques demain, j'aurai votre argent, promis. »

Zherdev renifla, se moucha. L'alternance de bruits étouffés et clairs en provenance de ses muqueuses suggérait en effet qu'il s'essuyait avec un mouchoir. Les coussins du divan crissèrent sous son poids. Je me le figurais en train de fourrer le tissu sale dans la poche de son pantalon.

Romanko avait recommencé à tambouriner du bout du pied contre le bureau, mais il s'interrompit :

« Le Mykola !

– Eh bien quoi, le Mykola ?

– Les prix de ses tableaux se sont envolés depuis mon mariage. Le mien doit bien valoir cent mille dollars.

– Et alors ?

– Il est à vous. Pour vous remercier de votre patience. »

Romanko s'empressa de faire le tour du bureau. Je serrai plus fort les genoux contre moi, avec l'espoir qu'il ne regarde pas en bas. Il écarta le fauteuil roulant. Je devinai qu'il activait le haut-parleur de son téléphone, composait un numéro puis attendait, les mains plaquées sur le meuble. Les onze tonalités de la numérotation retentirent. Une femme décrocha à la cinquième sonnerie.

« Allô ? »

Je reconnus la voix de Kateryna. Elle semblait un tantinet agacée, comme c'était souvent le cas lorsqu'on la dérangeait en pleine activité. Il était quatorze heures. Sans doute préparait-elle le goûter d'Ilya.

Romanko s'installa dans le fauteuil.

« C'est moi. J'ai besoin de toi. Maintenant. »

La jeune femme soupira.

« Quel est le problème ? »

Elle paraissait résignée, comme si elle savait par avance que la demande de son mari lui déplairait.

« Décroche le Mykola du mur, ordonna Dmitry. Mets-le dans une couverture et place-le près de la porte de derrière. Vérifie qu'elle n'est pas fermée.

– Hein ? Pardon ?

– Ne discute pas.

– Mais cette toile m'appartient. Tu me l'as achetée pour notre mariage.

– Oui. Eh bien il faut la revendre. On a besoin d'argent pour les études supérieures d'Ilya. L'avenir de ton fils est plus important qu'un tableau, tu ne trouves pas ? » Il lui laissa le temps d'approuver, ce qu'elle ne fit pas. « Dépêche-toi, Kateryna. Quelqu'un va passer le prendre. » Il éteignit son appareil d'un geste brusque.

« Cette œuvre est à vous, monsieur Zherdev. L'un de vos hommes peut aller la récupérer dès maintenant. J'ai simplement besoin que vous me laissiez jusqu'à demain, dix-sept heures, pour boucler le financement. Ensuite je vous restitue l'argent. »

L'intéressé prit son temps pour répondre. Romanko s'agitait sur son siège, les roues grinçaient sur le parquet.

« D'accord, Dmitry. J'accepte ton cadeau. À présent, ouvre le mien. »

L'avocat se figea. Il redoutait l'invitation de son partenaire. Je le comprenais. Zherdev s'était adressé à lui sur un ton sinistre. Il accepta finalement :

« Bien sûr. »

Il se leva, contourna le bureau, avança sur le tapis. Adhésif arraché, couvercle ôté, papier froissé. Puis le silence.

Zherdev gloussa :

« Belle photo, non ? Elle irait bien sur ton bureau. » Sa voix suintait le mépris. « Superbe meuble, au fait, robuste. Pas comme tes parents. On ne peut pas dire qu'ils soient très fringants. Regarde comme ta mère tient mal sur ses jambes. Que deviendrait-elle si ton père n'était plus là pour la soutenir ? » Il laissa planer la menace. « Les hivers ukrainiens sont tellement rudes, tu l'as peut-être oublié. Vas-y,

Dmitry, pose le cadre sur ton bureau. De cette manière, tu verras tes parents tous les jours et tu te souviendras de ce qu'ils endurent. »

Romanko s'exécuta.

Les coussins chuintèrent de nouveau lorsque Zherdev décolla du canapé.

« Viens, Kostya. Laissons notre ami méditer sur la piété filiale. »

46

Romanko attendit que la porte métallique se soit refermée avant de revenir dans la pièce. Assis dans son fauteuil, il roula jusqu'au bureau.

Je serrai les bras autour de mes jambes pour apaiser les crampes. Mes muscles subissaient le contrecoup de ma séance d'escalade. Si Romanko n'achevait pas ce qu'il avait entrepris dans une minute, je sortais. Quand j'entendis la sonnerie sur le haut-parleur, je décidai toutefois de lui accorder un délai supplémentaire.

Kateryna répondit d'une petite voix empreinte de lassitude.

« Allô ?

– C'est moi.

– Qu'est-ce que tu veux encore ?

– M'expliquer.

– Il n'y a rien à expliquer. Tu voulais la toile, tu l'as eue. »

L'avocat remua sur son siège.

« Tu ne comprends pas. Est-ce que tu as une idée des risques que je prends pour qu'on puisse vivre à notre guise ? »

Kateryna attendit la suite, mais son mari n'ajouta rien. Elle s'adressa à lui avec précaution :

« Qu'est-ce que tu as fabriqué, Dmitry ?

– J'ai participé aux dépôts fiduciaires, murmura-t-il

comme s'il se parlait à lui-même. L'argent aurait dû aller à Zherdev, mais il en avait déjà tellement. J'ai pensé que ça ne ferait aucune différence. Et puis l'investissement immobilier… » Il eut un rire nerveux. « Cette opération devait tout changer. J'ai pris une seconde hypothèque sur la maison, j'ai placé le fric sur les dépôts. Mais les démarches prennent une éternité. Les factures s'accumulent, toujours pas d'annonce de Metro, aucune perspective de bénéfice à faire valoir auprès de la banque, personne avec qui s'associer. La poisse, et encore la poisse ! »

Il s'adossa à son fauteuil, les yeux au plafond, et continua de parler tout seul, ignorant désormais la présence de sa femme.

« J'ai dû clore les comptes pour payer les traites, et ensuite cet imbécile de proprio a refusé de signer un nouveau contrat. Il avait soi-disant changé d'avis. La boutique, c'était pour ses bons à rien de fils. » Il balança un coup de pied dans son bureau et roula en arrière sur sa chaise. « Et Tran, quel abruti ! S'il avait liquidé les petites frappes une semaine plus tôt, le Coréen aurait reçu le message : aujourd'hui les neveux, demain les enfants. Le vieux schnoque aurait cédé. »

Kateryna répéta dans le haut-parleur :

« Qu'est-ce que tu as fabriqué, Dmitry ?

– Quoi ? » Romanko fixait le téléphone comme un objet brusquement apparu devant lui. Il ramena sa chaise jusqu'au bureau, s'inclina, posa la joue contre l'emballage de la photo, la bouche tout près de l'appareil. « J'ai fait ce que j'avais à faire. J'ai demandé à Zherdev de m'avancer les fonds. »

Elle retint un hoquet d'indignation.

« Non, ne me dis pas ça. Tu n'as pas pris une décision pareille ! »

Il ne répondit pas. Ses lamentations me déchirait le cœur, je brûlais d'envie de bondir hors de ma cachette, de gifler Romanko.

Il y eut soudain du vacarme dans le haut-parleur : des coups contre une porte, du bois qui craque, un choc.

Romanko se leva de son siège :

« Kateryna, que se passe-t-il ? »

Quelque chose se brisa. Des hommes aboyèrent des ordres en ukrainien. Kateryna les suppliait d'arrêter.

« Kateryna, s'époumona Romanko, réponds-moi ! Qui est là ? »

Ilya cria dans le lointain, du verre vola en éclats. J'avais l'impression qu'on tirait le gamin dans les escaliers parce que sa voix se rapprochait.

« Maman ! Maman ! »

Romanko écarta un lourd objet posé sur le bureau. Il beugla :

« Que se passe-t-il ? »

Aucune réponse, ni de son fils ni de sa femme. Tous deux étaient trop occupés à pousser des hurlements tandis que les intrus les emmenaient de force à l'extérieur. Les bruits de lutte s'estompèrent, une voiture rugit, des portières claquèrent, puis ce fut un crissement de pneus.

Romanko quitta le bureau à toutes jambes. Je rampai quant à moi hors de l'abri où j'avais trouvé refuge puis m'élançai à sa poursuite. Il tentait en vain d'ouvrir la porte en acier, frappait le battant du plat de la main.

« Je dois parler à Zherdev, vous m'entendez ? Ouvrez ! »

Personne ne répondit à son appel.

Romanko fit volte-face pour regagner le bureau, se dirigeant droit sur moi. J'esquivai, plongeai mon bras sous le sien et l'envoyai culbuter sur les dalles de marbre de l'entrée. Il se redressa à genoux, ses yeux s'agrandirent dès qu'il me reconnut. J'en déduisis qu'on lui avait en effet montré une photo de moi.

J'avançai vers lui.

« Qu'est-ce qui se passe, Dmitry ? »

Il se remit debout aussi sec et se rua une nouvelle fois dans son bureau.

« Je n'ai pas le temps de m'occuper de vous. »

Je le laissai agir. Il composa un numéro de téléphone. La voix rauque de Zherdev résonna dans le haut-parleur.

« Réfléchis bien à ce que tu vas dire. »

Romanko se détourna, serrant et desserrant les poings pour se maîtriser. Par ma présence je constituais un exutoire facile. Il grogna en signe d'avertissement mais n'attaqua pas. Après avoir pris une grande inspiration, il se calma et pivota vers le téléphone.

« Que leur avez-vous fait ? Où vos hommes les ont-ils emmenés ?

– Une dette doit toujours être remboursée en temps et en heure, Dmitry. Tu le sais, et pourtant je t'entends geindre comme un enfant et tenter de marchander avec une toile. Peu m'importe, je ne suis pas ton père. Pense plutôt au tien, Dmitry, et à ta mère. Un fils doit avant tout honorer ses parents. »

Romanko leva les yeux en direction du plafond. Peut-être y cherchait-il une illumination. Il n'en trouva aucune.

« S'il vous plaît, ne leur faites pas de mal. Ni au petit ni à sa mère. J'aurai votre argent, je vous le jure, ne vous inquiétez pas.

– M'inquiéter ? gloussa Zherdev. Pourquoi donc ? J'obtiendrai un bon prix d'eux. Kateryna et Ilya rapporteront beaucoup à leur propriétaire. Tant qu'ils ne seront pas trop abîmés. Mais à ce moment-là, ce ne sera plus mon affaire.

– Donnez-moi jusqu'à ce soir, je vous en supplie.

– Tout doux, Dmitry, tu pourras toujours t'offrir une nouvelle femme et un nouveau garçon. » L'homme d'affaires étouffa un rire au bout du fil. « Ah oui, j'allais oublier, merci pour le tableau. »

La communication fut coupée. J'attendis de voir si Romanko allait passer ses nerfs sur le téléphone ou sur les accessoires du bureau, mais il se contenta de se redresser et de s'essuyer les mains sur sa chemise. Puis il se tourna vers moi :

« Que voulez-vous ? »

Question délicate.

Je songeai au cheminement tortueux qui m'avait menée de Mia et Tran à Freddy et Metro. Les voyous dans le parking souterrain de Koreatown me revenaient également en mémoire, de même que la filleule d'Evelyn Young et l'amour de jeunesse d'Henrique Vasquez. Je pensai aussi à tous ceux qui avaient peut-être trouvé la mort pour influencer les votes de la TAC. J'imaginai enfin le visage tuméfié et les côtes brisées de Kateryna, son fils terrorisé, et refusai d'envisager les terribles épreuves qu'ils allaient affronter.

Romanko avait fait tellement de mal autour de lui. Il ne méritait pas de vivre, mais je ne pouvais pas me permettre de le tuer. Du moins pas encore.

« Je veux toujours la même chose : sauver Kateryna et Ilya.

– Comment ? maugréa-t-il. J'ignore où les types de Zherdev les ont emmenés. Vous le savez, vous ?

– Non, mais je peux le trouver. Et je les ramènerai.

– Peine perdue. Vous avez entendu Zherdev ? Il contrôle ma vie dans les moindres détails, il pourrait mettre fin à mon existence en un claquement de doigts. Le seul moyen de tout arranger, c'est de lui donner l'argent.

– Très bien. Vous avez jusqu'à quand ?

– Le délai est expiré depuis une demi-heure.

– Donc il est trop tard. » J'étais tellement en colère que je commençais à transpirer. « Où pourrait-il les cacher ? Ici ? À l'arrière du bâtiment ?

– Non. »

Je l'empoignai par le col de sa chemise.

« Où ?

– Peu importe. Je dois me procurer le fric. Maintenant, laissez-moi, vous me faites perdre du temps. »

Il voulut m'écarter mais j'avais anticipé son geste. Les brutes comme Romanko sont prévisibles. D'une clef au bras je le fis tomber au sol. J'avais assuré ma prise, j'étais prête à lui rompre l'articulation.

« Où sont-ils ?

– Je ne sais pas, pleurnicha-t-il. C'est la vérité. Pourquoi croyez-vous que j'essaye de récupérer l'argent ? Lâchez-moi et j'obtiendrai la somme qu'il faut. »

Il ne mentait pas et je détestais ça. Je libérai son bras en prenant du champ. J'avais besoin de réfléchir.

Romanko se remit debout.

« Ce sont mes oignons, je réparerai mon erreur. » Il se massa le coude. « Sinon Zherdev a raison : je trouverai une autre femme et un autre gosse. »

Par souci de conserver ses attributs masculins, il n'ajouta

rien. J'avais dégainé mon karambit, la lame recourbée appuyait maintenant sur son entrejambe.

« Trouvez le blé, Romanko, parce que s'il arrive quoi que ce soit à Kateryna ou à Ilya, vous n'aurez plus ce qu'il faut pour fonder une famille. »

47

Je bouillonnais encore de rage en retournant à mon vélo. S'il n'y avait pas eu Kateryna et Ilya, j'aurais poignardé sans hésiter Romanko dans son bureau. J'espérais trouver l'enfant et sa mère à temps. Autrement, je repasserais au cabinet et je terminerais le boulot.

La frustration me rendait dingue. Il était probablement trop tard : ils pouvaient être enfermés dans un coffre de voiture en route pour la frontière, bouclés dans un wagon de marchandises ou bien dans un container sur un cargo. En ce moment même ils vivaient peut-être l'innommable.

Arrête, Lily.

Je ne pouvais pas me permettre de céder au fatalisme. Il fallait que je reste positive, que je continue à croire en une solution.

Cette fois pourtant l'autosuggestion ne suffirait pas. J'avais besoin d'une aide extérieure.

Je récupérai mon sac à dos caché derrière l'atelier de plomberie, fouillai la poche extérieure.

La carte de visite de Tran m'avait paru tellement chic quand elle avait atterri dans mon assiette : un nom, un numéro en gris sur fond noir, pas d'adresse. Je me rappelais son sourire narquois. « Donnez-moi un coup de fil si vous changez d'avis. » Bien sûr, c'était avant que je ne l'expédie d'un coup de pied au bas des escaliers en ciment du garage de la mairie. J'espérais qu'il ne m'en voudrait pas.

Il décrocha au bout de deux sonneries. « Parle. »

J'hésitai, désarçonnée par le ton rogue. Quel genre de personnage pouvait se permettre de répondre au téléphone comme on sifflait un chien ? D'un autre côté, qui appellerait Tran sinon un corniaud comme Romanko ? Ou moi ?

« Ici K. » J'utilisai le pseudonyme dont je m'étais servi lors de notre rencontre au restaurant, celui-là même qui m'était sorti de la bouche en écho à l'initiale qui désignait le prénom de Tran. J. et K. : le bien et le mal. Je réprimai un frisson et inversai la dernière proposition. Ma nature superstitieuse ne s'accommodait pas d'un tel lapsus. *Je* luttais pour le bien, et Tran œuvrait pour le mal. J'avais vraiment besoin de me reprendre.

Mon pouce effleura l'icône qui mettrait fin à la communication. J'avais le sentiment de commettre une erreur monumentale, mais Tran reprit la parole avant que je me décide à raccrocher. Sa voix était douce, amusée et horriblement sensuelle : « Je commençais à désespérer, cela fait deux jours que nous nous sommes croisés au restaurant japonais. »

Je devinais le sourire dans son intonation et j'aurais donné n'importe quoi pour lui infliger une bonne correction. Cependant les vies d'Ilya et de Kateryna étaient en jeu. Je ravalai ma fierté. Pas d'autre solution que de s'adresser à ce tueur arrogant. Après avoir soufflé un grand coup, je me pliai aux exigences de la situation.

« Je sais qui tu es et pour qui tu travailles. Il faut que tu m'aides.

– Eh bien, voilà une offre inattendue, ironisa-t-il.

– Arrête ton cinéma, Tran. Dmitry Romanko s'est planté sur une affaire avec Zherdev, je présume que tu vois de qui je parle. Ce dernier a kidnappé la femme et l'enfant pour se rembourser. Romanko refuse de me révéler où sa famille peut être détenue. J'ignore ce qu'il redoute le plus : que l'Ukrainien élimine ses parents, ou qu'il le vire de l'organisation.

– Zherdev a enlevé l'enfant ?

– Suis un peu, je ne vais pas me répéter mille fois. Il a kidnappé Ilya et Kateryna. J'ai besoin de les retrouver. »

Tran ne répliqua pas immédiatement. Je secouai la tête. Quelle idée de le contacter ! Comment avais-je pu croire qu'un assassin tel que lui…

« Pourquoi est-ce que tu te mêles de cette histoire ? dit-il brusquement.

– Pardon ?

– Suis un peu, K., je ne vais pas me répéter mille fois. »

Je détectai une menace sous la plaisanterie.

La vérité était une alliée précieuse et dangereuse. Je désirais la garder pour moi, mais Tran s'exprimait d'une telle façon que je n'avais guère le choix : soit j'avouais tout, soit je me passais de ses services.

« Romanko bat sa femme, dis-je. Peut-être aussi son fils. J'essaye de les protéger.

– Ah ! s'exclama-t-il comme si une pièce du puzzle venait de s'emboîter. Et tu n'as pas été à la hauteur, n'est-ce pas ? »

J'ignorai la critique.

« Les hommes de Zherdev les détiennent et je crois que tu sais où ils sont, pas vrai ? »

Le silence avec lequel il accueillit ma remarque me donnait envie de l'étrangler. Je voulais absolument qu'il me réponde par l'affirmative, et cet impératif me répugnait.

« Tu veux m'aider ou pas ?

– Une prochaine fois, peut-être. »

J'éloignai ma bouche de l'appareil pour qu'il n'entende pas mon grognement d'insatisfaction. Comment avais-je pu être assez idiote pour estimer qu'il se réjouirait de ma proposition : *Oui, bien sûr K., j'arrive. Laisse-moi juste enfourcher mon cheval blanc et je te sauve la mise* ? Je me sentais vraiment ridicule. Pensais-je réellement que, fasciné par ma personnalité, il risquerait sa réputation et son boulot pour moi ? Ma avait raison : j'étais depuis toujours trop orgueilleuse. Farmor considérait elle que Baba et Bestefar réunis ne m'arrivaient pas à la cheville question ténacité, chose que Tran n'avait pas encore comprise. D'une manière ou d'une autre il allait m'apporter son concours.

« J'ai une vidéo de toi dans un parking souterrain de Koreatown. Un enregistrement dans lequel tu te débarrasses de deux types. »

Une pause.

« Je vois.

– Très bien, alors dis-moi où sont Ilya et Kateryna.

– Non. » Il me parut entendre un gloussement. « Je passe mon tour.

– Tu veux que j'envoie mon film aux flics ? Je n'hésiterai pas. La procureure recevra ces images en main propre. Ne t'avise pas de croire que je plaisante.

– Inutile de t'énerver, K. Je ne te dirai pas où ils sont. »

Je baissai la tête, à court d'arguments. En réalité j'avais juste des photos. J'avais parlé de vidéo parce que cela me semblait plus convaincant. Comme si un cliché du tueur en train d'essuyer sa lame sur le corps d'une des victimes ne suffisait pas. J'avais essayé la vérité et j'avais essayé le mensonge : aucune des deux tactiques n'avait fonctionné. J'allais devoir me débrouiller autrement pour localiser l'enfant et sa mère.

Tran interrompit mes réflexions :

« Je ne te le dirai pas parce que je vais te conduire à eux. »

48

Le trajet jusqu'à la bibliothèque d'Alondra où Tran m'avait donné rendez-vous me prit cinq minutes. Largement le temps de battre la semelle sur le parking, de peser le pour et le contre, sans écarter la possibilité que Tran se contente de m'abattre en passant en voiture.

Avais-je perdu l'esprit ? J'avais tenté de faire chanter un tueur. Quelle option avait-il, sinon celle de m'éliminer ?

Tandis que je m'interrogeais pour la énième fois, la BMW noire de Tran s'engagea sur l'aire de stationnement. Trop tard pour renoncer. Je fléchis légèrement les jambes, prête comme dans *Matrix* à éviter les balles. Si seulement j'en étais capable. Mais aucun coup de feu ne retentit. Tran n'abaissa pas la vitre. Il se gara, sortit et activa l'alarme avec la décontraction d'un type normal qui retrouve sa petite amie. Il arborait d'ailleurs une tenue irréprochable, comme toujours : chemise et jean noirs, bottes à semelles plates et veste grise assez ample pour cacher une myriade d'armes.

À titre personnel j'étais seulement munie de mon karambit, fixé à la ceinture sous mon polo noir.

Il s'approcha avec une souplesse j'avais déjà admirée dans le restaurant japonais. Rien à voir avec la raideur et la rapidité entrevues dans le sous-sol de Koreatown.

J'aurais préféré la raideur : au moins j'aurais su à quoi m'en tenir.

Il s'arrêta à un jet de pierre, me salua avec un hochement de tête.

« K. »

Je lui rendis la pareille.

« J.

– Alors... »

Il laissa sa phrase inachevée. J'étais libre de la finir à mon gré.

« Oui », dis-je simplement. Entre nous coulait une eau plus polluée que le fleuve de Los Angeles après une tempête.

Tran se résolut à engager la conversation.

« Ton coup de fil m'a surpris.

– Je comprends. Comment va ta tête depuis la chute dans l'escalier ? »

Ses lèvres frémirent. On eût juré l'espace d'un instant qu'il revivait le choc de son crâne sur le ciment, puis un sourire dissipa cette impression :

« Je survivrai. »

Il marcha ensuite avec une lenteur insupportable le long du trottoir.

J'accordai mon pas au sien, en silence. Comme dans n'importe quelle négociation, les mots devenaient une monnaie d'échange. Le premier qui parlait avait perdu.

Nous progressâmes ainsi sur quelques dizaines de mètres, puis il laissa échapper un petit rire.

« C'est intéressant. Toi, moi. Unis dans un but commun.

– Qui dit que nous sommes unis ? »

Une ride se creusa au-dessus de ses sourcils.

« Toi.

– Non. J'ai dit que j'avais besoin de savoir où Zherdev cachait Ilya et Kateryna. C'est toi qui as proposé de m'accompagner. »

Il leva les mains en signe d'apaisement.

« Tu t'es montrée assez violente. » On détectait un soupçon de dérision dans sa voix. « J'ai une réputation à défendre. Tu ne vas quand même pas me reprocher de ménager mes intérêts ?

– Épargne-moi ta comédie. Tu comptes faire quoi ? Me conduire aux ravisseurs et ensuite m'empêcher de leur casser la figure ?

– Je n'ai rien prétendu de tel.

– Quelles sont tes intentions, alors ? Pourquoi être si secourable ? Ne me dis pas que ce sont les images du parking souterrain qui t'inquiètent, parce que je ne te croirai pas. Tu aurais pu m'exécuter là, depuis ta voiture devant la bibliothèque d'Alonda, et personne n'aurait rien vu. Pourquoi ne pas l'avoir fait ?

– Parce que j'ai envie de te voir à l'œuvre, sourit-il.

– Réponse insuffisante. Explique-toi. »

Il cessa de marcher, les mains sur les hanches. La crosse d'une arme à feu apparaissait dans un holster de poitrine. « Tu désires comprendre pourquoi je veux te voir à l'œuvre, ou pourquoi tu es encore en vie ? »

Je soutins son regard du mieux que je pus. « Pourquoi est-ce que tu t'intéresses à moi ? »

Son sourire s'élargit, authentique. « Parce qu'on se ressemble. Je l'ai senti au restaurant, et aussi dans le métro.

– Tu me suis ?

– De loin en loin. J'ai d'autres occupations. Mais je sais reconnaître la violence.

– Je n'ai rien fait de mal.

– Pas besoin. Un individu violent reconnaît toujours ses pairs. »

Il reprit sa progression. Ne sachant que faire, je continuai de lui emboîter le pas et choisis une question plus inoffensive à mes yeux.

« Où va-t-on ? J'ai besoin de savoir dans quoi je m'engage.

– Légitime précaution. Les Ukrainiens font parfois du business avec le Varrio Norwalk 66. Si Zherdev a vendu la femme et l'enfant de Romanko, il y a des chances qu'ils soient entre les mains du Varrio. »

J'en avais la nausée. Le Varrio Norwalk 66 était le gang le plus célèbre et le plus important de Los Angeles, et il avait une réputation effroyable.

« Traite des Blanches et compagnie ? »

Il acquiesça :

« Aucune limite. Ils font feu de tout bois. »

Je fermai les paupières, me déplaçant en aveugle sur quelques mètres. Il m'arrivait souvent de marcher ainsi sur les chemins coupe-feu, quand la chaussée n'était pas accidentée et qu'il n'y avait pas de voitures. Cette pratique favorisait la concentration et le calme. Et il m'en fallait énormément à l'heure actuelle. Je rouvris les yeux quand je fus enfin apaisée.

« Moi aussi je fais ça, indiqua Tran.

– Faire quoi ?

– Marcher les yeux clos.

– Ravie de l'entendre. »

L'autre sourit.

« N'est-ce pas ? »

Je ruminais : la dernière chose dont j'avais besoin en ce moment, c'était d'avoir encore un point commun avec Tran.

« Est-ce que Romanko sait où sont sa femme et son fils ?
– J'en doute.
– C'est bien ce que je pensais. Zherdev attendra d'avoir l'argent avant de lui révéler quoi que ce soit. Et quand il l'informera, ils seront… »

Je ne pus terminer ma phrase. La souffrance appelait la souffrance. Je ne désirais évoquer l'affaire qu'en termes optimistes.

« Ils seront toujours vivants, décrétai-je avec conviction. Je vais les sauver. »

Tran se réjouit.

« Tu vois ? Détermination, imprévisibilité, férocité : voilà pourquoi tu m'intéresses. »

J'évitai son regard, peu désireuse de m'engager sur ce terrain. J'ignorais à quel jeu il s'amusait et je m'en fichais. Mon seul objectif : retrouver Ilya et Kateryna avant que le Varrio les ait revendus, tués ou pire encore.

« Où allons-nous ? réitérai-je. Je ne vois que des maisons anonymes.
– Alors nous allons peut-être dans une de ces maisons. Le gang en possède quelques-unes. Comment vendraient-ils leur marchandise, autrement ? »

J'imaginais Ilya ligoté et torturé dans une jolie maisonnette avec un toboggan dans le jardin.

« Kateryna et son fils ne sont pas des marchandises. »

Tran haussa les épaules.

« Pour le Varrio, si.
– Pourquoi ce nom ? Un *varrio* désigne un quartier, pas un gang ou un individu.
– Tu préfères dire quoi alors ? Association de malfaiteurs ? » Il eut un reniflement de mépris. « Je ne crois pas.

– Laisse tomber. Peu importent les noms tant qu'on les tue. »

Une parole malheureuse, je m'en aperçus immédiatement. Je voulais juste clouer le bec à Tran.

Il s'arrêta.

« Mets-toi une chose en tête, K. : ils sont peut-être révoltants mais ils ont leur utilité. Comme les charognards, ils se chargent des sales besognes. On veut tous se débarrasser de quelque chose ou de quelqu'un à un moment donné de notre vie. Tu irriterais certaines personnes si tu commettais un massacre là-bas.

– Irriter certaines personnes ? » J'appréciais la litote. « Et si je commettais un massacre sur toi ? »

J'avais dit ça sous le coup de l'émotion, mais je compris mon erreur dès que je vis Tran arquer les sourcils. Ma fascination devenait dangereuse. Si je n'y mettais pas fin, j'allais me retrouver à creuser ma propre tombe. Éprouver des sentiments pour un tueur n'était certainement pas une bonne idée.

Je changeai de braquet :

« Tu es mal placé pour donner des conseils, surtout après ce que tu as fait aux Coréens, à l'ancienne copine de Vasquez et à la filleule d'Evelyn Young. Elle avait vingt ans. Tu ne ressens donc rien ? »

Je me tus, consciente d'avoir mis en péril par ma démesure l'espèce de trêve que nous avions conclue. Plus problématique encore : en parlant des quatre meurtres, j'insinuais que je possédais davantage de preuves. Mes paroles me hissaient sûrement au rang d'ennemie numéro un.

Je lançai une dernière fanfaronnade, histoire d'aggraver mon cas :

« Alors ? Tu ne réponds pas ? »

Le sourire avait quitté ses traits. Je ne l'amusais plus et ne provoquais plus le moindre intérêt. Son visage ne trahissait plus aucune émotion. Je me campai sur mes pieds, certaine d'écoper sous peu d'une balle ou d'un coup de lame, mais il murmura :

« Les sentiments que j'avais, je les ai laissés au Vietnam. »

Il me fixa longuement, comme s'il pouvait me communiquer l'essence de sa réflexion par télépathie. Quel drame horrible avait-il vécu en Asie du Sud-Est ? Il était trop jeune pour avoir participé à la guerre, du moins celle dans laquelle avaient été engagés les États-Unis. Tran était-il seulement vietnamien ? Avait-il souffert d'un acte auquel les Américains étaient peu réceptifs ou qu'ils considéraient avec mépris ?

J'allais l'interroger, mais la tension se dissipa tout à coup et il redevint plus léger. On aurait cru qu'il ne s'était rien passé, que je ne l'avais pas accusé d'avoir tué quatre personnes, que nous n'avions pas partagé un secret profondément enfoui.

Il s'approcha, les lèvres recourbées en un sourire un peu mélancolique.

« Ce n'était pas le sens de ta question, n'est-ce pas ? » Je sentais son haleine chaude caresser mon visage. « Tu voulais plutôt me demander : on se ressemble à ce point ? »

49

Tous ceux qui se sont baladés à l'est de South Central savent que le quartier des One Ways, truffé de sens uniques sur vingt-huit pâtés de maisons au nord d'Alonda, est synonyme de mauvais augure. Tran laissa sa voiture, et moi mon vélo, dans un dédale de rues étroites. Rares étaient les adolescents du voisinage qui échappaient à l'embrigadement des gangs, surtout s'ils avaient des oncles, des frères ou des sœurs déjà membres. Des guerres de territoires éclataient à la moindre incursion. La plus petite amourette shakespearienne se terminait en fusillade. Et pendant ce temps, des enfants jouaient sans souci dans leur jardin, des parents se saignaient aux quatre veines pour les élever. La vie typique des One Ways.

De simples maisons entourées de grillages, des murs de béton hérissés de tessons, des barreaux aux fenêtres. Les grilles de protection ne se composaient pas d'arabesques gracieuses comme on en voyait à Beverly Hills, mais appartenaient plutôt à la tradition robuste et rectiligne du monde carcéral. Pourtant on ne rencontrait pas d'ivrognes, pas de drogués sur les trottoirs, aucune prostituée ne racolait dans l'embrasure des portes. Certes des jeunes se tenaient agglutinés autour de voitures garées, fumaient des joints, faisaient les imbéciles, mais on n'apercevait aucune arme à feu.

Qui savait ce que renfermait la troisième habitation sur la gauche, de l'autre côté de la rue ?

Elle était peinte dans les mêmes tons neutres que les autres, mélange de couleur crème et de poussière. Une Mitsubishi bordeaux stationnait dans l'allée. Un chemin de ciment craquelé menait à l'entrée. Une chaise en plastique émergeait des herbes du jardin, si hautes qu'elles auraient pu dissimuler plusieurs enfants et un tricycle rouillé. J'essayai d'imaginer à quoi pouvait ressembler l'intérieur : des jouets balancés par terre, de la vaisselle sale dans l'évier, une mère exténuée assoupie devant la télévision.

Tran désigna l'allée qui se prolongeait à l'arrière de la maison.

« Tu vois ? »

À l'abri des regards indiscrets se dressait un cabanon aménagé. Peinture marron, fenêtres masquées.

« Ils sont là ? » J'espérais qu'il répondrait non. La simple pensée de l'enfant terrifié dans l'obscurité m'était intolérable. J'avais envie de vomir. Ou de tuer.

Tran opina.

J'ôtai le couteau de ma ceinture.

« Hors de question d'attendre. Allons-y.

– Pas encore. Regarde. »

Deux brutes épaisses émergèrent de la dépendance pour remonter l'allée d'un pas tranquille. Tous deux d'origine mexicaine, chauves et larges d'épaules. Le premier portait un maillot des Lakers pourpre et or, taille extralarge, et le second un pull-over rayé noir et marron. Leurs bermudas bâillaient sur leur arrière-train. Coupés à mi-mollet, ils laissaient apparaître des chaussettes blanches ainsi que des baskets griffées. Le tandem passa devant la Mitsubishi, continua pour entrer à l'arrière de la maison principale. Les pulsations d'un rap latino se firent entendre avant que les deux hommes referment la porte.

J'échangeai un regard avec Tran.

« Maintenant ? »

Il acquiesça.

« Souviens-toi de notre arrangement : ils mourront tous si l'un d'eux nous voit. »

Ma bouche se figea en un sourire cruel. Tran m'avait expliqué la situation durant le trajet. Le gang bossait main dans la main avec les cartels mexicains. Un individu aperçu sur quelque lieu d'infortune restait toujours susceptible d'être identifié, puis retrouvé. Quand cela nous arriverait, nous ne serions pas les seuls à subir les foudres du cartel : ils s'en prendraient également à tous nos proches. J'avais fait signe que je comprenais. Pour rien au monde je ne voulais exposer ma famille, mais d'un autre côté je ne pouvais me résoudre à abandonner Ilya et Kateryna à leur funeste sort.

On traversa la rue, puis on remonta l'allée jusqu'à la voiture. Comme personne ne sortait de la maison, on poursuivit notre progression jusqu'à l'arrière de l'habitation. Tran me montra les fenêtres. Les rideaux étaient ouverts. Un coup d'œil à l'extérieur, et nous étions repérés.

Je balayai l'argument d'un mouvement d'épaules. Nous n'avions pas le temps de ruser. Un des ravisseurs pouvait sortir à tout moment. Il fallait forcer l'entrée du sinistre cabanon, libérer la mère et l'enfant, et se tirer de là avant qu'on nous remarque.

Nous nous faufilâmes jusqu'à la porte. Tran avait déjà un rossignol prêt à l'emploi. Il crocheta la serrure avec un art consommé, puis répéta la manœuvre avec le cadenas, et nous nous glissâmes à l'intérieur du cabanon.

L'endroit puait la sueur, les sécrétions. J'en eus un haut-le-cœur. Je fermai le battant derrière moi et ravalai la bile de mon estomac. Tran était parti en éclaireur sur la gauche. Un paravent en accordéon, plus large et plus rustique que celui de chez moi, divisait l'aire centrale en deux : une espèce de salon à l'entrée, et une pièce dont seul Tran connaissait pour l'heure le contenu.

Sur la droite on avait aménagé une cuisine aux vitres sales. Le plancher était couvert d'un revêtement plastifié, facile à nettoyer. Plus loin un couloir se prolongeait par une salle de bains et deux portes closes. Dans le sillage de Tran, je longeai un canapé élimé puis contournai le paravent, regrettant aussitôt mon initiative.

Un lit double occupait presque tout l'espace. Des menottes pendaient au cadre en métal, un dégradé de taches ocre maculait le matelas. Du sang frais par endroits, coagulé à d'autres. Une table en bois était poussée contre le mur de gauche, flanquée de deux lampes de bureau inclinables tournées vers le lit. Allumées, elles devaient éclairer la couche comme un Scialytique de… Je ne voulais même pas savoir de quoi, surtout avec les ustensiles que j'apercevais sur la table.

« Viens », chuchota Tran. Nous nous dirigeâmes vers la cuisine.

Je commençais à croire qu'il avait raison. Ceux que l'on avait torturés ici n'étaient plus en mesure d'être secourus.

S'il vous plaît, mon Dieu, faites que ce ne soit pas Ilya et Kateryna.

Nous trouvâmes un billot au milieu de la cuisine, avec une hachette plantée au centre. Des éclaboussures écarlates avaient imbibé le bois. J'obliquai vers la salle de bains. Plutôt malpropre mais pas dans un état désastreux. Encore deux pièces à explorer.

J'indiquai à Tran que je prenais celle de droite. Il se chargerait de l'autre. Nous ne portions pas d'arme à feu : moi parce que je n'en avais pas, Tran parce que nous ne pouvions pas nous permettre le vacarme d'une détonation. En revanche nous possédions des lames tranchantes et étions résolus à les utiliser, sauf dans le cas où nous sauverions Ilya et Kateryna incognito.

Nouvel échange de regards. Nous ouvrîmes de concert les chambres. J'ignorais ce que Tran découvrit dans la sienne, mais la mienne me fit monter les larmes aux yeux.

Je me précipitai vers Ilya, adossé à un mur, bâillonné, un bandeau sur les yeux. Je lui rendis la vue. Il cligna des paupières, terrifié, jusqu'au moment où il me reconnut. Quand il voulut éclater en sanglots, je posai un doigt sur mes lèvres et ôtai son bâillon. D'un coup d'œil par-dessus mon épaule, je m'assurai que personne n'arrivait dans le couloir.

La pièce où avait pénétré Tran demeurait totalement silencieuse. J'avais confiance en lui : quoi qu'il trouve, il saurait gérer la situation.

Retour à Ilya. J'examinai ses liens. Ces salauds avaient passé des colliers de serrage autour de ses chevilles et de ses poignets, assujettis à une canalisation dans son dos. Je tranchai le plastique. Ilya s'agenouilla, passa les bras autour de mon cou et laissa couler ses larmes. Je le berçai doucement, murmurai des paroles rassurantes.

« Je suis là, ça va aller. Mais on ne doit pas faire de bruit, d'accord ? »

Quand il acquiesça, je m'écartai de lui. Il portait encore le polo bleu et le pantalon kaki de son école catholique. Je le trouvais un peu faible et désorienté, mais il paraissait indemne.

Je l'aidai à se lever. Il tendit les bras pour que je le porte mais je secouai la tête et me contentai de le prendre par la main. Je le fis passer derrière moi de façon qu'il reste sur mes talons. L'essentiel était que le gamin ne fût pas blessé et que, si possible, il ne vît rien de traumatisant.

Tran me tournait le dos, cachant en partie le corps sur le lit. J'identifiais les boucles blondes de Kateryna, j'apercevais également ses pieds déchaussés et un bras nu sur un coin de matelas. Ilya me serrait les doigts, le visage collé à mes reins. J'aurais des difficultés à me battre avec le gamin dans les pattes, mais je ne pouvais me résoudre à le repousser. Pour l'instant du moins.

« Comment va-t-elle ? » soufflai-je. Je craignais le pire. Tran s'écarta pour que je puisse constater par moi-même l'état de santé de la jeune femme. Malgré les outrages qu'elle avait peut-être subis, elle était vivante et semblait lucide. Sa robe rose ne portait ni trace de sang ni déchirure.

Je me tournai vers l'enfant. « Ta mère va bien. » Il leva ses yeux en demi-lunes vers moi. Je réfrénai de justesse mon envie de tomber à genoux et de le serrer dans mes bras. De justesse. Nous n'étions pas tirés d'affaire. Je lui fis lâcher mes doigts, le tint à distance du plat de la main. Il fallait que je sois libre de mes mouvements. Une bonne initiative car à ce moment précis la porte d'entrée du cabanon s'ouvrit avec un bruit de ferraille.

Je laissai Ilya avec sa mère et Tran, et traversai le couloir en flèche afin de rejoindre la salle de bains.

Il faudrait me passer sur le corps pour toucher à un cheveu du gosse.

50

Tran se posta dans l'encadrement de la chambre, à l'intérieur de laquelle la mère et l'enfant demeuraient silencieux. Il m'adressa un regard muet. J'acquiesçai. Un rapide coup d'œil dans le couloir me permit d'entrevoir un premier voyou sous la forme d'une tache de maillot pourpre qui disparaissait dans la cuisine. Son acolyte, celui en pull-over, faisait les cent pas devant la porte.

« Tu en as toujours après moi, se plaignit-il. C'est peut-être toi qui as oublié de fermer.

– Tu parles ! »

Je me maudis intérieurement. J'avais l'intention de tirer le verrou quand nous repartirions. De toute évidence, j'aurais dû le faire dès notre entrée.

Je perçus un choc sourd, des jurons. Il semblait que le premier individu s'était cogné au paravent et essayait sans succès de le redresser. La même imprécation revenait, sifflante, grondante. Elle augmenta de volume jusqu'à ce que finalement retentissent le fracas d'une paroi en bois renversée et, par un effet domino, le tohu-bohu d'autres objets en métal ou en verre répandus sur le plancher.

L'homme au pull-over disparut à son tour.

« Qu'est-ce que tu as fichu ? Ce truc appartenait à la mère de Carlo. Imbécile, c'est cassé maintenant ! »

Tout le cabanon trembla soudain. Une masse venait de percuter une cloison.

« Tu vas la fermer, dis ?

– Toi, ferme-la. On n'entend que toi depuis tout à l'heure.

– Va voir le gosse.

– Pourquoi ?

– Parce que la porte d'entrée était ouverte, merde !

– Je t'ai dit que j'avais…

– Contente-toi d'aller voir le gosse, d'accord ?

– OK, c'est bon.

– Hé, attends. »

Il baissa la voix si bien que je ne pus distinguer ses propos.

J'adressai un battement de cils à Tran. Il saisit ses couteaux de lancer et me fit signe de m'accroupir en même temps que lui. Nous étions prêts à opérer une attaque silencieuse, mais aucun de nous n'avait envie d'être au bon niveau pour écoper d'une balle dans la tête ou dans la poitrine si l'un des truands défouraillait.

Quand une main armée d'un flingue apparut dans mon champ de vision, je visai le poignet puis le ventre. Il s'agissait de l'homme au pull-over.

L'arme à feu tomba. Mon adversaire agrippa sa panse ensanglantée. J'enfonçai la lame dans la cuisse, à la recherche de l'artère fémorale, mais elle se prit dans l'épaisse toile du bermuda. À l'instant où je l'en arrachai, l'homme abattit son poing sur le côté de ma nuque, me projetant au sol avec la force d'un marteau-pilon.

Il avait touché le nerf vague, l'un des douze points sensibles du système nerveux central qui envoyait des messages dans tout le corps. Mon professeur m'avait déjà frappée à de nombreuses reprises à cet endroit. Lorsque le coup faisait mouche, il vous foudroyait et vous vous effondriez. L'assaillant avait alors tout loisir de profiter de votre vulnérabilité temporaire. Mon opposant n'avait sans doute pas atteint le nerf volontairement, mais cela ne changeait rien.

Ma vision s'obscurcit, mon crâne se mit à palpiter. Le Varrio me surplombait, les bras puissants, les mains écartées, l'abdomen sanguinolent. Il allait m'étriper. Je devais me relever alors que mes jambes ne répondaient plus. Mes bras, par contre, obéissaient encore. L'anneau de sécurité du couteau m'avait permis de garder l'arme en main. Je poignardai soudain le mollet de mon adversaire, entre l'ourlet du bermuda et le haut de ses chaussettes de marque. Il poussa un cri, tangua dangereusement au-dessus de moi. Retrouvant possession de mes membres inférieurs, je rampai en arrière pour éviter de me faire aplatir.

Derrière moi, son comparse cherchait un angle de tir.

« Dégage de là ! »

L'autre tomba à genoux, libérant le champ. Je plongeai sur le côté dans l'espoir de protéger mes organes vitaux, la tête et le cœur, mais je n'avais aucun endroit où me réfugier, j'étais piégée dans un corridor d'un mètre de large. Moins de quatre mètres me séparaient du tireur. Il ne pouvait pas me manquer, sauf à être la pire gâchette de Los Angeles.

Dans un ultime effort, je roulai à plat ventre et attendis que les projectiles me perforent le dos.

Aucune douleur, pas de sang dans les bronches ni de râle d'agonie.

Je redressai la tête. Au-delà de l'homme au pull-over qui se vidait de son sang, je vis le tireur osciller. Il émit des gargouillis similaires à ceux que j'aurais expulsés si j'avais été touchée, puis porta une main à sa gorge, d'où émergeait le manche d'un couteau.

Tran avait visé juste.

Le liquide rouge s'épanchait du cou du Varrio, il se révélait incapable de juguler l'hémorragie. Mais l'autre main empoignait toujours le revolver. Un seul coup de feu rameuterait toute la maisonnée.

Tran me bouscula au passage. Lui aussi avait compris le danger. Il fallait désarmer ce type. Manque de chance, son comparse s'interposa.

La brute tenta un revers suivi d'un crochet. Tran aurait pu la maîtriser sans difficulté mais le temps pressait. Il esquiva simplement l'attaque et poursuivit sa course. Objectif prioritaire : neutraliser l'homme à la gorge transpercée et l'empêcher de presser la détente.

Emporté par son élan, le premier bagarreur s'écroula contre le mur et j'eus ainsi un aperçu de son complice, les yeux fous, la trachée tailladée, qui braquait son calibre sur Tran.

Ce dernier bondit. Le flingue cracha une flamme. Mon cœur manqua un battement.

Tran avait-il été blessé ? Impossible de le dire. En revanche l'alerte était donnée.

Je m'élançai à mon tour, utilisant ma propre énergie cinétique pour assener un double coup de pied dans l'estomac meurtri du premier combattant. Je retrouvai mon aplomb et, avant que j'aie pu enchaîner, Tran lui avait ouvert la gorge.

Il rangea son couteau et dégaina son Sig Sauer.

« Le timing va être serré. »

Je fixai le karambit à ma ceinture, confisquai le revolver du premier Varrio. Même si d'ordinaire je ne possédais pas d'arme à feu, mon maître avait veillé à ce que je sache m'en servir. J'examinai sans surprise le FN-47, un semi-automatique très en vogue au sein des cartels mexicains, qui appréciaient aussi les fusils d'assaut AK-47 et les lance-grenades. Nous pouvions sans doute nous estimer heureux.

Tran s'en fut vérifier que la voie était libre dans le jardin. Pour ma part je me ruai dans la chambre. Kateryna et son fils s'étaient blottis derrière le lit. J'attrapai la main du garçon pour l'extraire de sa cachette.

« Dépêche-toi ! »

Sa mère voulut le retenir, je ne me préoccupai pas d'elle. À ce stade, seul Ilya m'importait. Kateryna pouvait nous suivre ou bien rester là, je n'aurais pas la possibilité de les protéger tous les deux.

Nous venions juste d'avancer à l'extérieur quand une arme aboya. Je me jetai devant le gosse pour faire écran, le FN-47 au poing, cherchant à localiser la menace. Un Varrio gisait dans l'herbe, le front perforé d'une balle. Deux autres gangsters jaillirent de la maison. J'obligeai Ilya à reculer. « Retourne dans le cabanon ! » Puis allai m'abriter derrière un arbre. Avec Tran sur la gauche et moi à droite, nos adversaires avaient deux cibles distinctes, d'une égale valeur. Nous n'étions pas dans l'axe de la mère et de son fils, ce qui les préservait des tirs.

Un impact fit sauter l'écorce de l'arbre à une trentaine de centimètres de ma tête. Je me penchai et ripostai sans grand espoir de toucher quiconque. Seulement en attirant l'attention sur moi, Tran pourrait ajuster son tir et abattre un opposant. Ce qu'il fit en un coup de feu. L'un de nos adversaires s'effondra contre la Mitsubishi. On entendit un Varrio demander du renfort.

Il ne nous restait plus beaucoup de temps.

Je me repliai en direction du cabanon afin de m'occuper de Kateryna et d'Ilya. Tran, lui, fonça à travers le jardin, sans cesser de tirer, pour gagner l'allée. Un autre Varrio trépassa en quelques soubresauts et autant de projectiles, les bras battant l'air.

Dès qu'à notre tour nous fûmes dans l'allée, Kateryna me retira Ilya. Le message était clair : *Ne m'enlève plus jamais mon fils.*

J'accusai réception et lui indiquai la voiture.

« Restez tous les deux là-derrière et baissez-vous. »

Tran cherchait à atteindre l'entrée latérale de la maison, plaqué au mur. Je décidai de le couvrir en tirant par-dessus le toit de la Mitsubishi, mais la zone paraissait dégagée. Nous devions fuir aussi vite que possible et je ne voulais pas perdre une occasion. Quand Tran me regarda, j'articulai « Allons-y », puis je fis signe à mes protégés.

Mauvaise idée.

Deux Varrios déboulèrent de la maison, munis cette fois d'AK-47. Ils me surprirent la tête levée au-dessus de la voiture, comme une citrouille sur un poteau de clôture. Quelqu'un allait mourir.

Certes les revolvers n'étaient pas ma tasse de thé, mais j'imaginais quand même pouvoir dégommer un type de cent kilos à quatre mètres de moi. Mon tir manqué ne fit qu'accroître sa colère.

Je pressai une seconde fois la détente et l'atteignis d'une balle dans la tête. Ce cafouillage me déconcerta un instant. Pas longtemps, mais assez pour que l'autre homme pivote vers moi. J'ouvris le feu au juger, priant pour faire mouche. La vitre derrière lui vola en éclats. Il lâcha une rafale qui éjecta les tuiles de la maison voisine et, quand il s'effondra, je vis Tran dans l'allée, en position de tir. Je lui adressai un remerciement muet tandis que Kateryna se mettait à crier, imitée par son fils, puis par les voisins. Certains ordonnaient à leurs proches de se jeter à terre, d'autres hurlaient d'appeler la police.

Il fallait vider les lieux.

Je poussai la mère et l'enfant vers la rue. Au moment où j'allais les suivre, une femme se matérialisa sur le seuil de la maison, la tête enturbannée d'une serviette de bain. Des branches de lierre tatouées serpentaient sur ses épaules dénudées, festonnées de fleurs orange et bleu, puis descendaient jusqu'aux avant-bras. Elle ne portait pas d'arme et contemplait bouche bée, horrifiée, ses amis morts.

Tran et moi nous dévisageâmes. Je secouai la tête, mais ses paroles me revinrent en mémoire : *Ils mourront tous si l'un d'eux nous voit.*

J'avais juré de respecter cet engagement, cependant mon compagnon devait comprendre qu'il existait une différence entre les membres de gangs proprement dits et les petites amies de passage étrangères à leurs magouilles.

Je braquai mon arme, non pas sur la jeune femme mais sur Tran.

Sa bouche se tordit en un sourire triste alors qu'il m'observait avec des yeux cruels et beaux. Il ne me quitta pas une seconde du regard tandis qu'il levait le canon de son arme et tuait la femme d'une balle en plein cœur.

Elle tomba dans l'allée, l'hémoglobine imbiba sa serviette, se mélangea aux tatouages colorés.

Tran remit le Sig Sauer dans son holster. Il savait qu'à ce moment-là je pouvais l'abattre.

Mais il savait aussi que je n'en ferais rien.

51

J'essuyai la crosse du FN-57 avec un bout de vêtement et le balançai sous la voiture. Pas question de me faire prendre avec un flingue si les flics me tombaient dessus. Mieux valait rendre à César... Peut-être qu'en vérifiant le numéro de série la balistique remonterait jusqu'au cartel mexicain de Sinaloa ? J'aimerais voir ça. Et puis un revolver de plus sur la scène de crime accentuerait l'impression d'avoir affaire à une guerre des gangs.

Je cherchai Tran du regard. Il avait disparu. Je rassemblai mes troupes : Kateryna et Ilya. « En avant ! »

Nous nous éloignâmes de la maison et nous fondîmes rapidement dans la foule des curieux, que modérait encore la crainte d'écoper d'une dernière balle perdue. Les sirènes mugissaient dans le lointain, convergeant vers le théâtre du drame. Des groupes de voisins horrifiés se formaient pour décrire la tragédie. Nul ne prêtait attention à deux femmes apeurées accompagnées d'un gamin en pleurs... jusqu'à ce qu'une voix masculine m'interpelle.

« Laissez ce gamin ! » vitupéra un inconnu en plaçant Ilya derrière lui.

Kateryna poussa un cri perçant et une Noire corpulente s'interposa pour l'empêcher de rejoindre le garçon. Je tentais une approche raisonnable.

« C'est son fils.

– Possible, convint la Noire sans cesser de bloquer le passage. Mais vous pouvez mentir. Pourquoi vous fuyez cette satanée baraque ? Vous appartenez au gang ? En tout cas on voit que vous n'êtes pas de la famille du gosse. »

Les sirènes approchaient, des gens se massaient autour de l'enfant pour le protéger. Je vérifiai qu'il n'y avait pas d'autres membres du Varrio dans les parages. On allait se faire coincer par la police ou par les truands. Les bonnes intentions des résidents allaient soit nous conduire en taule, soit nous expédier au cimetière.

Je tendis les mains pour montrer à la femme que j'étais inoffensive puis lançai un rapide coup d'œil à Ilya et à sa mère.

« Les balles ont fusé dans leur cuisine, ils ont eu la trouille, vous savez ce que c'est. J'essaye juste de les aider, comme vous. » Je tapotai le bras de Kateryna pour faire mine de la rassurer. « Vous voyez comme elle a peur ? » Puis à l'intention d'Ilya : « Et le gamin, vous le terrorisez. »

La femme corpulente se tourna vers le garçon.

« C'est ta maman ? »

Ilya hocha la tête en reniflant. Les larmes traçaient des sillons sur ses adorables petites joues.

Les épaules de la femme s'affaissèrent quand elle soupira. Elle s'adressa à l'homme qui retenait l'enfant.

« Laisse-le partir, Kenny. »

Il s'écarta, les autres l'imitèrent et Ilya courut dans les bras de sa mère. De belles retrouvailles, que nous n'avions guère le temps de savourer.

Nous nous extirpâmes de l'attroupement au moment où les premières voitures de patrouille apparurent. J'allumai mon téléphone dès que nous eûmes tourné le coin de la rue.

« Salut, c'est Lily. J'ai besoin de toi. »

Comme je ne pouvais pas me permettre d'enregistrer la course sur la plate-forme et que je préférais éviter les transports en commun si près d'une scène de crime, je contactai Kansas directement.

Il y eut deux longues secondes de silence au bout du fil.

S'il te plaît, ne me laisse pas tomber.

Kansas répondit finalement :

« D'accord. Où est-ce que je te retrouve ? »

Je respirai.

« La bibliothèque d'Alonda, à Norwalk.

– Rendez-vous dans vingt minutes. »

Je rangeai mon téléphone, considérai mes vêtements. Les taches de sang provenant de l'homme que j'avais poignardé se fondaient dans les couleurs sombres du polo et du pantalon. De loin, on pouvait facilement les confondre avec des auréoles de café ou de l'eau. Mais de près, sous l'œil d'un policier aguerri ? Impossible de se tromper.

Lorsque nous arrivâmes au parking, j'inspectai brièvement Kateryna et Ilya, à la recherche de blessures éventuelles. Ils ne saignaient pas mais leurs bras et leur visage portaient des hématomes et des coupures superficielles. La belle coiffure de Kateryna s'était muée en débandade capillaire et le mascara dilué de larmes avait coulé sur ses joues. Les escarpins qu'elle avait sûrement portés avec sa robe rose avaient disparu longtemps avant que Tran et moi procédions à son extraction du cabanon.

Je m'agenouillai face au garçon. « Tu vas bien ? » Il ne répondit pas. Je palpai ses côtes, son dos. Pas de fractures et je ne détectai aucun état de choc, aucune tension particulière des muscles. Tran et moi l'avions trouvé à temps.

Je laissai la mère avec son fils pour attendre Kansas au bord du trottoir, où j'avais attaché mon vélo.

La BMW de Tran n'était plus là, mais l'image du tueur restait gravée dans ma mémoire tandis qu'il abattait la femme. Il n'avait montré aucune hésitation, ne lui avait même pas accordé un coup d'œil quand il avait brandi son arme et tiré sur elle. Je voyais encore le sang imbiber la serviette et se répandre sur le ciment gris de l'allée.

J'aurais pu l'arrêter.

J'aurais pu mettre un terme à sa pitoyable existence.

Pourtant, je n'avais rien fait. Maintenant la petite écervelée gisait morte.

Et d'un certain côté je me sentais soulagée.

Je détestais ce sentiment mais je devais admettre que Tran avait raison. Même dans l'hypothèse improbable où nous aurions pu emmener le témoin avec nous, les Varrios l'auraient retrouvée, ils l'auraient torturée pour obtenir des informations dont elle-même n'avait pas conscience. Ensuite ils nous auraient traqués, Tran, moi et tous ceux que nous aimions.

Mon allié temporaire avait-il pensé à tout cela au moment de supprimer sa victime ? Son regard triste résultait-il du meurtre qu'il s'apprêtait à commettre ? Ou Tran faisait-il simplement le deuil de notre relation ?

Il savait que je ne lui pardonnerais pas ce geste irréparable, quelle qu'en fût la nécessité.

52

Kansas et moi parlions à voix basse pour ne pas déranger Ilya, assoupi dans les bras de sa mère sur la banquette arrière.

« C'était pour toi tous ces flics ? interrogea la conductrice.

– J'en ai bien peur. Enfin, ils venaient plutôt à cause de la fusillade que nous avons provoquée. J'espère qu'ils n'ont pas notre signalement.

– Mais il y a sans doute des témoins. On est en plein jour. Quelqu'un vous a remarqués, non ?

– À mon avis, les gens étaient tellement paniqués que personne n'a fait attention à nous. On a décampé dans la confusion générale. Tout le voisinage bourdonnait comme une ruche. Aucun voisin n'a noté notre présence, sauf une femme corpulente et un type dans la foule.

– Ils vont vous dénoncer ?

– Peu probable. Ils s'en voulaient d'avoir effrayé le gosse et ils ignoraient d'où nous venions. »

Kansas opina sans quitter la route des yeux. Je lui donnais matière à réflexion. Je la laissai méditer en silence jusqu'à ce que nous arrivions à destination, puis :

« Merci pour la course. Tu nous as sauvé la vie.

– Je pilote juste le vaisseau de secours, sourit-elle.

– Ce n'est pas rien.
– Écoute, je peux attendre ici, si tu veux, et te ramener quand tu seras prête.
– Ça ne t'ennuie pas ?
– Penses-tu. »
Je montai avec Kateryna et Ilya au refuge d'Aleisha.
L'accueillante maison jaune n'avait pas changé depuis cinq jours, quand j'étais arrivée chez mes amis couverte de plaies et de bosses, m'attendant à trouver la mère et son fils à l'abri. S'ils étaient restés au refuge comme prévu, est-ce qu'en ce moment Ilya serait dans une école argentine, avec sa mère, chez la cousine de celle-ci ? Ou les sbires de Romanko auraient-ils traqué la famille, avant de réexpédier le gosse en Ukraine, honorant ainsi la funeste promesse de Dmitry ?
Stan ouvrit la porte avant que j'atteigne le palier. Il avait sans doute entendu la voiture et vu qui m'accompagnait par la fenêtre car son visage exprimait déjà une sincère inquiétude. Il tentait de se maîtriser et se retenait de me prendre dans les bras, geste que je n'aurais pas apprécié dans les circonstances actuelles. Il nous fit signe d'entrer.
Une seconde plus tard Aleisha traversa le vestibule. « Vous n'avez rien ? » Elle accorda un regard à Kateryna et à Ilya puis s'activa. En une minute nous fûmes installés dans le salon, une tasse de thé glacé à la main, du lait, des pâtisseries et une trousse de premiers secours à disposition.
« Le plan est maintenu ? » s'enquit-elle en regardant l'enfant dévorer un de ses petits gâteaux au chocolat.
Je me tournai vers Kateryna. Malgré toutes les horreurs et l'abjection que nous avions vécues, la décision ne m'appartenait toujours pas. C'étaient sa vie, son fils, sa cousine en Argentine… Si elle persistait dans l'immobilisme,

je ne pouvais l'en empêcher. J'avais cependant l'intention de contacter les services sociaux, parce qu'il était hors de question de laisser à nouveau l'enfant entre les mains de Dmitry.

Mais à mon grand soulagement, Kateryna acquiesça. Je lui serrai le bras et me tournai vers Aleisha.

« Oui, le plan est maintenu. Mais il faudra changer les passeports. »

Stan grogna pour marquer son approbation.

« Tu es sûre que tu n'as jamais parlé à ton mari de cet endroit ? demandai-je à Kateryna.

– Jamais. »

Elle accompagna sa confirmation d'un vigoureux mouvement de tête.

« Très bien. Alors c'est réglé. Je m'occupe des passeports. Toi, tu appelles ta cousine. Aleisha et Stan vous emmèneront à l'aéroport. Quel nouveau nom choisis-tu ? À mon avis, il vaut mieux prendre celui de ta cousine ; comme ça elle pourra prétendre que tu appartiens à la branche paternelle de la famille. Une préférence en ce qui concerne les prénoms ?

– Alex », suggéra aussitôt Ilya, crachant quelques miettes dans sa précipitation. « S'il te plaît maman, je peux m'appeler Alex ? »

Elle déposa un baiser sur son front.

« Bien sûr, mon chéri. Moi, je serai Anya. Anya et Alex Vovek. Ça sonne bien. »

Elle enlaça son fils.

Nous échangeâmes un regard et je lui souris. Non seulement sa nouvelle identité sonnait bien, mais elle annonçait un renouveau, une délivrance.

53

Kansas arrêta son véhicule au niveau de l'allée qui conduisait à l'entrée de service du restaurant.

« Tu veux vraiment que je te laisse ici ? Sinon je peux t'accompagner jusqu'à la porte.

– Je te remercie, je vais marcher. »

Je piochai vingt-cinq dollars dans mon sac à dos. Elle refusa de les prendre.

« Tu plaisantes ? Grâce à toi, j'ai pu jouer les super girls gratuitement. »

J'éclatai de rire.

« Moi aussi, ça m'arrive. Parfois. »

Je vivais sans payer de loyer, avec de la nourriture à volonté et en me passant de voiture. L'existence que je menais me permettait largement de subsister avec les émoluments que me versaient Stan et Aleisha. Les pourboires de certains clients du restaurant, ajoutés aux sommes que je gagnais en aidant les membres de la communauté à gérer leur site Internet et leurs réseaux sociaux, constituaient un apport supplémentaire. Les rares folies que je m'accordais étaient financées par les enveloppes que m'offraient Ma et Gung-Gung pour le Nouvel An chinois ou mon anniversaire. Je pouvais me permettre d'aider les femmes dans la situation de Mia. Mais jamais encore une affaire annexe n'avait coïncidé à ce point avec mes obligations professionnelles.

Je détachai le Merida du porte-vélos, le posai à terre puis m'inclinai pour voir Kansas par la vitre baissée.

« Je ne sais pas comment te remercier.

– Ne t'inquiète pas, dit-elle avec un geste modeste. Utilise l'application lorsque tu as besoin d'un covoiturage. Mais appelle-moi directement si tu es dans le pétrin. Je viendrai te chercher, quoi qu'il en coûte. »

J'opinai en essayant de cacher mon émotion. Après la mort de Rose, j'avais perdu la plupart de mes amies. C'était bon d'en avoir une nouvelle.

L'automobile vert olive disparut dans le crépuscule naissant, et la fatigue s'abattit soudain sur moi. Mon sac à dos ultraléger sembla peser des tonnes, l'allée parut s'étirer. Mes yeux se fermaient alors qu'il était à peine dix-huit heures trente. Le soleil ne s'éclipserait définitivement que dans une heure. La journée avait été longue, très longue.

Dans l'épaississement des ombres trompeuses, je voyais des choses insolites, comme un homme debout près d'une BMW.

J'appuyai ma bicyclette contre le mur et marchai vers Tran.

« Tu me suis depuis la bibliothèque ?

– En effet.

– Alors tu sais où je suis allée.

– Certainement.

– Et où je vais maintenant ? »

Il jeta un regard par-dessus son épaule, en direction de l'entrée de service et de l'enseigne Hongkong Inn.

« Sympa. »

Les commissures de ses lèvres et le coin de ses paupières se plissèrent d'amusement. Il avait coiffé ses cheveux ondulés avec soin et enfilé une tenue propre. Une fois encore, il me fit l'effet d'un joli cœur à un rendez-vous galant. Son expression de séducteur s'atténua au profit de celle, plus énigmatique, du tueur.

« Qu'est-ce qu'il y a encore ? »

Une lueur d'étonnement passa dans ses yeux.

« Nous n'en avons pas fini, toi et moi. »

Je pris le karambit à ma ceinture, ouvris la lame et laissai pendre l'arme contre ma cuisse. J'ignorais comment il entendait conclure les choses, mais j'étais résolue à me battre s'il le fallait.

Il me présenta ses paumes ouvertes.

« Je ne suis pas venu pour ça. »

Je me détendis, mais le karambit demeura clairement visible.

« Je t'écoute. »

Il considéra la lame, puis mon visage. Une infime approbation se lut sur ses traits.

« Nous nous sommes quittés un peu vite aujourd'hui. Tout n'a pas été dit. »

J'adoptai une posture moins offensive, comprenant finalement ce qu'il désirait. Cependant les paroles refusaient de franchir mes lèvres. La morte aux tatouages me hantait. Comment remercier celui qui avait abrégé sa vie ?

Toutefois…

Je n'aurais jamais retrouvé Kateryna et Ilya sans lui. Et même en admettant que par miracle j'y sois parvenue, nous n'aurions pas échappé au Varrio sans son aide, la mère et l'enfant ne seraient pas sains et saufs au refuge, et moi, j'aurais probablement rendu mon dernier souffle. Tout cela, je le savais et malgré tout je n'arrivais pas à en éprouver de la gratitude. Ces actes de bravoure n'auraient pas été nécessaires s'il n'avait, en premier lieu, exécuté des contrats pour la mafia ukrainienne.

Je soupirai. Quelle importante, au fond ? Tran avait sauvé des vies.

Je repliai mon arme, la fixai à ma ceinture et prononçai enfin le mot qu'il attendait : « Merci. » C'était moins douloureux que je ne l'avais redouté.

« De rien. Mais je faisais allusion à une autre omission.

– Oh, Seigneur, murmurai-je. Tu es là pour terminer le ménage. » Nous nous tenions devant l'allée du restaurant de Baba, où officiaient également Lee Chang, DeAndre et tout le personnel.

« Calme-toi, K. Tu préfères peut-être Lily ? Je ne vais pas m'attaquer à ta famille. Ni à toi. » Il avisa ma main tachée de sang sur le karambit. « Sauf si tu m'y obliges. »

Je croisai les bras.

« Parfait. Alors qu'est-ce que tu veux ?

– Te dire au revoir.

– Au revoir ou adieu ? »

Le temps suspendit son cours. Tout ce que nous nous étions dit, tout ce que nous ne nous dirions jamais, semblait aller et venir entre nous. Une large gamme d'émotions me traversait : méfiance, admiration, respect, haine et d'autres sentiments que jamais, au grand jamais, je n'avouerais.

« Adieu, fit-il en tournant les talons pour regagner sa voiture.

– Attends, le rappelai-je. C'est tout ? Tu me traques jusque devant chez moi pour me dire adieu ? Je n'y crois pas une seconde. Que se passe-t-il, Tran ? Pourquoi as-tu réellement accepté de m'aider ? Et ne me ressors pas que tu voulais juste me voir à l'œuvre. Tu as risqué ta vie, tu as fâché beaucoup de gens… Pourquoi ? »

Je vis ses épaules s'affaisser.

« Ils n'auraient pas dû enlever le gosse. »

Je me souvenais de la discussion que nous avions eue sur le parking de la bibliothèque, avant notre expédition, et de ce qu'il m'avait répondu quand je l'avais accusé de ne pas avoir de sentiments.

« C'est à propos du Vietnam, hein ? Qu'est-il arrivé là-bas ? »

Il secoua la tête et je crus un moment qu'il n'allait pas fournir d'explication. Puis finalement :

« Tu sais comment on appelle les nouveau-nés orphelins dont on ne connaît pas l'identité dans ce pays ? Nguyen Van A pour les garçons et Tran Thi B pour les filles. A et B, les premières lettres de l'alphabet. Mais dans l'orphelinat où j'étais, ils avaient déjà un Nguyen Van A, alors ils m'ont baptisé Tran, et prénommé Joe, parce qu'on pensait que mon père était peut-être un G.I.

– G.I. Joe.

– Eh oui.

– Tu es plus âgé que je ne le pensais. »

Il eut un rire triste.

« J'ai un bon matériel génétique. C'est peut-être pour ça que je suis doué pour le combat. Ou alors je le suis devenu après ce qu'ils m'ont fait. »

Je voulais en savoir plus mais craignais d'être indiscrète. J'attendis qu'il soit prêt à continuer.

Il ferma les paupières, se passa la main dans les cheveux et débuta son récit :

« J'avais sept ans quand j'ai tué pour la première fois. Un autre orphelin, un garçon qui… » Il hésita. « Personne n'y a prêté attention. Lorsque j'ai tué un homme, là ils se sont inquiétés. Les bonnes sœurs m'ont fichu à la porte et les milices m'ont enrôlé. J'ai fui à partir du Cambodge quelques années plus tard, grâce à un homme qui a su reconnaître mes talents. »

Il baissa les yeux au sol, les traits contractés, plongé dans ses souvenirs. Ceux-ci devaient être effroyables à en juger par son expression. J'avais de la peine pour lui. Il toussota enfin et, après avoir repris contenance, me dévisagea pour dire d'une voix plate :

« On ne devrait jamais faire de mal aux enfants. »

Tran avait répondu à ma question avec franchise, j'en étais certaine. À sa place, j'aurais sûrement agi comme lui, ça aussi je le savais.

« Que va-t-il se passer pour Freddy et les autres ? Ils ont des familles, des proches. Sont-ils encore en danger ?

– Non. J'ai fait ce que Romanko m'avait demandé.

– Pour le compte de Zherdev ?

– Principalement.

– Et les Coréens ?

– Sur ordre de Romanko.

– Dmitry, Zherdev, toi… Vous saccagez des vies et continuez votre route comme si de rien n'était. »

Tran haussa les épaules.

« Tout le monde paye. Peut-être pas de la manière que tu souhaiterais, mais tout le monde paye. »

54

J'avais envie d'un nouveau covoiturage comme d'aller me pendre, mais il le fallait. Cette fois, je ne sollicitai pas Kansas. J'avais assez fait appel à elle et à notre amitié pour aujourd'hui. Surtout qu'à cette heure-ci, les embouteillages du vendredi soir lui donneraient du fil à retordre. Elle méritait un peu de repos.

J'attachai le vélo à son support dans la cage d'escalier du restaurant et me rendis à pied sur Overland Avenue, où j'avais rendez-vous avec le chauffeur. Si je remontais en selle maintenant, j'allais tomber de fatigue. J'étais cuite. Pourtant je ne pouvais me résoudre à laisser Mia dans l'incertitude. Tran avait déclaré que Freddy et ses proches n'avaient plus à s'en faire.

Une demi-heure plus tard je frappai à sa porte.

Elle me dévisagea en silence avant de retourner dans le salon. Je fermai derrière moi et la suivis, guidée par l'odeur acide de sa transpiration. Volets tirés, plaids en tas, cannettes vides et emballages de nourriture : Mia ne plaisantait pas quand elle prétendait ne pas décoller du divan.

« Il y a de la bière au frais », dit-elle en se penchant pour prendre une des nombreuses cannettes vides sur la table basse. Dans le doute elle la porta à ses lèvres. Quelques gouttes résiduelles humectèrent ses lèvres. « Prends-m'en une », ajouta-t-elle tandis que j'ouvrais le réfrigérateur.

D'après ce que je voyais, Mia avait adopté un régime à base de petits-beurre, de bacon et de bière. Une cannette de plus ne la tuerait pas. Personnellement, après ce que j'avais vécu au cours de la journée, un remontant me ferait le plus grand bien.

Nous bûmes en silence, puis j'engageai la conversation : « C'est fini. »

Elle laissa échapper un rire âpre.

« Tiens donc.

– Je parle de tes problèmes avec Tran.

– Je me contrefous de Tran. Laisse-le me tuer si ça lui chante. Ma vie ne vaut plus rien. »

Mia avait perdu son boulot, ses copines, son mec. Je comprenais son point de vue. Si Freddy arrêtait de payer le loyer, elle perdrait également l'appartement, mais elle serait en vie.

« Qu'est-ce que tu vas faire maintenant ? m'enquis-je.

– Me bourrer la gueule.

– Tu as pensé à retourner à Vegas ?

– Tu plaisantes ?

– Non, pourquoi ? Il doit te rester des amis là-bas. Tu pourrais dégoter un job dans un casino, habiter chez ta mère le temps de retomber sur tes pattes.

– Au camping ?

– Au moins, tu serais en famille. »

Songeuse, elle gratta l'étiquette imbibée de condensation sur sa cannette.

« J'ai encore des amis, c'est vrai. Et je connais encore quelques chefs de salle.

– Tu vois ? »

J'avais envie de lui demander ce qui la retenait mais je ne voulais pas la brusquer.

« Je ne risque plus rien alors ? voulut-elle savoir.

– Non. Tran a raccroché. Tu ne le reverras plus. »

Elle finit par ôter l'étiquette, qu'elle roula en boule entre ses doigts.

« Je t'ai menti, avoua-t-elle. J'avais un petit copain. Il s'appelait Freddy. »

J'inclinai la tête, feignant la surprise.

« Tu en parles au passé.

– Il m'a larguée. Je ne suis même pas fâchée après lui. Je ne dis pas que la rupture me plaît, mais je n'étais pas réellement amoureuse de lui. Je voulais juste... » Elle cligna des yeux et envoya promener la boulette dans le salon d'une chiquenaude. « Il était gentil, tu sais. Ça me faisait du bien qu'un type comme lui tienne un peu à moi. »

Moi aussi j'avais un type gentil dans ma vie. Est-ce qu'un gendre idéal tel que Daniel Kwok tiendrait à une casse-cou dans mon genre, de surcroît ninja ? Et moi, est-ce que je tiendrais à lui ?

Tran s'invita dans mes pensées.

Il ne représentait ni la bonté ni la sympathie. Et cependant, bien qu'il m'en coûte de l'admettre, il avait éveillé en moi des sentiments que je n'étais pas certaine de pouvoir étouffer. Peut-être pouvais-je les transposer sur Daniel. J'ignorais si j'en étais capable, mais j'avais envie d'essayer.

« Oui, approuvai-je, la gentillesse... » Je laissai la phrase en suspens, ignorant comment la terminer.

Mia poussa un profond soupir, confirmation sonore de l'état de délabrement où se trouvait son existence.

« D'accord, se résigna-t-elle. Du coup je me demande bien où j'en suis.

– En transition, je dirais. On a parfois besoin de passer un bon coup de balai, de virer certaines choses pour en accueillir d'autres.

– Une nouvelle vie ?

– Oui, pourquoi pas.

– Retour chez maman, pouffa-t-elle. Ma foi, je crois qu'elle aimerait ça. »

Je visualisai ma propre mère, et nous revis en train de manger des chips bio tout en plaisantant sur les dépôts fiduciaires. Voudrait-elle de moi si je réemmenageais ? Je n'en avais aucune idée. Les relations mère-fille restaient une énigme pour moi. Je songeai pourtant que si nous arrivions à passer un moment agréable ensemble malgré les épreuves que nous avions traversées, peut-être qu'un jour je parviendrais à démêler l'écheveau de mes émotions et des méprises sur lesquelles je fondais mes jugements.

« Oh oui, je pense qu'elle apprécierait. » J'y croyais dur comme fer. Après avoir posé ma cannette, je me levai pour prendre congé. « L'avenir s'éclaircira quand tu seras là-bas, Mia, j'en suis sûre. Rentre chez toi. »

Ma et moi. Mia et sa mère. Cette similitude me troublait autant que lorsque j'avais trouvé l'article concernant l'affaire Mikkelsen dans un journal chez Kateryna, avant de recevoir le lendemain matin un bulletin du SMG signalant l'audience préliminaire de Tran. Ce n'étaient pas de simples coïncidences, mais des signes.

Et une bonne ninja chinoise accordait toujours de l'importance aux signes.

55

Mon téléphone vibra. Un texto de Tran. Je revenais à peine de chez Mia. J'avais repensé aux événements récents pendant tout le retour en voiture. Tran voulait-il encore en rajouter ? La boucle n'était-elle pas bouclée ? Avais-je envie d'en savoir plus ?

J'ouvris le message.

Achète sur Pacific Boulevard.

Rien d'autre. Pourtant il avait tout dit. Pacific, pas Santa Fe, le trajet initialement prévu pour la ligne Copper. Le mot de Tran ne souffrait aucune ambiguïté : Freddy, la maire Evelyn Young et le conseiller Enrique Vasquez votaient librement.

L'appareil vibra de nouveau. Tran choisissait cette fois un mode d'expression plus frontal et m'adressait une photo des corps sans vie de Zherdev et de Romanko, saignés sur le chemin de randonnée de San Gabriel.

Oh là là !

Un texto suivit.

Tout le monde paye.

Puis l'ensemble des documents s'effaça.

Je secouai la tête. Tran s'y connaissait également en suppression de données.

J'éteignis le portable avant de le remettre dans ma poche. On ne me joindrait plus avant demain matin, c'était décidé.

J'enverrais un premier courrier anonyme aux membres de la TAC pour leur assurer qu'ils ne subiraient plus jamais aucune pression, et un second à la procureure de Los Angeles, dans lequel j'expliquerais la magouille immobilière aussi clairement que possible. Demain j'informerais également Kateryna du destin fatal de Dmitry et de Zherdev. Elle avait le droit de savoir. J'espérais que tout se passerait comme prévu en Argentine, qu'elle et son fils pourraient repartir de zéro. La Cité des Anges ne subsisterait plus dans leur esprit que sous la forme d'un mauvais souvenir où se conjuguaient menaces et créances. Ils méritaient une vie plus heureuse.

J'ôtai mon vélo suspendu dans la cage d'escalier et résolus de l'emporter à l'étage. Une odeur d'ail et de gingembre flotta jusqu'à moi. Je trouvai Baba à la cuisine, devant un wok. Il mettait des crevettes à bouillir et remuait quelques légumes. La vapeur baignait son visage. Je distinguai des gouttes d'huile sur ses avant-bras, dont il se fichait complètement. Il laissa couler un long filet de sauce soja dans sa préparation. Adjonction risquée mais gratifiante. Il versa ensuite le contenu du wok dans une des assiettes que mon oncle avait disposées sur le comptoir et cria que la commande était prête.

J'entrai avec mon vélo.

« Et une gourmandise, une ! » clama-t-il.

Il ne m'avait pas vue et faisait simplement référence au plat qu'il fallait emporter.

« *Ni hao*, salua mon oncle quand il m'aperçut. Nouilles sautées sur le comptoir. Tu manges. »

J'aurais préféré des crustacés, mais mon estomac n'en émit pas moins de vives sollicitations.

Je souris.

« Les clients ont encore refusé des nouilles ficelles ?

– Petite maligne. Nouilles sautées meilleures. Je le sais.

– J'ai préparé », dis-je en même temps que lui.

Nous nous esclaffâmes de concert.

Un serveur se glissa dans la cuisine, s'empara de l'assiette et s'éclipsa par les portes battantes. Je réfrénai mon envie de goûter aux crevettes. Si je demandais gentiment, peut-être que mon père accepterait de préparer un extra ?

Je calai le Merida contre le mur. Je savais qu'on ne le tolérerait pas longtemps dans la cuisine, mais le besoin de manger et de serrer mon père dans mes bras surpassait toute autre considération.

Baba rayonna dès qu'il remarqua ma présence. Je vérifiai brièvement que ma veste fermée dissimulait les taches de sang. Pouvait-on détecter la mort que je portais sur moi ?

DeAndre et les autres employés poursuivaient leur travail sans s'émouvoir. Baba essuya ses paluches d'ancien fermier sur son tablier puis s'approcha.

Mes yeux s'embuèrent. Je baissai la tête pour laisser mes cheveux tomber devant ma figure. Je me sentais vulnérable, il me fallait un masque. Baba n'était pas dupe. Il ramena les longues mèches brunes derrière mes oreilles et caressa mes joues. Je sentis le contact chaud, la douceur de ses paumes sur les côtés de mon visage.

« Tu vas bien ? » Sans attendre de réponse, il me prit dans ses bras, murmura mon surnom d'une voix apaisante. Nous demeurâmes ainsi enlacés, unis par un lien d'amour et de confiance, jusqu'à ce que sèchent mes larmes. Enfin mon père s'écarta. Il répéta : « Tu vas bien ? »

Je réfléchis à sa question.

J'allais mieux que bien. J'avais accompli ce que je m'étais promis de faire. Mia Mikkelsen n'avait plus rien à craindre de J. Tran. Kateryna et Ilya n'étaient plus sous l'emprise de Romanko. Avec un peu de chance, chacun d'eux accéderait à une meilleure existence. Metro déciderait du trajet de la ligne Copper afin de servir les intérêts de la population, et non ceux de quelque mafieux sans scrupules. J'éprouvais toujours de la tristesse pour la femme tatouée mais elle avait mis sa vie en danger dès qu'elle avait frayé avec les gangs. Elle connaissait probablement leur pedigree et j'imaginais qu'elle se doutait de ce qui se tramait dans le cabanon sordide de l'arrière-cour. Certes elle ne portait pas d'arme, mais elle n'était pas innocente non plus. Quant à Julie Stanton et à l'ancienne petite amie de Vasquez, je ne pouvais plus rien faire pour elles, excepté adresser un mot anonyme à la procureure et espérer que la vérité sur les assassinats permettrait à leur famille, à leurs proches d'accomplir le deuil.

De grandes zones d'ombre persistaient dans ma vie mais je pouvais désormais partager certains secrets avec mon père, et dans une moindre mesure avec ma mère, ce qui en diminuait le poids. Je pouvais également compter sur mon maître – il connaissait toute mon histoire –, et sur des amis tels qu'Aleisha, Stan ou Kansas, qui en savaient déjà beaucoup à mon sujet. Rien cependant ne remplaçait le soutien familial.

Je hochai la tête en souriant à mon père.

« Je vais très bien. Et j'ai aussi très faim. »

Il gonfla ses grosses joues et tapota mon ventre.

« Et une Gourmandise, une. »

Remerciements

Tout d'abord j'aimerais exprimer ma gratitude à mon mari, Tony, pour ses encouragements, son soutien, son écoute patiente et ses relectures très, très nombreuses. J'ignore comment il s'y prend, mais j'espère qu'il ne se lassera jamais. Lui ainsi que nos enfants, Stopher et Austin, m'ont aidée à accomplir de folles transformations – d'actrice à ninja, puis de ninja à romancière – sans jamais perdre leur humour, leur confiance, leur amour.

Un récit commence en parlant autour de soi. J'ai débuté le mien par des discussions avec plusieurs amies d'origine chinoise. Comme on dit à Hawaii, *mahalo* à Alisa Young, Kelly Lum, Emily Hau et Mary Qin, qui ont su partager leur histoire avec moi. J'aimerais accorder une mention spéciale à Shing Hwong, que j'ai rencontrée durant mes entraînements de wushu. Non seulement elle a accepté de narrer certaines aventures familiales mais elle a également lu les premières versions de *La Fille du ninja*. Une pensée pour toutes les mères chinoises, dont l'influence a été prépondérante. Ma propre mère en particulier, très chère Ma, m'a sans s'en rendre compte transmis son héritage.

Du côté norvégien de la famille, établie dans le Dakota du Nord, je tiens à remercier ma cousine Becky Ulven et son mari Vern, sel de la terre. Je revois son visage généreux chaque fois que j'écris une scène avec Baba. Bien sûr, je remercie du fond du cœur mon père bien-aimé. Les nombreuses anecdotes qu'il est fier de raconter ont instillé en moi un grand amour pour la lignée norvégienne de la famille. Je loue le ciel qu'il ait pu lire un des premiers jets de *La Fille du ninja* et connaître ainsi l'importance de son legs.

Je voue également une grande reconnaissance au To-Shin Do selon Stephen K. Hayes et Rumiko U. Hayes, évolution moderne du ninjutsu dont j'ai suivi les enseignements. Tous mes professeurs, mes amis ninjas, de même que mes partenaires des écoles de To-Shin Do et de Bujinkan ont élargi mes horizons. Merci pour le savoir, la technique et l'expérience dont vous m'avez fait bénéficier. Je sais gré aux kunoichis Sylvia Steere et Kim Stahl, de même qu'à mon grand ami Jack Hoban, maître ninja et Marine, des retours de lecture motivants qu'ils m'ont prodigués au fil de la création de cette œuvre.

Je n'oublie pas mes merveilleuses camarades, éditrices et romancières, Janice Gable Bashman et Patricia Gussin pour leurs remarques avisées. J'adresse tout mon amour, toute ma reconnaissance à ma très chère Cherry Weiner, qui fut mon agente, animée d'une foi inébranlable et d'un formidable courage, et à Pam Stack, meneuse de ban, avocate et amie, qui m'a laissée aux mains de Jason Pinter et de sa remarquable maison d'édition.

Je suis honorée d'inaugurer parmi d'autres la collection Agora de Polis Books, et ravie de collaborer avec une éditrice de la trempe de Chantelle Aimée Osman. Chantelle et Jason m'ont guidée avec habileté et sagesse tout au long du processus créatif de ce premier roman. La publication de celui-ci sous leur égide est un rêve incarné.

Je sais combien je suis chanceuse d'être entourée de ces amis, ces mentors, cette famille. Vous m'avez tous aidée à aller jusqu'au bout et à m'améliorer, vous m'avez enrichie. J'espère simplement que vous lirez ces remerciements : vous saurez ainsi que je m'adresse à vous avec la plus extrême gratitude. *Aloha*.

Note de l'auteur

La Fille du ninja est un hommage à ma mère, hawaiienne d'origine chinoise, et à mon père, habitant du Dakota du Nord originaire de Norvège. Ce roman se présente également comme une marque de reconnaissance envers l'art martial ninja, qui a éclairé tant d'aspects de ma vie. Bien que la dimension autobiographique d'un ouvrage de fiction se réduise à la portion congrue, celui-ci s'est nourri d'expériences personnelles, de particularités familiales. Les points de vue se rapportant aux autres cultures et à la philosophie des arts martiaux n'expriment que mon opinion personnelle et celle de mon héroïne, Lily Wong.

J'ai conçu cette œuvre dans le but partiel de dépeindre le ninja dans un environnement moderne, c'est-à-dire non à la façon d'un assassin furtif et légendaire, mais sous les traits d'une personne normale dotée de plusieurs aptitudes : force, détermination et volonté d'agir au mieux. Pour parvenir à mes fins, j'ai donc choisi de situer mon intrigue dans la ville où je vis depuis trente-cinq ans. L'intrigue épouse autant que possible les spécificités de ce milieu urbain. Si vous vous interrogez sur le réalisme de certains éléments, poursuivez la lecture de cette note. L'explication qui suit vous fournira un aperçu de la genèse de mon œuvre. Vous en saurez plus sur la manière dont *La Fille du ninja* s'insère – ou non – dans la réalité de Los Angeles, dans la culture chinoise, son langage, et bien entendu dans la tradition ninja.

De tous les arts martiaux que j'ai étudiés, le ninjutsu est de loin le plus complet et le plus efficace. Les pratiquants sont accoutumés à lutter sans arme, que ce soit au sol, debout ou en l'air. N'importe où, n'importe quand. Ils savent également combattre avec ou esquiver des épées, des harpons, des chaînes, des bâtons, des couteaux, des shuriken, et toutes sortes d'armes blanches. Ils maîtrisent aussi des arsenaux plus récents comme les armes à feu. Pour une grande part, l'enseignement consiste à savoir utiliser ce que l'on a sous la main pour détourner l'attention, attaquer ou se défendre contre un adversaire. Le ninja demeure réceptif aux nouvelles méthodes qu'il peut incorporer à son art.

J'étais adepte des armes dites longues, telles que les harpons ou les bâtons. Comme mon fils aîné participait à des compétitions de wushu dans le cadre universitaire, j'ai pu approfondir la technique des harpons avec son maître. Certes, le wushu est très différent du ninjutsu mais je trouve cette discipline très belle, très valeureuse et assez complémentaire. Évidemment Lily étudie les deux sports de combat : le wushu honore la tradition chinoise à laquelle elle appartient, le ninjutsu la vocation japonaise à laquelle elle aspire.

Toutes les prouesses qu'elle accomplit dans le livre sont accessibles à ceux qui posséderaient le même niveau technique, la même condition physique, le même courage qu'elle. J'ai moi-même pratiqué, vu ou étudié les mouvements décrits dans *La Fille du ninja*, je peux attester de leur redoutable efficacité. Aujourd'hui je n'enseigne plus et m'entraîne moins, mais j'utilise encore le ninjutsu au quotidien pour rendre ma vie plus harmonieuse, plus sereine. Je poursuis la pratique du mantra, de la mudra et de la méditation, et continue d'en affiner les dimensions spirituelles. Certains concepts se retrouvent dans le roman.

Bien sûr, il est d'autres domaines où la fiction rejoint la réalité au sein de ce livre.

L'histoire se déroule à Los Angeles, ville multiculturelle et protéiforme où j'habite depuis trente-cinq ans. J'ai pris plaisir à faire évoluer mes personnages dans divers lieux, diverses localités très réelles. Le Hongkong Inn de Wong, le refuge d'Aleisha, le restaurant de Paco proviennent de mon imagination, mais d'autres endroits existent vraiment. Si vous passez dans la Cité des Anges, je vous recommande d'aller vous balader du côté de Sandstone Peak, le point le plus élevé des monts Santa Monica, de surfer à County Line (où je réside depuis plus de trois décennies) et d'aller faire un tour à Hollywood and Highland si la nouveauté vous attire. Vous pourrez même prendre le métro de Santa Monica à Arcadia, où vivent les parents de Lily. Profitez-en pour faire une halte à Chinatown et à Union Station, vous aurez ainsi quelques exemples de la culture asiatique et de l'ambiance Art déco présentes en ville. N'oubliez pas de goûter aux délices du République, le premier restaurant où Lily et Daniel dînent ensemble.

En parlant du métro: les administrations ont effectivement des projets d'aménagement mais ceux-ci n'incluent pas la chimérique Copper Line. Elles ont également un Comité technique, une TAC, mais aucun de leurs membres n'apparaît dans ce livre. Il n'existe par ailleurs aucun responsable de projet nommé Freddy Weintraub au service des transports publics de Los Angeles.

Le Varrio Norwalk 66 et la mafia ukrainienne tels qu'ils sont décrits dans cette œuvre sont fictifs. Toute ressemblance avec un gang existant serait purement fortuite. En revanche, le LGKK et les Korean Killers ont réellement existé.

Ceci m'amène à évoquer l'épineux problème de la langue chinoise et de ses nombreuses transcriptions.

Lily a appris le mandarin, langue nationale en Chine, au lycée et à l'université. Elle connaît le cantonais, langue officielle de Hongkong, grâce à sa mère et aux cours dispensés le samedi. Les deux langues – on parle aussi de dialectes – peuvent être lues grâce à des idéogrammes chinois simplifiés ou traditionnels. Mais à l'oral les mots diffèrent : le mandarin comporte cinq tons, le cantonais neuf, et Dieu sait combien une oreille américaine en perçoit.

Le premier défi consistait à retranscrire la manière dont Lily entendait les multiples occurrences. Le nom de jeune fille de ma mère était Ching, ce qui fait de nous – elle et moi – les cousines potentielles de n'importe quel individu se nommant Cheng, Chang, Chen, Chin, Shing ou Chung. Pourquoi ? Parce que lorsque les immigrants débarquaient aux États-Unis ou dans l'un de ses avant-postes comme Hawaii (ce fut le cas pour mon grand-père), les officiers écrivaient les patronymes à l'oreille ou selon leur fantaisie. Ces imprécisions perdurent aujourd'hui encore avec des tournures que nous autres, Américains d'origine asiatique, utilisons couramment. J'en veux pour exemple la façon dont mes amis originaires de la province du Guangdong ou de Hongkong appellent leur grand-père maternel : ils se servent d'un terme cantonais qu'ils déclinent tous différemment. Lors d'une recherche sur Internet, j'ai même découvert des variations que je ne connaissais pas, si bien que je me suis résolue à orthographier les noms de la manière qui me semblait la plus appropriée. J'apprécie beaucoup les mots composés de type Gung-Gung ou Po-Po, mais je dois avouer que j'ai eu plus de mal avec Baba. Comme pour Ma que j'ai écrit tel que je le prononçais et tel que j'appelais ma propre mère. Celle-ci est originaire de Wailuku, sur l'île de Maui. Mon grand-père maternel venait de Guangdong. Il est mort avant ma naissance, mais j'ai imaginé que Ma aurait pu le surnommer Gung-Gung. Je n'ai jamais rencontré ma grand-mère sino-hawaiienne. Toutefois, comme mon arbre généalogique de ce côté-là remonte au début du XVIIIe siècle, je pense que Tutu, en hawaiien, équivaudrait à Po-Po dans un cantonais de Wailuku.

Étant la fille d'une ancienne résidente de Hongkong, Lily a grandi en parlant cantonais. Mais Violet Wong évolue dans le monde des affaires asiatique, au sein duquel on communique en mandarin. Résultat : elle s'est assurée que sa fille maîtrisait les deux langues. Il faut garder à l'esprit que ce sont des dialectes particulièrement complexes. Une fois que Lily a quitté le giron maternel, elle s'est moins exercée, certaines notions se sont perdues, jusqu'à ce qu'il ne reste plus qu'un mélange confus, quelques connaissances ancrées dans la mémoire. Voilà pourquoi elle s'aide alternativement du cantonais ou du mandarin pour citer ses plats favoris.

Je fais la même chose.

J'adore le char siu bao et le chow fun (les nouilles sautées) mais j'appelle le riz collant zòngzi au lieu de jungji. Histoire de compliquer un peu plus les choses, j'injecte aussi des noms hawaiiens du genre manapua pour char siu bao. Pour désigner les charmants wontons rectangulaires chinois, je dis gau gee grillé, substantif dont personne en dehors d'Hawaii, que ce soit en Chine ou partout ailleurs, n'a jamais entendu parler. Si vous allez dans un restaurant chinois à Hawaii, je vous conseille chaudement le gau gee grillé.

Par souci de simplicité j'ai exclu les signes diacritiques qui indiquent habituellement les inflexions et les changements de ton, pour ne conserver que ceux dont les Anglo-Saxons se servent en général. J'ai utilisé le pinyin, chinois simplifié, pour transcrire phonétiquement les occurrences les plus rares. Peut-être que plus tard, pour les prochains livres, je préférerai la romanisation Yale pour le cantonais, en raison de similitudes graphiques et d'un système fondé sur les accents plutôt que sur les numérotations de tonalités.

J'espère que vous avez apprécié ces précisions sur la réalité, la fiction, ainsi que les références culturelles et linguistiques au sein de *La Fille du ninja*. Si vous avez la moindre question, je suis à votre disposition. Abonnez-vous à ma newsletter, vous pourrez ainsi me joindre directement. Et s'il vous faut des sujets de discussion ou de quoi animer votre club de lecture – thé chinois, recettes, idées de décoration, exercices sportifs, guides de méditation ou vidéos de l'auteur –, vous trouverez ceci sur mon site Internet : ToriEldridge.com.

En attendant, *aloha nui loa* !

Dans la même collection

EQUINOX

Racket, Dominique Manotti, mars 2018
Un feu dans la plaine, Thomas Sands, mars 2018
Ceci est mon corps, Patrick Michael Finn, avril 2018
Mamie Luger, Benoît Philippon, mai 2018
Requiem pour Miranda, Sylvain Kermici, septembre 2018
Présumée disparue, Susie Steiner, octobre 2018
L'éternité n'est pas pour nous, Patrick Delperdange, octobre 2018
Les Féroces, Jedidiah Ayres, novembre 2018
L'Étoile du Nord, D.B. John, janvier 2019
Mauvais œil, Marie Van Moere, janvier 2019
La Vague, Ingrid Astier, février 2019
Paradigma, Pia Petersen, février 2019
Cherry, Nico Walker, avril 2019
Ma douleur est sauvagerie, Pierric Guittaut, avril 2019
Le Triomphant, Clément Milian, mai 2019
Glory Hole, Frédéric Jaccaud, mai 2019
L'Icône, Thierry Marignac, septembre 2019
Personne inconnue, Susie Steiner, septembre 2019
La Meute, Thomas Bronnec, octobre 2019
Le Second Disciple, Kenan Görgün, novembre 2019
City of Windows, Robert Pobi, janvier 2020
C'est pour ton bien, Patrick Delperdange, février 2020
Donbass, Benoît Vitkine, février 2020
Joueuse, Benoît Philippon, mars 2020
Marseille 73, Dominique Manotti, juin 2020
The Cry, Helen Fitzgerald, juin 2020
L'Un des tiens, Thomas Sands, octobre 2020
Tu me manqueras demain, Heine Bakkeid, octobre 2020
Lëd, Caryl Férey, janvier 2021
Tous complices !, Benoit Marchisio, février 2021
Un dernier ballon pour la route, Benjamin Dierstein, mars 2021
Serial Bomber, Robert Pobi, avril 2021
L'Heure du loup, Pierric Guittaut, avril 2021
Rendez-vous au paradis, Heine Bakkeid, mai 2021
Pandémonium, Sylvain Kermici, août 2021
Green Man, David Klass, septembre 2021
Garde le silence, Susie Steiner, octobre 2021
Les Jolies Choses, Janelle Brown, janvier 2022
La Cour des mirages, Benjamin Dierstein, janvier 2022
Les Loups, Benoît Vitkine, février 2022

Dans la même collection

L'exemplaire que vous tenez entre les mains
a été rendu possible grâce au travail
de toute une équipe.

Édition : Aurélien Masson
Couverture et conception graphique : Éric Pillault
Illustration : Jessy Deshais et Zazie Amyot
Révision : Nathalie Capiez, Emmanuel Dazin
et Isabelle Paccalet
Mise en page : Soft Office
Photogravure : Point 11
Fabrication : Lucie Le Bon
Commercial et marketing : Pierre Bottura
Relations libraires : Jean-Baptiste Noailhat et Damien Nassar
Presse et communication : Hind Boutaljante
avec Axelle Vergeade
Les Arènes du savoir : Pierre Bottura avec Marc Blactot, Laura Darmon,
Adèle Hybre, Guillaume Lollier et Clémentine Malgras

Rue Jacob diffusion : Élise Lacaze (direction), Katia Berry (grand Sud-Est), François-Marie Bironneau (Nord et Est), Charlotte Jeunesse (Paris et région parisienne), Christelle Guilleminot (grand Sud-Ouest), Laure Sagot (grand Ouest), Diane Maretheu (coordination), Charlotte Knibiehly (ventes directes) et Camille Saunier (librairies spécialisées)

Distribution : Interforum

Droits France et juridique : Geoffroy Fauchier-Magnan
Droits étrangers : Sophie Langlais
Accueil et librairie : Laurence Zarra et Lucie Martino
Animation : Sophie Quetteville
Envois aux journalistes et libraires : Vidal Ruiz Martinez
Comptabilité et droits d'auteur : Christelle Lemonnier,
Camille Breynaert et Christine Blaise
Services généraux : Isadora Monteiro Dos Reis

Titre original : *The Ninja Daughter*

Publié en novembre 2019 par Agora Books, une marque de Polis Books, LLC.

Les Arènes,
17-19 rue Visconti, 75006 Paris
Tél. : 01 42 17 47 80
arenes@arenes.fr
www.arenes.fr

L'ensemble de cet ouvrage a été réalisé dans le respect des règles environnementales en vigueur. Il a été imprimé par un imprimeur certifié Imprim'vert, sur du Lac 2000 PEFC pour l'intérieur et une carte Metsäboard PEFC pour la couverture.

IMPRIM'VERT®

PEFC™
10-31-2541
Certifié PEFC
Ce produit est issu de forêts gérées durablement et de sources contrôlées
www.pefc-france.org

Achevé d'imprimer sur les presses de l'imprimerie Normandie Roto s.a.s. à Lonrai (Orne) en novembre 2021.

ISSN : 2609-7966
ISBN : 979-10-375-0579-8
Numéro d'impression : 2106071
Dépôt légal : Février 2022
Imprimé en France